U0032774

THE HOUSEMAID

I should have run for it while I had the chance. Now my shot is gone.

家弒服務

芙麗達・麥法登——著

FREIDA MCFADDEN

謝佩妏——譯

推薦序／他說

讓你不會因爲你的無聊而死掉

盧建彰

我的問題很多，比方說沒記性，比方說看到沒看過的小說就想買，比方說在家不喜歡穿上衣。

這些都很令人困擾，唯一不會困擾的是我自己，因爲我知道我就是這樣，因爲這樣遇到的事，都是正常發揮，於是，去外面吃東西沒帶錢包，於是家裡書比衣服多，幾乎快造成地層下陷。在家不穿上衣目前倒是沒有造成什麼問題。妻女視而不見。

家裡有位女傭的話，我就得穿上衣了。

這是我剛開始讀的時候，閃過腦子的。

但，小說迷人的地方就是，你以爲的總不會是作者最後給你的。小說裡眞正的問題很大，大極了，大到我會緊張地想把書抛開，但又立刻拿回來，想看看到底怎麼了。

我怕會有可怕的事發生，但又好奇到底多可怕，又想知道可怕的事要怎麼解決。

我剛剛想了一想，這種奇妙的樂趣，在目前這世界上，只有文藝作品能帶來，其他的可能都還不太行呢，就算是鬼屋，你也不能每天去，更無法放到包包裡帶著走隨時享受。

常常在生活裡聽到「家裡有事」這個字眼，但其實光這四個字，就可以包含許多可能，從天花板漏水到家人罹癌，都在這個範疇裡，更別提有時候「家裡有事」也可以是自己不想上班，想想也是合理，畢竟，自己就是家的一部分啊，自己不想上班當然可以是「家裡有事」這個巨大組織的一員，甚至是當然成員。

多數時候，我只要天還沒黑就想回家，工作結束更是只想衝回家，不想有一分一秒的耽擱，只想趕快跑回家人身邊，因爲那是我感到最放鬆的地方，那是我可以脫下僞裝的所在，那是屬於我可以不穿衣服的地方。

於是當我看到書中的情節，十分在意，因爲如果家裡有事到書中那樣的話，那我要跑去哪裡呢？我要在哪裡舔舐自己的傷口，修復我被世界傷害因此破損的細胞呢？我感到深深的恐懼，怎麼辦，怎麼辦？該怎麼辦才好呀。

看書和看影像不同的地方，是你可以使用你的想像力，你可以去揣想主角的下一步，你會想想門後發生的事情，而那就算沒有讓我們更聰明，至少讓我們動了腦，再不濟，它讓你去設想了一個情境，你預習，好讓你遇襲時可以反應，或者，最美好的就是，它讓你清楚知道此刻的你只是預習，你是安全的。

那讓人感到幸福，那讓人意識到眼前的時光是珍貴的，那讓人不會想要去外面逞兇鬥狠，那讓人不會想要去嘗試新興毒品，因爲，此刻的你，並不無聊。

噢天啊，我忘了說，我還有個問題，我好怕無聊。

而這問題很容易衍生其他問題的。

在當代，害怕是種少有的情緒，你在正常的一天裡不太常有害怕的情緒，但害怕無聊卻是我們社會正在面對的巨大問題，分分秒秒都害怕無聊，而這帶來了各式各樣的傷害，無論是網路霸凌、酒駕、藥癮……都搞得人們家破人亡，而且常常一次是兩個家庭，加害者與被害者的。

我傾向，如果可以，讀小說，可能會解決我們的社會問題。

讓你不會無聊，讓你不會因爲你的無聊而死掉。

（本文作者爲導演、作家、詩人）

推薦序／她說

幫你暫時擺脫家事課題的家務服務

陳祖安

現實世界裡的故事往往比小說還扯，所以我們需要躲進小說世界好逃離現實。每隔幾年就會看到惡雇主虐待女傭的恐怖新聞，拿熨斗燙身體、反覆掌摑導致耳朵變形、用單車鏈、衣架鞭打對方造成雙眼失明，甚至還有不願意付薪資而勒死女傭，將屍體大卸八塊棄屍下水道。也曾聽聞一些好雇主遭謀財害命的悲劇，記得有一個最駭人的是，雇主在過年時主動放女傭假，還貼心包大紅包讓她返鄉，結果女傭誤以為雇主是打算不再續聘，而把手中所照顧的嬰兒放在砧板上給剁了。

當然大部分的家庭不會上演如此戲劇性的情節，我也曾見證身邊許多朋友和女傭，擁有比家人還良好的關係，彼此成為生活中最重要的依靠。只是畢竟雇主與女傭，是兩造陌生人，在「家」這個私密領域產生連結的特殊組合，相對容易產出各式各樣令人意想不到的故事。

一個家通常是因為生活中遇到某些難題，才會需要居家女傭，病人、長輩或小孩的照護、維持豪宅門面等等。但是每個家的財力和運氣不同，讓陌生人進駐家中，究竟是天賜救星，還是帶來新的問題，實在很難說。相對的，一個女傭需要這份工作，通常也是在生活中遇到某些難題，經濟重擔、單親媽媽、社經條件不易找工作等等。但是每個女傭的能力和運氣不同，要進駐到陌生人家中，究竟是解決生計，還是迎來更多挑戰，也無從預料。

婚姻中同樣有很多難題不見得能靠雇請女傭解決，婆媳姑嫂、不孕、教養觀、性生活、柴米油鹽醬醋茶等等。就算可以依賴女傭協助家務，讓夫妻更有餘裕專注處理這些問題，多數小康家庭根本沒有空間和金錢採取這個選項，我也是屬於這種只能靠自己的家庭。

每當我遇到問題時，最常利用的兩大因應之道，一是和姊妹淘聊聊，彼此數落另一半的不是，比下有餘的從別人身上發現自己老公的好；二是轉頭看看乖女兒的可愛臉龐，在她臉上看見這段婚姻最值得的地方。

當然還是有遠（方姊妹苦）水救不了近（在眼前怒）火，或是女兒就是衝突導火線，而讓我恨不得殺了先生的時候。幸好豐富的推理小說閱讀經驗告訴我，世上沒有完美的謀殺案，再小心都會露出意想不到的破綻，所以理智總能適時搖晃我的肩膀，勸自己別做出傻事。這個時候我就會啓動第三個方法，拿起書本埋首進入推理世界，在小說情節中得到救贖。

《家弒服務》就是能提供這樣服務的讀物，它攤開生活中和婚姻裡的各種難題，經由雇主和女傭的對應視角，呈現這個家的三角主軸。搭配母女、婆媳、與姊妹淘不同的女性關係，輔助情節推進，當然也有推理小說必備的驚悚和驚奇，讀完讓人充分感到自己不孤單，得到活下去的勇氣。缺點就是一口氣就會完食，敬告讀者慎選打開書頁的時機，它只能帶你短暫逃離困境，很快就得回去面對更殘酷的現實。

（本文作者爲作家、推理小說迷）

目次

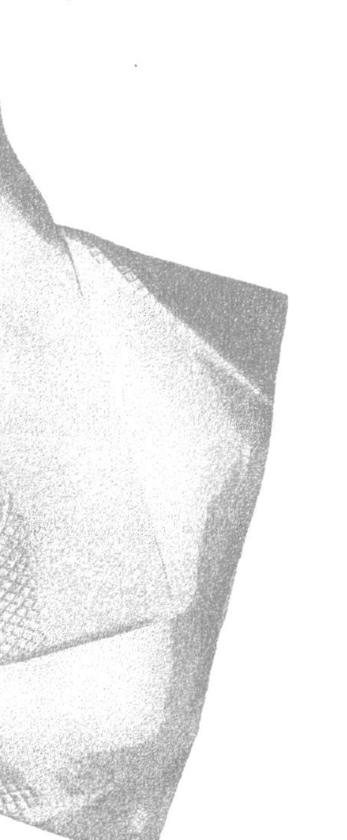

序曲

我肯定會被雙手上銬帶出去。

早該逃的，之前還有點機會。現在警察已經進屋，發現了樓上的事，想後悔也來不及了。

再過不久他們就會來宣讀我的權利。不知道爲什麼拖到現在還沒來，或許是想誘導我說出不該說的話。

沒那麼容易。

我坐在沙發上。坐我旁邊的警察一頭黑髮摻雜幾絲銀灰，腳穿深褐色義大利皮靴，粗壯的身軀忽左忽右變換重心。眞好奇他家沙發長什麼樣子，想必不像這一張要價上看五位數。大概是橘色那一類俗氣色調，上面黏一堆寵物毛，接縫處還不只破了一個洞。不知道他是不是也正想著自家的沙發，並暗自希望能換個像這樣的高級沙發。

或者，更有可能的是，他正想著閣樓上的那具屍體。

「那麼我再確認一次。」警察一口紐約腔，之前他就報過姓名，但我聽了馬上忘。警察應該配戴顯眼的紅色名牌才對，不然這麼緊張的狀況下，誰能記得住他們叫什麼名字。對方大概是個警探。

「什麼時候發現屍體的？」

我頓了頓，心想這時我是不是應該要求律師在場？他們不是該替我找個律師嗎？這些程序我真的很不熟。

「大概一個小時前。」我回答。

「一開始怎麼會跑上去的？」

我抿抿嘴。「我說過了，我是因爲聽到聲音。」

「然後……？」

警察往前傾，睜大眼睛。他的下巴冒出了鬍碴，大概今天早上沒刮鬍子吧。他舌頭微伸，欲言又止。我才不笨，想也知道他希望從我口中聽到什麼答案。

是我幹的。我是兇手。我有罪，把我帶走。

但我不動聲色地往後靠。「就這樣。我只知道這些。」

警探一臉失望。他下顎一緊，推敲著目前爲止在這棟房子裡找到的證據是否足以給我戴上手銬。看來他不是很確定，要是確定早就這麼做了。

「嘿，康諾斯！」

另一個警察喊他。我們的視線從彼此身上移開。我抬頭看樓上。只見另一個比他年輕很多的警察站在樓梯口，修長的手指抓著欄杆，一張平滑的臉蒼白如紙。

「康諾斯，」年輕警察說，「你得上來看看……**現在馬上**。你得看看這裡的情況。」

即使我人在樓下都看得見他的喉結在上下移動。

「你不會相信自己的眼睛。」

第一部

米莉

Part I

MILLIE

（三個月前）

1

「米莉，介紹妳自己吧。」

妮娜．溫徹斯特坐在焦糖色皮沙發上往前傾，雙腿交叉，只露出白色絲質裙下的一小截膝蓋。我雖然不懂名牌，但她身上穿的衣服顯然都貴得要命。我想伸手去摸摸她身上那件米色上衣的布料，但這種舉動只會害我失去被錄取的機會。

不過，老實說，我根本毫無機會可言。

「呃……」我在心裡斟酌著措辭。即使之前一再碰壁，我還是決定放手一搏。「我在布魯克林長大，做過很多幫傭工作，我的履歷上都有寫。」就我那份**騙很大**的履歷。「我喜歡小孩，而且也……」我環顧四周，尋找著磨牙棒或貓砂盆的蹤影。「喜歡寵物？」

網路上的徵人啓事只說要找幫傭，沒提到寵物，但小心點總沒壞處。誰不喜歡愛護小動物的人？

「布魯克林！」溫徹斯特太太眉開眼笑。「我也在布魯克林長大。那我們可說是鄰居呢！」

「對啊！」我肯定地說，儘管事實差得可遠了。布魯克林確實有些黃金地段，一小間連棟住宅就要價不菲，但那不是我長大的地方。我跟妮娜．溫徹斯特天差地遠，但如果她願意相信我們是鄰居，我很樂意附和她。

溫徹斯特太太把一撮閃亮金髮塞到耳後。她的頭髮長度到下巴，剪成時髦的鮑伯頭掩飾雙下巴。今年坐三望四的她要是換上另一種髮型或另一套穿著，就完全是路人樣。但她利用可觀的財富充分發揮了自己的優勢。不得不說我挺佩服她的。

對於外表，我採取了跟她完全相反的策略。我或許比坐我對面的女人年輕十歲以上，卻不希望她感受到威脅。所以我穿上二手店買的厚重羊毛長裙，搭配人造纖維泡泡袖白上衣，一頭金褐色頭髮正經八百往後梳成包頭。我甚至多此一舉買了一副特大號的玳瑁框眼鏡戴在鼻梁上。整個人看起來很專業但毫無吸引力。

「工作內容呢，」她說，「主要是打掃和簡單的烹飪，如果妳可以的話。米莉，妳很會做菜嗎？」

「還行。」我的廚藝是履歷上唯一沒造假的項目。「我的手藝很不錯。」

她的淡藍色眼珠一亮。「太好了！說真的，我們幾乎沒在家吃過像樣的一餐。」她吃吃發笑。「誰有那個時間啊？」

我忍住心裡的各種疑問。妮娜．溫徹斯特不用上班，只有一個小孩，小孩又整天在學校，而且還請人包辦家裡所有的打掃工作。我甚至在他們家的超大前院看見有一個人在替她整理花草。她怎麼可能沒時間爲自己的小家庭煮一頓飯？

但我不該隨便評斷別人，畢竟我對她的生活一無所知。就算她很有錢，也不表示她就被寵壞了。

但如果要我用一百美金打賭，我敢說妮娜．溫徹斯特就是個茶來伸手、飯來張口的少奶奶。

「還有，我們偶爾也需要有人照顧西西莉雅，」溫徹斯特太太說。「下午帶她去上課或是去找玩伴。妳有車吧？」

聽到問題我差點笑出來。沒錯，我有車——那是我目前擁有的一**切**。我那台已經有十年歷史的**Nissan**正突兀地停在她家前面的街上，那就是我現在的家，所有家當全在後車廂，上個月我都睡在車後座。

以車爲家一個月之後，就會發現一些小東西在生活中有多重要。比方馬桶、水槽、睡覺時能把腿伸直。我最想念的是最後一項。

「對，我有車。」我回答。

「太棒了！」溫徹斯特太太雙手一拍。「我當然會爲妳準備西西莉雅需要的兒童安全座椅。她只需要增高坐墊，目前她的身高體重還不能拿掉坐墊，美國兒科學會建議……」

妮娜．溫徹斯特喋喋不休說著兒童使用安全座椅的身高體重規定時，我趁機打量一下客廳。家具擺設現代感十足，有我看過最大的平板電視，畫質想必超好，每個角落和縫隙都安裝了環繞立體音響以達到最佳視聽效果。房間一角有個看來眞正能用的壁爐，壁爐台上擺了很多溫徹斯特一家到世界各地旅遊的照片。我抬頭一望，枝形吊燈的耀眼燈光把高得不可思議的天花板照得一片燦亮。

「妳不這麼認爲嗎，米莉？」溫徹斯特太太說。

我眨眨眼，試圖把記憶轉回她剛剛問我的問題，卻怎麼也想不起來。「嗯……」無論我回應了什麼都讓她心花怒放。「眞高興妳也這麼想。」

「沒錯。」我更堅定地說。

她翹起又放下一雙有點粗壯的腿。「我們當然會再補貼妳。看到我在廣告上開出的薪資了吧？這個數字妳還滿意嗎？」

我嚥嚥口水。廣告上的數字不只是令人滿意而已。如果我是卡通人物，看到廣告那一刻我的兩顆眼珠子會冒出錢的符號。但那個數字也差點害我打退堂鼓。會開那種價碼又住在這種房子裡的人，絕不可能考慮雇用我這種人。

「嗯，」我壓抑著情緒，「滿意。」

她揚起一邊眉毛。「還有，妳知道這份工作需要住在這裡吧？」

她是在問我願不願意離開我那台Nissan的豪華後座嗎？「嗯，我知道。」

「好極了！」她拉拉裙襬並站了起來。「想參觀一下嗎？看看妳給自己找了什麼樣的工作？」

我也跟著站起來。踩著高跟鞋的溫徹斯特太太只比穿平底鞋的我高個幾公分，但感覺上卻高很多。「好主意！」

她帶我一一參觀房間，鉅細靡遺的程度讓我擔心自己是不是看錯廣告，她會不會是房屋仲介，以爲我想買下這棟房子。這房子確實很漂亮。假如我口袋有四、五百萬現金隨我花，我會二話不說立刻買下它。除了一樓的超大客廳和剛翻新的廚房，二樓還有溫徹斯特夫婦的主臥室、她女兒西西莉雅的房間、溫徹斯特先生的書房，還有媲美曼哈頓五星級飯店房間的客房。她在下一扇門前煞有介事地停下來。

「這間是……」她倏地打開門。「我們的家庭電影院！」

除了樓下的超大螢幕電視，他們家裡還有貨眞價實的電影院！裡頭有好幾排座椅，對著從地板延伸到天花板的大螢幕，角落甚至有一台爆米花機。

過一會兒我才發現溫徹斯特太太盯著我瞧，等著我的反應。

「哇！」我驚呼，希望自己的表現符合她的期望。

「很讚吧？」她樂不可支地說。「我們有完整的電影收藏，當然也有一般的電視頻道和串流媒體。」

「一定的。」我說。

走出房間後，我們來到走廊盡頭的最後一扇門。妮娜收住腳，手停在門把上。

「這是我的房間嗎？」我問。

「算是……」她把手一轉，門把吱嘎響。我很難不發現這扇木板門比其他扇門厚很多。門後面是陰暗的樓梯間。「妳的房間在樓上。閣樓還有一間房間。」

這個陰暗狹小的樓梯間比這棟房子的其他地方遜色一點。在裡頭裝個燈泡難道會要了他們的命嗎？但話說回來，我只是他們請來的傭人，也不指望他們花在我房間的錢跟家庭電影院一樣多。

樓梯走到頂是一條狹小的走廊。跟一樓不同的是，這裡的天花板低到不行。我無論如何都不算高，但連我都覺得好像得低頭彎腰才行。

「妳有自己的廁所。」她對左邊的一扇門點點頭。「妳的房間是這一間。」

她打開最後一扇門。裡頭黑漆漆，直到她抓住一條繩子一拉，房間才亮起來。房間很小，這點毫無疑問。不只如此，天花板順著屋頂斜向一邊，最遠那端只到我的腰。這房間沒有主臥的特大雙人床、豪華衣櫃和紅棕色梳妝台，只見一張單人床、一張矮書櫃和一個小梳妝台，唯一的照明是天花板上兩個光禿禿的電燈泡。

這房間很簡陋，但我無所謂。要是太豪華，我肯定沒有被選上的希望。正因爲房間有點糟，就代表她的標準可能沒那麼高，那我就還有一丁點希望。

但我覺得這房間有點古怪，總之就是不太對勁。

「抱歉房間很小。」溫徹斯特太太皺起眉。「但在這裡妳可以保有隱私。」

我走向房裡唯一的窗戶前。窗戶跟房間一樣很小，不比我的手大多少，底下就是後院。有個園藝師拿著大剪刀在修剪樹籬，就是我剛剛在前院看到的那個人。

「妳覺得如何，米莉？喜歡嗎？」

我轉過頭，看見溫徹斯特太太滿臉堆笑。我還說不上來困擾我的是什麼。這房間有什麼讓我心裡毛毛的。

或許是那扇窗。窗戶對著房子後面，假如我出了什麼事想求救，誰也看不到我在這裡；就算我喊破喉嚨，也不會有人聽到。

但我在騙誰啊，有這個房間住就該偷笑了，而且還能有自己的浴室，和一張能把腿伸直的床。跟我的車比起來，那張小床好到我都要哭了。

「很完美。」我說。

這個答案似乎讓溫徹斯特太太欣喜若狂。她帶我從陰暗的樓梯間走回二樓。出了樓梯間我吐了口氣，這才發現自己一直在憋氣。那房間令人頭皮發麻，但要是眞能得到這份工作，我會克服的。沒問題。

我的肩膀終於放鬆下來，正要開口問另一個問題就聽見身後傳來聲音。

「媽咪？」

我收住口，轉過身，看見一個小女孩站在我們身後的走廊上。女孩跟妮娜·溫徹斯特一樣有雙淡藍色的眼睛，只不過更淡，一頭金髮金到泛白。她穿著一件白色蕾絲滾邊的淺藍色洋裝，盯著我看的眼神彷彿可以穿透我。穿透我的**靈魂**。

你知道有一類電影講的是人對奇怪事物的狂熱，比方會讀心術、崇拜惡魔、住在玉米田或類似地方的邪門小孩？要是想幫這種電影找演員，這女孩肯定入選。甚至用不著試鏡，導演看她一眼就會說：**好，就是妳，演邪門小孩三號**。

「西西！」溫徹斯特太太驚道。「上完芭蕾課了？」

女兒緩緩點頭。「我坐貝拉她媽媽的車回來的。」

溫徹斯特太太伸手抱住女兒瘦弱的肩膀，但小女孩還是一號表情，淡藍色眼睛直盯著我不放。我是怎麼了？怎麼會害怕這個九歲小女孩對我下毒手？

「這位是米莉，」溫徹斯特太太對女兒說。「米莉，這是我女兒西西莉雅。」

小女孩的眼睛像兩汪深潭。「很高興認識妳，米莉。」她恭敬有禮地說。

我敢說，要是我得到這份工作，她會趁我睡著時宰了我的機率起碼有百分之二十五。但我還是想要這份工作。

溫徹斯特太太在她的頭頂上親了一下，小女孩就匆匆跑回自己房間。她的房間裡想必有一個恐怖娃娃屋，裡頭的娃娃晚上都會活過來。說不定到時宰掉我的是其中一隻娃娃。

ＯＫ，是我想太多。那個小女孩說不定可愛得不得了。被打扮成維多利亞時代的鬼氣森森模樣又不是她的錯。況且我喜歡小孩啊，雖然十年來我沒有太多跟小孩相處的機會。

我本來全身緊繃，回到一樓就好多了。溫徹斯特太太人很親切，（以貴婦來說）也還算正常。她吱吱喳喳說著房子、女兒和幫傭工作時，我只有一邊耳朵在聽。我只知道在這裡工作很不賴。爲了能得到這份工作，要我做什麼我都願意。

「有沒有什麼問題，米莉？」她問我。

我搖搖頭。「沒有，溫徹斯特太太。」

她咂了咂嘴。「叫我妮娜就好。如果妳要在這裡工作，喊我溫徹斯特太太感覺很好笑。」她笑出聲。「好像我是什麼有錢的老太太一樣。」

「謝謝妳……妮娜。」我說。

她的臉在發光，雖然那可能是因爲有錢人都用海藻或小黃瓜皮之類的東西敷臉。妮娜．溫徹斯特是那種固定上SPA保養的女人。「我有種好事要發生的預感，米莉。眞的。」

你很難不被她的熱情感染。當她用滑嫩的手掌握住我粗糙的手掌時，很難不感到一絲希望。我很想相信接下來幾天我會接到妮娜．溫徹斯特的來電，讓我有機會到她家幫傭，也終於能結束以Nissan爲家的生活。我多麼想要這麼相信。

但無論我對妮娜有什麼想法，她都不是笨蛋。她絕不可能沒做過身家調查就雇用一個陌生女人住進她家幫傭和照顧她的小孩。一旦做過調查……

我喉嚨一緊但還是沉住氣。

妮娜・溫徹斯特站在前門跟我道別。「非常謝謝妳來，米莉，」她親切地說，再次握住我的手。「我保證很快就會跟妳聯絡。」

會才怪。這將是我最後一次踏進這間豪宅。打從一開始我就不該來的，應該去應徵起碼還有一絲希望的工作，而不是來這裡浪費雙方的時間。或許去找找看速食店的缺。

我從閣樓窗戶看到的那個園藝師又回到前院的草皮，手上仍然抓著那把大剪刀，正在修剪房子前面的樹籬。他塊頭很大，穿著T恤秀出精壯的肌肉，手臂上的刺青若隱若現。舉手調整棒球帽時，他抬起深邃的眼睛，一瞬間在草皮另一頭跟我四目相交。

我舉手跟他打招呼：「你好。」

他直直盯著我，沒說你好，也沒說「不要踩在我的花草上」，就只是盯著我瞧。

「我也很高興認識你。」我低聲咕噥。

我走出圍住房子的電動鐵門，踩著沉重的步伐走回車上（我的家）。我回頭看了那個站在前院的園藝師最後一眼，發現他還在看我。他臉上的表情讓我忍不住打了個寒顫。接著他搖了搖頭，動作小到幾乎看不出來。幾乎就像在警告我一樣。

但他一句話也沒說。

2

當你以車爲家，就不得不一切從簡。

沒辦法找一堆人來聚會，這是一點。喝酒吃飯打牌，全都免談。但是沒差，反正我也沒有想見的人。比較大的問題是洗澡。被趕出公寓之後三天（我丟掉工作之後的三個禮拜），我發現了一個可以淋浴的休息站，那一刻我差點喜極而泣。雖然那裡的淋浴間沒什麼隱私，還隱隱飄散著人類排泄物的味道，但那時的我一心只想要洗去一身污垢。

此刻我坐在車後座吃午餐，雖然需要時也可以把電磁爐插進點菸器裡使用，但我多半還是吃三明治。各式各樣的三明治。我有個保冷箱用來存放火腿和起司，還有一大條超市只賣九十九分美金的白土司。當然還有零食：洋芋片、花生夾心餅乾、海綿奶油蛋糕，各種垃圾食物應有盡有。

今天我吃的是火腿加切片起司三明治，外加一大匙美乃滋。每咬一口我都得克制自己別去想我有多討厭三明治。

硬吞下一半三明治之後，口袋裡的手機響起。我是用預付卡的折疊式手機，就是那種只有想殺人放火或回到十五年前才會用的復古手機。但我需要一支手機，也只買得起這種。

「請問是威廉米娜．卡洛威小姐嗎？」電話另一頭傳來一個女人清亮的嗓音。

聽到我的全名讓我身子不由一震。威廉米娜是我奶奶的名字，她早就不在人世。天知道什麼樣的神經病才會把自己小孩取名叫威廉米娜*，但我已經沒在跟我爸媽說話（他們也沒在跟我說話），所以也沒人可問。反正我一直都以「米莉」自稱，聽到別人叫錯也會馬上指正。但我有種直覺，打電話來的人不是短期內會跟我很快變熟的人。

「是？」

「卡洛威小姐妳好，」女人說，「我是蒙奇漢堡的唐娜．史丹頓。」

原來是蒙奇漢堡，就是幾天前找我去面試的一家平價速食店。他們要找煎漢堡或是顧收銀台的人，但只要我肯努力也有機會能升遷。更棒的是，這樣我就能賺多一點錢，不用再睡車上。

我真正想要的工作當然是去溫徹斯特家幫傭，但離我上次見到溫徹斯特太太已經

*這也是當今荷蘭女王的名字。

整整過了一個禮拜。我得到夢幻工作的機會八成飛了。

「我只是想通知妳，」史丹頓小姐接著說，「我們已經找到人了。但還是祝福妳求職順利。」

火腿和起司在我的肚子裡翻攪。網路上說蒙奇漢堡聘人沒有很嚴格，就算我有前科也不一定會被刷掉。眼看溫徹斯特太太一直沒打電話來，我愈等愈心急，好不容易找到幾個面試機會，而蒙奇漢堡是最後一個。要是繼續在車上吃三明治，我應該會吐出來。我受不了了。

「史丹頓小姐，」我急忙說，「請問你們其他店有沒有缺？我工作很認真，做事又可靠，而且都……」

我停下來。對方已經掛掉電話。

我右手抓著三明治，左手抓著手機。沒望了。沒人想雇用我。那些雇主都用同樣的眼神打量我。我只是想要重新開始。就算熬夜爆肝也沒關係，要我做什麼我都願意。

我強忍淚水，雖然不知道有何必要，反正也不會有人看到我在車子後座掉眼淚。這世界上已經沒有人在乎我。我爸媽十多年前就不管我了。

我的手機又響起，把我從自憐自艾中震醒。我用手背抹抹眼淚，按下綠色按鍵接聽。「喂。」我啞著聲音說。

「喂，請問是米莉嗎？」

聲音有點熟悉又不太熟悉。我把手機貼近耳朵，一顆心跳得好快。「是……」

「我是妮娜．溫徹斯特，上禮拜妳來我家面試過。」

「哦。」我緊緊咬住下唇。她爲什麼現在打電話來？我以爲她已經找到人，所以決定不通知我了。「對，是。」

「如果妳還有興趣，我們很樂意雇用妳。」

我感覺到腦門充血，幾乎有點暈。**我們很樂意雇用妳**。這女人是認眞的嗎？蒙奇漢堡會想雇用我還可以理解，但是像妮娜．溫徹斯特這樣的貴婦想請我去她家幫傭——而且還住在那裡——簡直不可思議。

她有可能沒調查我的資歷嗎？沒做簡單的背景調查？或許是因爲太忙，抽不出時間。或者她是那種很相信自己直覺的女人。

「米莉？妳還在嗎？」

我一怔，發現自己一直沒出聲，整個人呆掉。「我在。」

「所以妳對這份工作還有興趣嗎？」

「有。」我盡量不讓自己聽起來太猴急。「當然有。我非常高興能爲妳工作。」

「是**跟我**一起工作。」妮娜糾正我。

我發出緊張的笑聲。「是，當然。」

「那麼妳什麼時候可以開始？」

「呃，妳希望我什麼時候開始？」

「愈快愈好！」妮娜笑道。我嫉妒她跟我截然不同的輕鬆笑聲。要是手指一彈就能跟她互換身分該多好。「家裡有一大堆衣服要折！」

我鼓起勇氣說：「那明天好嗎？」

「那就太好了！可是妳不需要時間打包行李嗎？」

我不想告訴她我全部的家當都在後車廂。「我打包很快。」

她又笑出聲。「我欣賞妳做事的熱忱，米莉。很期待妳來我們家工作。」

跟妮娜討論明天的細節時，我不禁好奇要是她知道過去十年我都待在監獄裡，會不會還對我抱持一樣的看法。

3

隔天早上我抵達溫徹斯特家時，妮娜已經送西西莉雅上學並且回到家了。我把車停在他們家四周的鐵柵欄外。以前我從沒進去過有鐵柵欄的房子，更不用說住在那裡。但長島這片高級住宅區似乎家家戶戶都有鐵柵欄。這附近的犯罪率其實很低，裝設鐵柵欄有點多此一舉，但我有什麼資格評論？要是所有條件都一樣，讓我來挑有柵欄還是沒柵欄的房子，我也會選擇有柵欄的。

昨天來看的時候柵門開著，但今天卻關上，甚至還上了鎖。我靜立片刻，兩個行李袋放在腳邊，努力思索該怎麼進去才好。門上不見門鈴或按鈕，但那個園藝師又出現了，手抓著鏟子蹲在泥土地上。

「抱歉！」我大喊。

對方往後瞥了我一眼又繼續挖土。還眞親切。

「抱歉！」我又喊，這次大聲到他無法忽略我。

他終於很慢很慢地站起來，不疾不徐越過前面的大草皮走到門口，先把厚厚的橡膠手套脫下來之後，才揚起眉毛看我。

「你好，」我說，壓抑著對他的惱怒。「我是米莉．卡洛威，今天是我第一天來上班。我正在想要怎麼進去，因爲溫徹斯特太太在等我。」

他不發一語。遠遠看我只覺得他塊頭很大，至少高過我一個頭，手臂二頭肌壯得可比我大腿。但近看我才發現他挺性感的，年紀大概三十五、六歲，一頭濃密黑髮滿是汗水，橄欖色皮膚，五官粗獷好看，但他五官中最令人印象深刻的地方是眼睛。眼眸很黑，黑到我分不清瞳孔和虹膜。他有種讓人想要倒退一步的眼神。

「所以，呃，可以請你幫忙嗎？」我問。

男人終於張開嘴，我以爲他會叫我滾或拿出證件，沒想到他劈里啪啦冒出一串義大利文。至少我聽起來像義大利文。我雖然稱不上懂義大利文，但也看過一部配上字幕的義大利電影，聽起來跟剛剛那串話很像。

等他自言自語完之後，我說：「哦，所以，呃……你不會英文？」

「英文？」他說，口音很重，猜也知道他的答案。「不，英文，不會。」

太好了。我清了清喉嚨，用力思考該怎麼表達才好。「我……工作，替溫徹斯特太太。」我指指自己又指指房子。「我需要……進去。」我又指了指鐵門上的鎖。

「進去。」

他只是皺著眉頭看我。好極了。

我正要拿出手機打給妮娜，他就走去旁邊按下某個開關，鐵門應聲打開，幾乎像慢動作。

鐵門一開，我抬眼打量近期要成爲我棲身處的這棟房子。兩樓高外加閣樓的大屋，感覺占了布魯克林一個街區那麼長。外牆白到令人目眩（大概剛重新粉刷過），建築風格看起來很現代，但我懂什麼？我只知道住在這裡的人感覺好像錢多到不知道該怎麼花。

我正要彎身去提行李，那個猛男就不費吹灰之力一次抓起兩個袋子，幫我提到前門。袋子很重，除了車子，我所有家當幾乎都在裡面，有人自願幫忙提，我很感激。

「Gracias（謝謝）。」我說。

他用奇怪的眼神睨我一眼。呃，我可能說的是西班牙文。好吧。

我指著自己，說：「米莉。」

「米莉。」他點頭表示理解，然後指著自己說：「我是恩佐。」

「很高興認識你，」我笨拙地說，即使他聽不懂。如果他住在這裡，在這裡工作，不可能一句英語都不會吧。

「Picacere di conoscerti（很高興認識你）。」他說。

我默默點頭。跟園藝師先生的自我介紹大概就到此爲止。

「米莉，」他用很重的義大利腔說，一副有話要說卻不知道怎麼說的表情。

「妳……」

他用義大利文細聲說出一個字，但前門一響起開鎖聲，恩佐立刻跑回他剛剛蹲的地方裝忙。我只勉強聽出他說了Pericolo這個字。誰知道那是什麼意思，或許他是想喝某種汽水——Peri Cola，加上一圈萊姆皮？

「米莉！」妮娜看到我很高興，熱情地攬住我，給我一個大大的擁抱。「妳決定接下工作我太開心了。妳知道嗎，我總覺得我們很契合。」

果然不出我所料。她雇用我是因爲「直覺」，所以根本沒做背景調查。那麼現在我只要確保別讓她有需要懷疑我的理由就好。我得成爲無可挑剔的家事服務員才行。

「我知道，我也有那種感覺。」

「快進來！」

妮娜抓著我的臂彎把我拉進門，無視我手上提著兩袋沉重的行李。我並不期待她會幫忙，她應該也想都沒想過要幫忙。

一進門，很難不發現屋裡跟我第一次來的時候很不一樣。完全不一樣。上次來面試時，溫徹斯特家一塵不染，每個平面都乾淨溜溜，但這次家裡卻髒到像豬圈。沙發前面的矮桌上擺了六個杯子，每個都裝了深淺不一的黏稠液體，報紙和雜誌亂七八糟堆在桌上，還有一個變了形的披薩盒。客廳到處都是衣服和垃圾，餐桌上還留著昨晚剩下的飯菜。

「看看這裡，」妮娜說，「妳來得正是時候！」

所以妮娜．溫徹斯特是個邋遢鬼——這就是她的**祕密**。我得花好幾個鐘頭才能把這個地方打掃乾淨，甚至可能要好幾天。但無所謂，我迫不及待要大展身手，而且她需要我幫忙才好。只要我的存在對她不可或缺，哪怕日後她發現真相，也未必一定會開除我。

「我先去放行李，」我說，「之後就可以開始大掃除。」

妮娜開心地吁了口氣。「妳救了我，米莉，太感謝了。還有……」她從廚房平台上抓起皮包翻了翻，然後從裡頭拿出一支最新型的iPhone。「這個給妳。我發現妳用的是很舊型的手機。如果我要找妳，我希望妳有可靠的聯絡工具。」

我遲疑地拿起全新的iPhone。「哇，妳太慷慨了，可是我負擔不起月費……」

她揮了揮手。「我已經把妳加入我們的家庭方案，沒花什麼錢。」

沒花什麼錢？我有預感她對這幾個字的定義跟我天差地別。

我還來不及拒絕，身後樓梯便響起腳步聲。我轉過身，只見一個身穿灰色西裝的男人走下樓。一下樓看到我站在客廳，他突然收住腳，好像對我的存在很訝異。當他看見我的行李時，眼睛張得更大。

「安迪！」妮娜大聲說。「來見見米莉！」

想必他就是安德魯．溫徹斯特。我上網查過溫徹斯特家的資料，看見男主人的身價時，我的眼珠子差點掉下來。看到上面那麼多個$符號，擁有家庭電影院和鐵柵欄也就不難理解了。他是個企業家，從父親那裡繼承了一家前景大好的公司之後還讓獲利翻倍。但從他驚訝的表情看來，他把大多數家務都交給太太打理，但她卻完全忘了告訴丈夫她請了一個女傭住進家裡幫忙料理家事。

「妳好，」溫徹斯特先生皺著眉頭走進客廳。「米莉，對嗎？抱歉，我不知道……」

「安迪，我跟你說過啦！」她把頭歪向一邊。「我跟你說過我們需要找人幫忙打掃、煮飯和照顧西西莉雅。我很確定跟你提過！」

「這樣啊。」他的表情終於放鬆下來。「歡迎妳來，米莉。妳肯定幫得上忙。」

安德魯·溫徹斯特對我伸出手。很難不注意到他長得一表人才。一雙銳利棕色眼眸，濃密紅棕色頭髮，性感的蘋果下巴。同樣很難不發現他的魅力遠遠超出他太太，即使她已經努力把自己打扮得無懈可擊。我不由得感到納悶，畢竟這個男人不是普通的富有，想要什麼樣的女人都可以。我很敬佩他沒有選一個二十幾歲的超級名模當老婆。

我把新手機塞進牛仔褲，然後伸出手跟他握手。「很高興認識你，溫徹斯特先生。」

「請叫我安德魯就好。」他說，親切地對我笑。

他說話時，妮娜·溫徹斯特變了臉色，嘴角抽搐，眼睛瞇成細縫。但我不是很確定為什麼，她自己也要我喊她名字啊，況且安德魯·溫徹斯特也沒亂看。他很紳士地看著我的眼睛，沒把視線移到我的頸部以下。不過也沒啥好看的。第一天上班我穿了一件樸素的上衣和舒服的藍色牛仔褲，但今天我懶得戴那副騙人的玳瑁框眼鏡。

「安迪，」妮娜插話，「你不是得進辦公室？」

「對。」他順一順灰色領帶。「九點三十在市區有個會議，我得動作快。」

安德魯在妮娜的唇上印上綿長的一吻，然後按按她的肩膀。看起來是一對恩愛的夫妻。就一個八位數字身價的男人來說，安德魯挺務實的。他從前門給太太一個飛吻的樣子很可愛——是個愛老婆的男人。

門關上之後，我對妮娜說：「妳先生看起來是個好人。」

她又出現那種陰鬱又多疑的眼神。「妳這麼認為嗎？」

「呃，嗯。」我結結巴巴地說：「我是說，他看起來……你們結婚多久了？」

妮娜若有所思地看著我。但她沒回答我的問題，反而問我：「妳的眼鏡呢？」

「什麼？」

她揚起一邊眉毛。「上次來面試妳不是有戴眼鏡？」

「哦。」我不安地動來動去，不想承認那副眼鏡是假的，只是為了看起來更知性更嚴肅，當然還有裝老裝醜。「我……我戴了隱形眼鏡。」

「是喔？」

我不知道自己為什麼要說謊。我應該直接承認自己根本不太需要戴眼鏡，但現在卻是謊上加謊，捏造了根本不存在的隱形眼鏡。我感覺得到妮娜正在打量我的瞳孔，尋找上面的隱形鏡片。

「那……有什麼關係嗎？」最後我問。

妮娜右眼底下一顫。有一瞬間，我好怕她會把我趕出去，但後來她的臉放鬆下來。「當然沒關係！我只是覺得妳戴那副眼鏡很可愛，很搶眼，妳應該常戴的。」

「是嗎……」我用顫抖的手抓起一個旅行袋。「也許我該先把東西放上樓，然後就能開工。」

妮娜把手一拍。「好主意！」

我爬上通往閣樓的階梯，這一次妮娜還是沒有主動說要幫我提袋子。爬到第二段時，我感覺自己兩隻手快斷了，但妮娜完全沒想到要停下來讓我歇個手。好不容易走到我的新房間，把袋子往地上一放，我才鬆了好大一口氣。妮娜拉拉繩子，兩顆燈泡隨即亮起，照亮這個狹小的生活空間。

「希望妳滿意，」妮娜說。「我想說妳應該比較喜歡這裡，能保有隱私，還有自己的浴室。」

或許她覺得內疚，家裡明明空著一間大客房，卻要我住不比雜物櫃大多少的小房間。但我無所謂，只要比我的車子後座大，對我來說都像皇宮。我等不及今天晚上睡在這裡，內心已經激動到要哭了。

「這裡很棒。」我發自內心地說。

除了床、書櫃和梳妝台之外，我發現一件第一次來沒注意到的東西。一台約一呎高的小冰箱，插頭插進牆上的插座，發出規律的轟轟聲。我蹲下來打開冰箱門。小冰箱有兩層，上層擺了三小罐瓶裝水。

「補充水分很重要。」妮娜認眞地說。

「嗯……」

看見我一臉困惑，她笑著說：「既然是妳的冰箱，妳想放什麼都可以，我只是先來起個頭。」

「謝謝。」這也沒什麼。有些人會在枕頭上放薄荷糖，妮娜則是在冰箱放了三瓶水。

「那麼……」妮娜往腿上擦擦手，雖然她的手乾淨無瑕。「妳就先整理一下再開始打掃。我得去準備明天的親師會了。」

「親師會？」

「家長教師聯誼會。」她笑咪咪地看著我。「我是副會長。」

「好厲害，」我投其所好地說。妮娜很容易取悅。「我很快整理一下就馬上開工。」

「非常感謝。」她伸手碰一下我的手臂；她的手乾燥而溫暖。「妳是我的救星，米莉。我眞高興妳來了。」

我把手擱在門把上，目送妮娜走出房間。就在那一刻我發現了。第一次走進這裡時困擾我的感覺。一股不安湧上來。

「妮娜？」

「嗯？」

「爲什麼……」我清清喉嚨。「爲什麼這個房間的鎖是在**外面**，不是裡面？」

妮娜低頭看門把，彷彿才第一次發現。「哦！眞抱歉。以前我們把這間房當儲藏室，所以會從外面上鎖，後來才改成傭人房，可是大概當時沒把鎖一併換掉。」

我很容易會被鎖在裡面耶，如果有人想這麼做的話。房間裡又只有一扇對著屋子後面的小窗。這房間隨時可能變成一個死亡陷阱。

但話說回來，有誰會想把我鎖在裡面？

「可以給我房間的鑰匙嗎？」我問。

她聳聳肩。「我甚至不確定鑰匙在哪裡。」

「我想要一副鑰匙。」

她瞇起淡藍色眼珠看我。「爲什麼？妳想藏什麼在房裡不給我們知道嗎？」

我驚訝得張大嘴巴。「沒……我沒有，可是……」

妮娜仰頭一笑。「開玩笑的。這是妳的房間，米莉！如果妳想要一副鑰匙，我當然會給。我保證。」

有時妮娜像是有雙重人格，一瞬間從白臉變黑臉。她表面上說在開玩笑，我卻不太敢確定。但反正沒關係。我也沒其他選擇，能得到這份工作就很幸運了。無論如何我一定要好好表現，一定要讓妮娜·溫徹斯特把我當個寶。

妮娜走出去時，我帶上門，雖然很想鎖門卻不行。當然不行，鎖在外頭啊。

關上門時，我注意到門板上有些痕跡。細長線條從上往下延伸，高度大概到我的肩膀。我伸手去摸上面的凹痕，幾乎就像……

抓痕。很像有人在門上抓了又抓。

試著要逃出去。

太扯了。是我自己亂想。老舊木頭出現刮痕很正常，這不代表曾經發生過什麼可怕的事。

我突然覺得這房間悶熱到不行。角落有個小火爐，想必冬天能讓房間溫暖又舒服，但天氣比較溫暖時卻沒辦法讓它冷卻下來。我得買個風扇架在窗前。這裡雖然比我的車子大多了，卻還是個小房間，難怪他們之前拿來當儲藏室。我四下查看，打開抽屜看看大小。房間內嵌一個小衣櫃，大小只夠掛我的幾件衣服，裡頭放了幾個衣架，角落還有一個藍色小水桶。

我試圖扳開小窗戶，看會不會比較通風，但窗戶一動都不動。我瞇起眼睛細看，手沿著窗框移動，原來是用水泥漆封死了。

明明房間有窗，但是卻打不開。

我可以去問問妮娜，但我不想在第一天上工就抱怨東抱怨西。或許下禮拜吧。我想要求一扇能開的窗並不算過分吧。

那個名叫恩佐的園藝師正在後院推割草機除草。他暫停片刻，舉起肌肉壯碩的手臂抹去額頭上的汗。抬起頭時，他從小窗戶看見我的臉，然後又像第一次見到我一樣搖搖頭。我想起進門前他輕聲說的義大利文。Pericolo。

我從口袋拿出全新的手機。螢幕在我的觸碰下亮起，上面好多傳訊息、打電話、氣象報告等等的小圖示。我剛入獄時還沒有人手一支這種手機，出獄之後我也買不起。但剛出獄那時我去過中途之家，裡頭有幾個女生拿這種手機，所以我大概知道怎麼用。我知道哪一個圖示是瀏覽器。

我在瀏覽器視窗裡打下：翻譯pericolo。閣樓的訊號想必很弱，因爲我等了很久。將近一分鐘之後，手機螢幕終於跑出pericolo的翻譯。

危險

4

之後幾個鐘頭我都在忙打掃。

妮娜把房子弄到髒得不能再髒。每個房間都慘不忍睹。客廳矮桌上的披薩盒裡還有兩片披薩，不知什麼又黏又臭的東西從盒子底部流出去，滲進矮桌，把盒子黏在桌上。我花了一個小時泡水和半個小時死命刷洗才把屋子收拾乾淨。

最慘的是廚房。除了垃圾桶裡的垃圾之外，旁邊還堆了兩袋垃圾，裡頭的垃圾多到滿出來。其中一個袋子底部破了洞，我要提到外面丟時，整袋垃圾掉了滿地。那味道奇臭無比，我忍不住乾嘔，幸好沒把午餐吐出來。

水槽裡的碗盤堆得像座小山，我不懂妮娜爲什麼不直接把碗盤放進他們家那台最先進的洗碗機裡，後來我打開洗碗機才恍然大悟，原來裡頭也塞滿髒碗盤。那個女人不認爲把髒碗盤放進洗碗機之前應該先刷一下。她甚至連啓動洗碗機都懶。我總共讓洗碗機跑了三回合才全部洗完，鍋子還另外洗，因爲大多都放了很多天，上面的食物都結成了硬塊。

下午三、四點，終於把廚房恢復得差不多了，我眞爲自己感到驕傲。這是在酒吧毫無道理把我開除之後（但這就是我現在的人生），我第一次那麼賣力工作，可是感覺很痛快。我只想要能繼續在這裡工作，或許還加上在自己房間裡有扇能開的窗戶。

「妳是誰？」

我正忙著收拾最後一批碗盤時，有個細小的聲音嚇了我一跳。我扭過身，看見西西莉雅站在我後面，一雙淡藍色眼睛像要把我看穿，身上穿的白色蛋糕裙讓她看起來像個洋娃娃。我指的「洋娃娃」當然是《陰陽魔界》這類恐怖片裡出現的會說話會殺人的邪門洋娃娃。

我甚至沒看到她走進來。妮娜也到處不見人影。這孩子到底從哪冒出來的？要是我的工作內容還包括，查出西西莉雅十年前就死了，其實是個幽靈，那我就不幹了。好吧，或許不會離職，但我可能會要求加薪。

「嗨，西西莉雅！」我雀躍地說。「我是米莉，從今天開始來你們家工作，負責打掃，要是妳媽要求，我有時也會幫忙照顧妳。希望我們能相處愉快。」

西西莉雅眨了眨淡藍色的眼睛。「我餓了。」

我得提醒自己她只是個會餓會渴會上廁所又難搞的普通小女生。「妳想吃什麼？」

「不知道。」

「那妳喜歡哪些食物呢？」

「不知道。」

我咬著牙。西西莉雅從一個邪門小女孩變成一個討人厭小女孩。但我們才剛認識，我相信再過幾個禮拜我們就會變成超級好朋友。「那好吧，我來幫妳弄個點心。」

她點點頭，然後爬上廚房中島旁的一張高腳椅，眼神還是像要把我看穿，彷彿能讀出我內心所有的祕密。我希望她去客廳那台超大電視看卡通，而不是在這裡……盯著我看。

「所以妳喜歡看什麼電視節目？」我問，希望她聽懂我的暗示。

她皺起眉頭，好像我冒犯了她。「我比較喜歡看書。」

「那很棒！妳喜歡讀些什麼？」

「書。」

「什麼樣的書？」

「上面有字的那種。」

算了，看來她不太想理我。也罷，如果她不想談書，我可以換個話題。「妳剛從學校回來嗎？」我問她。

她驚訝地看著我。「不然還能從哪裡？」

「可是……妳怎麼回來的？」

西西莉雅不耐煩地吁了口氣。「露西她媽媽到芭蕾舞教室接我回家。」

大概十五分鐘前我聽到妮娜上樓，所以她應該在家。我心想該不該讓她知道西西莉雅到家了。可是我又不想打擾她，況且照顧西西莉雅也是我的工作之一。

謝天謝地，西西莉雅似乎對我失去了興趣，轉頭去翻粉紅色背包裡的東西。我在櫥櫃裡找到麗滋餅乾和一罐花生醬，照著我媽以前的作法先把花生醬塗在餅乾上。重複我媽為我做過好多次的動作讓我有點懷念過去，還有點感傷。我從沒想過她會那樣丟下我不管。**到此為止，米莉。我受夠了。**

塗完花生醬之後，我把香蕉切片鋪在每一片餅乾上。花生醬和香蕉的組合超讚。

「嗒啦！」我把點心推到西西莉雅面前。「花生醬香蕉餅乾！」

她睜大雙眼。「花生醬和香蕉？」

「相信我，真的很好吃。」

「我對花生醬過敏！」西西莉雅激動得滿臉通紅。「花生醬會害死我！妳想害死我嗎？」

我的心一沉。妮娜從沒跟我說過這件事，而且他們家的櫥櫃就放著一瓶花生醬！如果她女兒對花生醬嚴重過敏，為什麼家裡要放花生醬？

「媽咪！」西西莉雅邊叫邊跑上樓。「那個女傭想用花生醬害死我！救命啊，媽咪！」

哦，天啊。

「西西莉雅！」我悄聲喊她。「那是意外！我不知道妳過敏而且……」

但妮娜已經飛奔下樓。雖然家裡亂糟糟，她看起來卻完美無瑕，又換了另一套潔白如新的白衣白裙。白色是她喜愛的顏色，西西莉雅顯然也是。母女倆跟這棟房子很搭。

跑到樓下之後，妮娜高聲問：「怎麼了？」

看到西西莉雅撲向母親的懷抱，我不由退縮。「媽咪，她要逼我吃花生醬！我跟她說我對花生醬過敏，她還是不聽。」

妮娜的蒼白皮膚漲紅。「米莉，是眞的嗎？」

「我……」我的喉嚨好乾。「我不知道她對花生醬過敏。我發誓。」

妮娜皺起眉頭。「我跟妳說過這件事啊，米莉。妳這樣不行。」

她從沒提過西西莉雅對花生過敏，一個字都沒有。我願意用生命發誓。而且就算她有，爲什麼還要在櫥櫃裡放一瓶花生醬呢？還放在最前面！

但她不會相信我的解釋，現在她一心認爲我差點害死她女兒。然後我就要看著這份工作從指間溜走。

「眞的很抱歉，」我說，彷彿有東西堵住喉嚨。「我一定是忘記了。我保證絕對不會再發生這種事。」

西西莉雅嗚嗚啜泣，妮娜抱著她，輕輕撫摸她的一頭金髮。後來啜泣聲終於停止，但西西莉雅還是黏著媽媽。我非常愧疚，心裡知道給小孩吃任何東西之前都應該先跟他們的父母確認。這件事錯在我，要不是西西莉雅夠警覺，後果說不定會不堪設想。

妮娜深呼吸一口氣，閉上眼睛片刻又張開。「好吧。可是請妳千萬別再忘記這麼重要的事。」

「不會的，我保證。」我擰著雙手。「妳要我把櫥櫃裡的那罐花生醬丟掉嗎？」

她沉默半晌。「不用，不要比較好，我們可能會需要。」

我想大聲抗議，但如果她想把會害死女兒的花生醬放在家裡，那是她家的事。我只知道自己絕對不會再去碰它。

「還有，」妮娜說，「晚餐什麼時候會好？」

晚餐？我應該準備晚餐嗎？妮娜又幻想了另一段我們之間從沒有過的對話嗎？但經過剛剛的花生醬教訓，我不打算再爲自己辯解，就看冰箱有什麼就煮什麼了。

「七點好嗎？」我說。三個小時對我來說應該綽綽有餘。

她點點頭。「妳不會在晚餐裡放花生醬吧？」

「當然不會。」

「請別再忘記了，米莉。」

「不會的。家裡還有誰對什麼過敏……或不吃什麼嗎？」

她有沒有對蛋過敏？蜜蜂的刺？太多家事規則？我得先問清楚。再次出錯的風險太大，我承受不起。

妮娜搖搖頭，西西莉雅從媽媽的懷裡抬起布滿淚痕的臉，恨恨地瞪著我。我們兩個第一天相處不太順利，但我會想辦法補救的。改天做布朗尼或什麼好吃的給她好了。小孩好辦，大人比較棘手，但我已經下定決心，一定要贏得妮娜和安德魯的歡心。

5

六點四十五左右，晚餐快好了。冰箱裡有些已經醃製過的雞胸肉，袋子上還印出料理方法，我只要照著指示丟進烤箱就行了。他們想必固定跟人進貨，包裝上都有食用方法說明。

車庫門砰一聲關上時，廚房香味四溢。一分鐘後，安德魯·溫徹斯特踱進門，一隻手忙著鬆開領帶。我正在攪拌爐火上的醬汁，看到他的那一刻我有點呆掉，我竟忘了他有多帥。

他對我咧咧嘴；這男人笑起來甚至更帥。「妳叫米莉，對吧？」

「對。」

他深吸一口氣。「哇，聞起來好香。」

我臉紅了。「謝謝。」

他滿意地環顧廚房一圈。「妳打掃得很乾淨。」

「應該的。」

他輕聲一笑。「是啊。第一天工作還順利嗎？」

「順利。」我不打算告訴他花生醬事件，不需要讓他知道，但我猜妮娜會跟他說。我相信他不會樂意聽到我差點害死他女兒。「你家很漂亮。」

「這要感謝妮娜，家務都她負責。」

就在這時候，妮娜穿著另一套白衣白裙走進廚房，雖然短短幾個小時前她才換過一套。妮娜看起來仍然無可挑剔。但更早之前打掃時，我看了一下他們壁爐上的照片。其中有張妮娜和安德魯多年前的合照，當時的她跟現在判若兩人，頭髮沒那麼金，妝沒那麼厚，衣著也比較隨興，而且起碼比現在少了二十幾公斤。我差點認不出是她，但安德魯卻完全沒變。

「妮娜。」看到妻子，安德魯的眼睛一亮。「妳好美——一如往常。」

他把她拉過去深深一吻。她在他懷中融化，抓著他的肩膀像要把他占爲己有。兩人終於分開時，她抬眼看著他，說：「我想你。」

「我更想妳。」

「我才更想你。」

天啊，他們要爭論誰比較想誰到什麼時候？我轉過身，忙著準備晚餐。那麼近距離看兩個人甜言蜜語很尷尬。

先轉移話題的是妮娜。「所以你們互相認識了嗎？」

「嗯哼，」安德魯說。「不覺得米莉燒的菜很香嗎？」

我往後一瞥，只見妮娜站在爐台前看著我，藍色眼珠又出現那種陰鬱的眼神。她不喜歡她丈夫稱讚我。但我實在不懂，安德魯明明這麼迷戀她，有什麼好擔心的。

「是啊。」她附和。

「妮娜對廚房沒轍。」安德魯哈哈笑，伸手攬住她的腰。「要是她負責掌廚，我們會餓死。以前我母親會帶她自己或她的廚子燒的菜來給我們，但自從她跟我父親退休搬去佛羅里達之後，我們多半都吃外賣。所以妳是我們的救星，米莉。」

妮娜笑得很僵。他只是在逗她，但沒有女人想被拿來跟另一個女人比較，而且還被比下去。笨蛋才不知道，但話說回來，很多男人都是笨蛋。

「晚餐再過十分鐘就好了，」我說。「你們要不要先去客廳坐一下，好了我再叫你們？」

他揚起眉毛。「妳想跟我們一起用餐嗎，米莉？」

妮娜猛吸一口氣，聲音填滿廚房。她還沒開口，我就猛搖頭。「不了，我要回房間休息了，不過還是謝謝你的邀請。」

「真的？妳確定？」

妮娜往丈夫的手臂一拍。「安迪，她忙了一整天，才不想跟自己的雇主吃晚餐。她只想上樓跟朋友傳訊息聊天，對吧，米莉？」

「沒錯。」我說，即使我一個朋友都沒有，至少外面沒有。

安德魯其實都無所謂，他只是禮貌問一下，渾然不覺妮娜才不希望我跟他們同桌吃飯。但我不在意。我不想做任何讓她覺得受到威脅的事，我只想做好工作，少惹麻煩。

6

我幾乎忘了把腿伸直睡覺是多美妙的一件事。

雖然這張小床很普通，凹凸不平不說，我只要稍微動一下，床架的彈簧就會吱嘎響，但還是比我那輛車好太多了。更神奇的是，晚上如果需要上廁所，廁所就在隔壁！我用不著開車去找休息站，邊尿尿邊抓著防狼噴霧。我甚至用不上防狼噴霧。能在正常的床上入睡感覺眞好，所以我一沾枕頭就睡死了。

我再度睜開眼睛時，天還沒亮。我驚嚇坐起來，努力回想自己人在哪裡。我只知道我不在車上，過了幾秒這幾天發生的事才重回腦海。妮娜雇我來這裡幫傭。我搬出車子。在一張眞正的床上睡著。

我的呼吸漸漸平緩下來。

我伸手觸碰一下床邊梳妝櫃上那支妮娜給我的手機。上面顯示的時間是凌晨三點四十六。還不到起床時間。我掀開令人發癢的毯子，然後滾下床，眼睛漸漸適應從小窗透進來的月光。我得去上廁所，之後回來看看能不能再睡一下。

我的腳踩在光禿禿的地板上發出吱嘎聲。我打了個哈欠，伸伸懶腰，指尖幾乎要碰到天花板上的燈泡。這個房間小到讓我覺得自己像大巨人。

我走向門，抓住門把然後……

門轉不開。

剛剛好不容易驅散的恐慌又再度湧上來。門鎖上了。溫徹斯特家的人把我鎖在裡面。**妮娜**把我鎖在裡面。可是爲什麼？這難道是什麼變態的遊戲？他們故意找個有前科的人，一個沒人牽掛的人，然後把人關進這裡嗎？我伸手去摸門上的刮痕，好奇上一個被困在這裡的可憐女人是誰。

我就知道沒那麼好的事。就算廚房髒到令人傻眼，這對我來還是一份夢幻工作。我就知道妮娜一定做了背景調查。說不定她覺得反正沒人會在乎我的死活，所以才把我關在這裡。

我的記憶倒轉，重回十年前牢房門第一次在我面前關上的那一晚。我知道此後很長一段時間監獄就是我的家。當時我對自己發誓，如果能夠出去，我再也不會讓自己陷入那種困境。如今出獄還不到一年，我卻被困在這裡。

但我有手機，可以報警。

我從梳妝台上抓起手機。今天更早的時候還有訊號，現在卻完全收不到訊號，一格都沒有。

我困在這裡動彈不得。只有一扇對著後院又不能開的小窗。

我該怎麼辦？

我再次伸手去抓門把，心想有沒有可能把門撞開。但這次當我大力轉門時，門又轉得動了。

門啪一聲打開。

我狼狽地衝出去，呼吸急促，先在走廊上站了片刻，等心跳恢復正常。我根本沒有被鎖在裡面，妮娜也沒有把我關起來的瘋狂計畫，剛剛只是門卡住了而已。

但我怎麼也甩不掉內心的不安——應該趁還逃得了的時候，趕快逃的。

7

早上一下樓，我就看見妮娜快把廚房給掀了。

她把廚房櫃子底下的鍋盆全翻出來，流理台上有一半的碗盤也難以倖免，很多都四分五裂躺在地上。現在她把目標轉向冰箱，胡亂抓起裡頭的食物往地上丟。我吃驚地看著她把一整罐鮮奶從冰箱拿出來摔在地上。鮮奶立刻噴湧而出，在鍋盆和碎裂的碗盤周圍形成白色河流。

「妮娜？」我猶豫地發出聲音。

妮娜猛然停住，手裡抓著一個貝果，扭過頭看我。「在哪裡？」

「什麼……什麼在哪裡？」

「我的筆記！」她慘叫一聲。「我把今天晚上的親師會筆記放在廚房流理台上！可是筆記卻不見了！妳把筆記怎麼了？」

首先，她怎麼會覺得筆記有可能放在冰箱？第二，我很確定我沒有把她的筆記丟掉。好吧，百分之九十九確定。有沒有一丁點可能是我在流理台上看到揉成一團的紙，以為是垃圾就把它丟了？不能完全排除這個可能，但昨天我很小心避免丟掉任何不是垃圾的東西。問題是，昨天這裡到處都是垃圾。

「我沒有動妳的筆記。」我說。

妮娜生氣地雙手插腰。「所以妳是說我的筆記自己長腳跑了？」

「我不是那個意思。」我小心翼翼走向她，運動鞋踩到破碎的碗盤喀啦作響。我在心裡提醒自己：以後絕對不能赤腳走進廚房。「會不會是放在別的地方？」

「我沒有！」她兇巴巴地說。「我放在這裡。」她舉起手往流理台大力一拍，那聲音大到嚇我一跳。「就在流理台上，可是卻不見了！憑空消失了！」

廚房的聲音驚動了安德魯．溫徹斯特。他走進廚房，身上的深色西裝讓他看起來甚至比昨天更帥，要是他還能更帥的話。他顯然正在打領帶，但看見地上一片狼籍，手指停在打到一半的領結上僵住。

「妮娜？」

妮娜轉身看見丈夫，立刻淚水盈眶。「米莉把我今天晚上開會要用的筆記丟了！」

我正要開口反駁，但又覺得何必呢。妮娜一口咬定是我丟了她的筆記，雖然不是說完全沒可能，可是，如果那份筆記那麼重要，她爲什麼丟在流理台上？昨天廚房一團亂，看起來就像被雷打到。

「眞糟糕。」安德魯張開雙臂，她撲進他懷裡。「妳沒有存在電腦上嗎？」

妮娜對著他的高級西裝吸鼻子，說不定弄得全是鼻涕，但安德魯好像都不介意。「只有一些，很多還是得重弄。」

接著，她轉身用指責的眼神看著我。

我不想再堅稱自己的無辜。如果妮娜認定是我丟了她的筆記，最好的方法就是道歉。「我很抱歉，妮娜，」我說。「如果有什麼我幫得上忙……」

妮娜低頭看廚房地上的慘況。「妳把我的廚房弄得那麼噁心，妳要負責收拾乾淨，現在我得去救我的筆記了。」

說完她就跺著腳走出廚房，腳步聲飄上樓梯，逐漸消失。我思考著要怎麼收拾地上的碎碗盤，上面不但灑了牛奶，地上還有大概二十顆葡萄滾來滾去。我不小心踩到一顆，沾得鞋底都是。

安德魯站在廚房直搖頭。既然妮娜走了，我總覺得自己得說些什麼。「聽我說，」我開口，「我真的沒有……」

我還來不及表明自己的清白，他就說：「我知道。妮娜很……敏感，但她心地很好。」

「嗯……」

他脫下深色西裝外套，然後開始捲起潔白襯衫的袖子。「我來幫忙清理。」

「你沒有必要這麼做。」

「兩個人一起弄比較快。」

他走去廚房旁邊的儲藏室拿出拖把。我很驚訝他知道拖把放哪。事實上，他對放打掃工具的儲藏室很熟。我懂了。看來妮娜之前就做過這種事，而他早已習慣替她收拾殘局。

儘管如此，既然現在有我在這裡幫傭，這就是我的工作。

「我來就好了。」我伸手要把他手上的拖把搶過來。「你都換好衣服了，而且我來這裡就是爲了打掃。」

起初他還抓著拖把不放，最後終於讓步。「好吧，謝謝妳，米莉。辛苦了，我很感激。」

至少有人感激。

開始打掃之後，我回想起壁爐架上那張安德魯和妮娜剛在一起，還沒結婚，也還沒有西西莉雅時的合照。兩人看起來如此年輕，如此幸福。看得出來安德魯仍然深愛著妮娜，但有些事不同了。我感覺得出來。妮娜不再是從前的她。

但這些都不重要，那都跟我無關。

8

妮娜大概把冰箱裡一半的東西都丟在地上，所以今天我得跑一趟超市。看來以後我也得負責煮飯，所以我順便買了些生肉和調味料，這樣就能很快變出一桌菜。妮娜把她的信用卡下載到我的手機，我買的東西都會自動記在她的帳上。

在監獄的時候，食物的選擇不是太有趣。菜色只在雞肉、漢堡、熱狗、千層麵、墨西哥捲餅，以及一種令我作嘔的神祕魚肉餡餅之間變來變去。主菜旁邊會附上煮到解體的蔬菜。以前我都會幻想出獄之後要吃什麼好料，但因為預算有限，只能買特價品，所以選擇也不多，後來睡在車上之後選擇更少。

但幫溫徹斯特家買東西就完全是另一回事。我直接走向最貴的牛排（要怎麼料理，之後可以上YouTube查）。以前有時候我會煎牛排給我爸吃，但那已經是很久以前的事了。反正只要食材夠高檔，不管怎麼料理都好吃。

回到溫徹斯特家時，我的後車廂載了四大袋雜貨。妮娜和安德魯的車占去了車庫的兩個位置，而且妮娜吩咐過我車子不能停在車道上，所以我只好把車停在街上。我手忙腳亂把袋子搬出後車廂時，園藝師恩佐正好從隔壁的房子走出來，右手拿著某種嚇人的園藝工具。

他看見我吃力的模樣，遲疑片刻便小跑過來，然後皺著眉頭看我。「我來。」他用口音濃重的英語說。

我正要提起其中一個袋子，他就用壯碩的雙臂一次提起四個袋子。走到前門時他對著門點點頭，耐心地等我開門。我動作盡量快，畢竟他手上的雜物大概也有將近四十公斤。進門前他先在擦鞋墊上跺跺腳，才把雜貨拿進廚房的流理台上放。

「Gracias（謝謝）。」我說。

他嘴角一斜，用義大利文糾正我。「不對。Grazie（謝謝）。」

「Grazie。」我重說一遍。

他在廚房站了片刻，眉頭深鎖。我再次覺得恩佐挺帥的，一身黝黑的皮膚，令人望而生畏。上臂有刺青，但部分被T恤擋住。我看到他的右邊二頭肌上刺了個愛心，裡面刻了「安東妮雅」這個名字。只要他動了念頭，那雙肌肉發達的手臂三兩下就能要我的命。但我完全不覺得這個男人想要傷害我。眞要說起來，他甚至還很關心我。

我還記得那天妮娜打斷我們之前他低聲對我說的話。Pericolo。危險。他想告訴我什麼？他認爲我在這裡有危險嗎？

或許我應該在手機下載一個翻譯程式，這樣他就能輸入他想對我說的話然後——樓上的聲音打斷我的思緒。恩佐倒抽一口氣。

「我走。」他隨即轉身大步走向門口。

「可是……」我追上去，但他的步伐比我快很多。我甚至還沒走出廚房，他就走出門了。

我站在客廳，一時不知該去整理買回來的東西，還是去追他。但後來妮娜幫我做了決定。她下樓走進客廳，一身白色長褲套裝。我不記得看過她穿白色以外的顏色，雖然很適合她的髮色，但是要我穿白色，光是怕弄髒就會把我逼瘋。當然了，從現在開始負責洗衣服的人是我，而我在心裡提醒自己下次去超市要多買些漂白水。

妮娜看到我站在客廳，眉毛快要豎到頭頂。「米莉？」

我硬擠出笑容。「嗯？」

「我聽到樓下有聲音。有人來找妳嗎？」

「不是，沒有。」

「妳不能帶陌生人來家裡。」她蹙眉看著我。「如果想邀請朋友來，我希望妳先問過我，而且至少兩天前就要通知我。另外要請你們到妳的房間。」

「剛剛是那個園藝師，」我跟她解釋。「他只是幫我把我買的東西提進來而已。」

我以爲這個答案能讓妮娜滿意，沒想到她卻眼神一暗，右眼底下一陣抽搐。「園藝師？恩佐嗎？他剛剛進來家裡？」

「嗯。」我按按後頸。「那是他的名字嗎？我不知道。他只是幫我把東西提進來。」

妮娜打量我的表情，像在觀察我有沒有說謊。「我不希望他再進來家裡。他在外面工作弄得全身髒兮兮，我那麼辛苦保持家裡的乾淨。」

我不知道該說什麼。恩佐進來之前先擦過靴子，沒把泥土帶進來。再說，昨天我走進這棟房子看到的畫面，那才叫一個髒好嗎？

「妳懂我的意思嗎，米莉？」她逼我回答。

「懂，」我趕緊說。「我懂。」

她打量我的眼神讓我全身不舒服。我不安地動來動去。「對了，怎麼都沒看妳戴眼鏡？」

我直覺地舉手摸臉。我第一天幹麼戴那副蠢眼鏡，早知道就不該自找麻煩。昨天她問我的時候，我應該說實話才對。「呃……」

她挑起眉毛。「我沒在閣樓浴室看見隱形眼鏡藥水。不是我想窺探妳的隱私，但如果哪天妳得開車接送小孩，我希望妳的視力沒問題。」

「是……」我在牛仔褲上抹抹手心的汗。我應該乾脆實話實說。「其實我……」我清清喉嚨。「其實我不需要戴眼鏡。面試那天我戴的眼鏡比較像是……裝飾吧。」

她舔舔嘴唇。「原來如此。所以妳說了謊。」

「不是說謊，只是一種打扮。」

「是嗎？」她的藍眼珠彷彿凝結成冰。「但後來我問妳，妳又說自己戴隱形眼鏡，不是嗎？」

「呃……」我緊張地絞著手。「我想……對，那次我說了謊，大概是覺得不好意思……我很抱歉。」

她的嘴角往下拉。「下不為例。」

「我知道了，對不起。」

她凝視我片刻，眼神深不可測，之後環顧了客廳一圈，視線掃過每個平面。「請把客廳打掃乾淨。我可不是付錢請妳來跟園藝師眉來眼去的。」

妮娜說完就大步走出門，然後砰一聲把門甩上。

9

今天晚上妮娜去開親師會——就是因爲我丟了她的筆記而毀掉的那個聚會。她預計先跟其他家長一起吃個便飯，所以我只要負責張羅安德魯和西西莉雅的晚餐。

妮娜不在家，這棟房子安靜多了。我不太確定爲什麼，但她身上有股能量充滿整個家。廚房只有我一個人。我先把菲力牛排用平底鍋煎過再丟進烤箱。家裡靜悄悄，很好。要不是有個挑剔的老闆，這份工作就太完美了。

安德魯很會抓時間，他進門時我正要把牛排拿出烤箱，放在廚房檯子上靜置一下。他把頭探進廚房。「好香——跟昨天一樣。」

「謝謝。」我在已經拌入奶油和鮮奶油的薯泥中多加了點鹽。「你可以去叫西西莉雅下樓吃飯嗎？我叫了她兩次可是……」其實我叫了三次，但她都沒甩我。

安德魯點點頭：「收到。」

安德魯走去飯廳喊她，過不久我就聽到樓梯響起急促的腳步聲。看來我是拿她沒轍了。

我裝了兩盤牛排，搭配馬鈴薯泥和花椰菜。西西莉雅的那盤份量比較少，我也不強迫她一定要吃花椰菜。如果她爸希望她吃，他會有辦法叫她吃的。但要是我沒放蔬菜就是我的疏失了。我正在發育的時候，晚餐我媽一定會替我準備一份蔬菜。

我相信我媽到現在還在納悶自己的教養哪裡出了錯。

西西莉雅穿著另一件精緻過頭的淡色洋裝。我從沒看她穿過一般小孩穿的衣服，總覺得怪怪的。穿著那種洋裝沒辦法玩，不但綁手綁腳，而且只要一點髒就很明顯。她在餐桌前的一張椅子上坐下來，拿起我擺在桌上的餐巾優雅地放在腿上。一瞬間我有點開心。但她一開口就說：

「妳為什麼給我水？」她對著我放在她桌前的過濾水皺起鼻子。「我討厭水。給我蘋果汁。」

小時候要是我這樣跟人說話，我媽一定會打我的手，糾正我要說「請」。但西西莉雅不是我的小孩，這幾天我也還沒有讓她喜歡上我。所以我只能禮貌地笑一笑，把水拿走再換一杯蘋果汁給她。

我把果汁放在她面前，她仔細檢查杯子，甚至拿起來對著燈光瞇起眼睛查看。

「這個杯子髒髒的，我要換一個。」

「怎麼會，」我說，「才剛從洗碗機拿出來的。」

「霧霧的。」她拉下臉。「我不想用這一個，我要換一個。」

我深呼吸鎮定下來。我不想跟這個小鬼吵。要是她想換杯子，我就給她換一個。

我去幫西西莉雅拿杯子時，安德魯正好走進飯廳。他拿掉了領帶並解開白襯衫最上面的鈕釦，底下的胸毛若隱若現。我不得不別過頭。

男人是我出獄之後還在學習掌握的事物之一。我所謂的「掌握」，當然是指徹底敬而遠之。我上一個工作是在酒吧當女服務生（那也是我出獄後唯一做過的工作），期間多少會有顧客來約我出去，但我一概拒絕。我目前的生活已經夠混亂，不需要再多找麻煩。再說，約我的男人都是些我沒興趣的傢伙。

十七歲那年我入獄，當時就已經不是處女，但唯一有過的性經驗也只是笨拙的高中生性愛。在獄中，有時看到帥氣迷人的獄卒我會有一股衝動，那種感覺有時甚至有點痛苦。出獄之後我引頸期盼的事情之一，就是能跟異性交往。那怕只是體會一下跟男人接吻的感覺都好。我就是想試試看。怎麼可能不想。

但不是現在。總有一天會。

儘管如此，看著安德魯．溫徹斯特這樣的男人時我不禁想，我已經超過十年沒碰男人了——至少不是這樣的男人。他跟我在那家低級酒吧遇到的那些噁心男人不同。他是我好不容易出獄之後眞正想找的男人——只不過我要找的當然是未婚男人。

有個念頭浮上腦海：假如我想釋放一下壓力，恩佐或許是不錯的人選。不行，他不會說英文。但如果只是一夜情應該無所謂。他看起來應該不用說太多也知道怎麼做。而且他不像安德魯，手上沒戴婚戒，但我不禁納悶刺在他手臂上的「安東妮雅」

究竟是誰。

走回廚房端兩盤牛排時，我甩開腦中對那個性感園藝師的幻想。看到美味多汁、烤得恰到好處的牛排，安德魯的眼睛一亮。我很以自己的成果為傲。

「看起來美味極了，米莉！」他說。

「謝謝。」

我看了看西西莉雅。她的反應正好相反。「噁！是牛排。」顯而易見。

「牛排很好啊，西西，」安德魯對她說。「妳應該嚐嚐看。」

西西莉雅看看父親又低頭看盤子。她抓起叉子小心戳著牛排，好像擔心它會從盤子跳起來跑進她的嘴巴，臉上露出痛苦的表情。

「西西……」安德魯說。

我的視線在他們兩人之間游移，不知如何是好。我突然想到，或許我不該為九歲小女孩準備牛排當晚餐，我只是想說她出生在這種富裕家庭，品味應該很高檔。

「呃，我是不是應該……」我說。

安德魯推開椅子，從桌上抓起西西莉雅的盤子。「好吧，我幫妳弄些雞塊。」

我跟著安德魯走回廚房，不停向他道歉。他笑著說：「不用擔心。西西莉雅很愛雞肉，尤其是雞塊。我們就算去長島最高級的餐廳吃飯，她也照樣點雞塊。」

我的肩膀放鬆了一些。「妳用不著動手。我可以幫她準備雞塊。」

安德魯把盤子放在廚房檯子上，然後對我搖搖手指。「不要緊。如果妳要在這裡工作，也需要有人教妳。」

「好吧……」

他打開冷凍庫，從裡頭拿出一大包家庭號雞塊。「這個就是西西莉雅喜歡的雞塊，其他牌子都不行，她都不喜歡。」他摸索著袋子上的密封夾鏈，拿出其中一包冷凍雞塊。「還有，雞塊一定要是恐龍造型。恐龍，了解嗎？」

我忍不住微笑。「了解。」

「另外，」他拿起雞塊，「妳得先檢查雞塊有沒有變形，少了頭、腳或是尾巴之類的。如果有這些嚴重缺陷，那就不行。」他從微波爐上的櫥櫃拿出一個盤子，然後把五個完整無缺的雞塊放在盤子上。「她喜歡一次吃五塊。微波爐九十秒整，太短還沒解凍，太久會太乾。很微妙的平衡。」

我嚴肅地點著頭。「了解。」

雞塊在微波爐裡旋轉時，他四下環顧這間起碼比我被趕出來的公寓大一倍的廚房。「我們花了一大筆錢整修廚房，結果西西莉雅卻只肯吃微波食品。」

「屁孩」這兩個字到了我的嘴邊，但我沒說出口，反而說：「她知道自己喜歡什麼。」

「那倒是。」微波爐叮一聲，他拿出熱騰騰的雞塊。「妳呢？吃過了嗎？」

「我會帶點食物回房間吃。」

他揚起一邊眉毛。「妳不想跟我們一起吃嗎？」

我心裡有部分想跟他一起用餐。安德魯・溫徹斯特有很迷人的一面，而且我忍不住想多認識他一點。但另一方面又覺得這樣不妥。要是妮娜走進來看到我們兩個在餐桌上有說有笑，肯定會不高興。另外，我也有預感西西莉雅會把場面弄得很僵。

「我比較想在自己房間吃。」我說。

他本來似乎想要反駁，但後來又改變主意。「抱歉，」他說，「我們以前從沒請過住在家裡的幫傭，所以我對規矩不是很清楚。」

「我也是，」我坦承。「但我猜想妮娜不會喜歡看到我跟你一起用餐。」

我屏住呼吸，不知道把話說白會不會逾越了界線。但安德魯卻點點頭。「或許妳說的沒錯。」

「總之，」我抬起下巴直視他的眼睛。「謝謝你的雞塊教學。」

他咧嘴對我笑。「別客氣。」

安德魯端著雞塊回飯廳。他走了之後，我站在廚房水槽前把西西莉雅拒吃的食物狼吞虎嚥吃光之後就上樓回房間。

10

一個禮拜後，我下樓走進客廳就看見妮娜手裡抓著一個裝滿東西的垃圾袋。我的第一個念頭是：不會吧，這次又怎麼了？

來溫徹斯特家才一週，我卻覺得好像已經待了好幾年。不，是好幾世紀。妮娜的心情陰晴不定，前一秒才抱著我說她有多感謝我在這裡，下一秒卻又因爲她甚至從沒交代過我的事而指責我。說她喜怒無常一點都不誇張。西西莉雅則是個被寵壞的小鬼，擺明了不喜歡我在這裡。要是有別的選擇，我早就不幹了。

問題是我沒有。我別無選擇。

這個家我唯一還能忍受的人只有安德魯。他不常在家，但少數跟他互動的經驗都還算……平靜無波。目前這樣我就很開心了。老實說，有時我替安德魯感到難過。跟妮娜當夫妻並不容易。

我在客廳門口徘徊片刻，想搞清楚妮娜拿著垃圾袋想做什麼。難道是要我從現在開始按照字母順序、顏色和氣味做垃圾分類嗎？還是我買了她不喜歡的垃圾袋，所以要我重換垃圾袋？我實在想不到。

「米莉！」她大聲喊。

我的腸胃一緊。我有預感答案就快揭曉了。「是？」

她招手叫我過去。我走過去，盡量不要像赴刑場的死囚，但很難。

「怎麼了嗎？」我問。

妮娜抓起沉重的垃圾袋往她的豪華皮沙發一放。我皺起臉，很想提醒她別把垃圾灑在昂貴的皮革上。

「我剛剛整理了我的衣櫃，」她說。「可惜有些衣服對我來說有點太小，所以我把它們都收進袋子裡。妳能不能幫我個忙，把它拿去捐贈箱回收？」

就這樣？不算太糟。「當然可以，沒問題。」

「其實……」妮娜後退一步，眼睛上下打量我。「妳穿幾號？」

「呃，六號吧。」

她的臉色一亮。「那太好了！這些衣服不是六號就是八號。」

六或八？妮娜看起來至少要穿十四號。她想必很久沒整理衣櫃了。「哦……」

「那妳應該拿去穿，」她說。「妳沒什麼像樣的衣服。」

聽到這句話我內心一顫，雖然她說的沒錯。我確實是沒什麼像樣的衣服。「我不確定這樣好不好……」

「當然好！」她把袋子推給我。「穿在妳身上一定很好看。妳一定要收下！」

我接過袋子，然後輕輕打開。最上面是一件白色小洋裝，我把它拉出來。看上去貴到不行，料子好軟，我眞想躺在上面。她說的沒錯，穿在我身上一定很好看——穿在任何人身上都會好看。如果我決定要融入社會，重新開始跟人約會，有些像樣的衣服會加分不少。即使這些衣服全部都是白色。

「OK，」我只好答應。「非常感謝，妳太慷慨了。」

「不客氣！希望妳喜歡！」

「如果妳改變心意想拿回去，隨時跟我說。」

她仰頭大笑，雙下巴晃啊晃。「我不認爲我的身材尺碼短期之內會變小，尤其我跟安迪就要有寶寶了。」

我驚訝得張大嘴巴。「妳懷孕了？」

我不確定妮娜懷孕是好事還是壞事，雖然這就能解釋她的陰晴不定。但她搖搖頭。「還沒。我們一直在試，但還沒成功。不過我們都很期待有寶寶，而且近期就會去找專科醫師諮詢。所以大概明年吧，到時家裡就會多一個小成員。」

我不確定該如何反應。「嗯……恭喜。」

「謝謝。」她眉開眼笑。「總之，希望妳喜歡那些衣服。對了，我還有另一樣東西要給妳。」她從白色皮包翻出一支鑰匙。「妳要一副房間的鑰匙嗎？」

「謝謝。」自從第一天晚上半夜醒來，我以爲自己被關在房間裡而嚇得半死之後，就很少再想起門鎖的事。後來我發現門只是有點卡住，沒有人偷溜上來把我鎖在裡面。但話說回來，我人在裡面，就算有鑰匙也沒用。儘管如此，我還是把鑰匙收進口袋。離開房間時我或許可以把門鎖上。妮娜感覺像是喜歡窺探別人隱私的人。此外，這似乎是提起我的另一個煩惱的好時機。「還有一件事。我房間裡的窗戶不能開，好像用水泥漆封死了。」

「是嗎？」妮娜的口氣像是覺得這件事不是普通的無趣。

「那樣可能容易發生火災。」

她低頭看指甲，發現白色指甲油掉了一塊，皺起眉頭。「我不認爲。」

「我……不是很確定，可是房間不是應該有一扇能開的窗戶嗎？不然會很悶。」

其實不會，閣樓很通風，但如果想要搞定窗戶問題，該說的話我還是得說。我不喜歡房間裡唯一的窗戶被封死。

「我再找人去看看好了。」她說話的口氣讓我覺得她永遠不會找人去看，我永遠別想有一扇能開的窗戶。之後她低頭瞥了眼垃圾袋。「米莉，我很樂意送妳衣服，但請不要把垃圾袋丟在我們家客廳好嗎，這樣很沒禮貌。」

「哦，抱歉。」我喃喃地說。

她嘆了口氣，好像不知該拿我怎麼辦才好。

11

「米莉！」妮娜在電話另一頭焦急地說。「我需要妳去學校接西西莉雅！」

我手裡抱著一堆洗好的衣服，手機夾在肩膀和耳朵之間。每次妮娜打來我都會立刻接起，無論我正在做什麼。因爲如果不這麼做，她就會一直打到我接起電話爲止。

「好，沒問題。」我說。

「哦，謝謝！」妮娜感激涕零地說。「有妳眞好！兩點四十五去溫特學院接她！妳最棒了，米莉！」

我還來不及問任何問題，比方我要在哪裡跟西西莉雅會合，或是溫特學院的住址，妮娜就掛上電話。我拿起夾在耳朵下的手機，看到時間的那一刻我心裡一慌。我要在十五分鐘內找到學校的住址和接到老闆的女兒。看來衣服得暫時擱下了。

我趕緊一邊用手機查學校名字，一邊飛奔下樓，但什麼也沒找到。叫這個名字的最近一間學校在威斯康辛州，即使妮娜會提出一些怪異的要求，我不認爲她會期待我十五分鐘內到威斯康辛接她女兒。我打回去給妮娜，但她當然沒接，打給安迪也是。太好了。

當我在廚房裡踱步，心想該如何是好時，剛好看見用磁鐵黏在冰箱上的一張紙。是學校的行事曆，但上面印的是溫瑟學院，不是溫特學院。

妮娜是說溫特。我很確定她說的是溫特學院。難道不是嗎？

沒時間去追究到底是妮娜說錯，還是她根本搞不清自己女兒學校的名字，但她明明是那間學校親師會的副會長。謝天謝地，單子上有學校地址，所以我有了明確的目標。現在我只剩下十分鐘的時間趕到那裡。

溫徹斯特家住的這個小鎮擁有這一帶最好的公立學校，但西西莉雅上的是私校，這很正常。溫瑟學院是一棟宏偉又高雅的建築，有很多象牙圓柱和深棕色磚牆，牆上爬滿常春藤，我總覺得自己好像走進了霍格華茲學院那種不存在於眞實世界的地方。眞希望妮娜能事先提醒我接送時間會遇到的停車狀況。那簡直就是惡夢。我爲了找停車位還繞了好一會兒，最後終於擠進一輛賓士和勞斯萊斯中間。我很怕有人會因爲我亂停車就把我的破車拖走。

由於時間緊迫，我氣喘吁吁地衝向校門口。好死不死學校總共有五個門。西西莉雅會從哪個門出來？沒人指示我該往哪裡走。我又打了一次電話給妮娜，但還是一樣轉到語音信箱。她跑去哪了？雖然不關我的事，但這個女人不用工作，所有家事也都由我負責，她還能有什麼事好忙？

問了幾個不耐煩的家長之後，我終於確定西西莉雅會從學校右側最後一個門出來。但我下定決心絕對不能搞砸，所以又上前詢問兩個打扮得無懈可擊、正站在門口聊天的媽媽。「請問四年級生是從這個門出來嗎？」

「對。」比較瘦的那個女人上下打量我，她頂著一頭棕髮和我看過修得最完美的眉毛。「妳找誰？」

她的眼神讓我全身不自在。「西西莉雅．溫徹斯特。」

兩個女人互相交換會心的眼神。「妳一定就是妮娜最近請的女傭吧。」比較矮的那個紅髮女人說。

「是女管家。」我糾正她，雖然不知道為什麼要，畢竟妮娜想怎麼叫我都行。

棕髮女人聽到我的回應吃吃竊笑，但沒說什麼。「所以目前為止工作還順利嗎？」

她想從我身上挖八卦。想得美，我不會讓她得逞。「很順利。」

兩個女人再次交換眼神。「妮娜沒把妳逼瘋嗎？」紅髮女人問我。

「什麼意思？」我小心翼翼地問。我不想跟這些三姑六婆說長道短，卻又很好奇她們對妮娜的評價。

「妮娜就是有點……神經質。」棕髮女人說。

「妮娜根本就是神經病。」紅髮女人尖聲說。

我倒抽一口氣。「什麼意思？」

棕髮女人用手肘大力推了紅髮女人一下，後者驚呼一聲。「沒事沒事。她只是在開玩笑。」

這時校門剛好打開，學童蜂湧而出。就算能從這兩個女人口中聽到更多事，機會也沒了，因爲他們都往自己小孩的方向走去。但她們的話在我腦中揮之不去。

我在門口附近看見西西莉雅的一頭淡色金髮。大多數學童都穿著牛仔褲和T恤，但她還是一身蕾絲洋裝，這次是淡淡的藍綠色，在一群小孩中間顯得特別突出。走向她時，我輕易就能鎖定她。

「西西莉雅！」我邊走邊對她猛揮手。「我來接妳放學！」

西西莉雅看我的眼神好像寧可坐上某個大鬍子流浪漢的廂型車，也不想跟我回家。她搖搖頭，轉身背對我。

「西西莉雅！」我叫得更大聲。「別這樣。妳媽媽要我來接妳放學。」

她轉過頭看我，眼神像在說我是白痴。「她才沒有。蘇菲亞的媽媽會來接我去學空手道。」

我還來不及反駁，就有個穿著瑜伽褲和運動服、看上去四十幾歲的女人伸手搭住西西莉雅的肩膀。「女孩們，準備好要去上空手道了嗎？」

我驚訝地抬頭看她。她看起來不像會拐走小孩的壞人，但這中間顯然有些誤會。妮娜打電話要我來接西西莉雅，她的指示很明確……除了說錯學校的名字。但除此之外，她說得很清楚。

「抱歉，」我對那個女人說。「我在溫徹斯特家幫傭，妮娜要我今天來接西西莉雅放學。」

女人豎起一邊眉毛，把一隻剛修過指甲的手插在腰上。「我不這麼認為。每個星期三我都會來接西西莉雅，帶她們一起去學空手道。妮娜沒跟我說行程有變。或許是妳搞錯了。」

「我沒有。」我說，但聲音有點猶豫。

女人從Gucci皮包俐落地拿出手機。「我們跟妮娜確認一下好了。」

我看著她按下手機的某個鍵，邊用修長的手指敲著皮包，邊等妮娜接起電話。

「喂，妮娜嗎？我是瑞秋，」她停頓。「嗯，是這樣的。這裡有個女生說妳叫她來接西西莉雅放學，可是我跟她說每週三我都會載她去學空手道。」又停了很久，名叫瑞秋的女人一邊點頭。「好，我也跟她這麼說。好險我有跟妳確認。」再次停頓，然後瑞秋大笑一聲。「我懂妳的意思。要找到好用的人確實很難。」

不難想像妮娜最後說了什麼。

「看來我想的沒錯，」瑞秋說。「妮娜說妳搞錯了。所以我會照常載西西莉雅去學空手道。」

這時西西莉雅對我吐舌頭，在我身上又補了一刀。不過往好的一面想，這樣我就不用開車載她回家。

我拿出手機，查看妮娜有沒有傳簡訊取消要我來接西西莉雅放學的指示。沒有。我很快發了簡訊給她：

有個名叫瑞秋的女人剛跟妳通過電話，說妳請她載西西莉雅去學空手道。所以我可以直接回家嗎？

妮娜很快回我：

可以。妳怎麼會認爲我要妳去接西西莉雅放學？

我下巴抽搐，差點失控大吼「因爲妳叫我去啊！」，但我非忍住不可。妮娜就是這樣。況且替她（或**跟她一起**，哈）工作也有不少好處。她只是有點反覆無常。有點怪裡怪氣。

「妮娜根本就是神經病。」我忍不住回想起剛剛那個愛打探的紅髮女人跟我說的話。那是什麼意思？難道妮娜不只是個要求苛刻又怪裡怪氣的老闆嗎？難道她還有其他問題？

或許不知道比較好。

12

雖然我已經決定別再多管閒事，不去管妮娜的精神狀況，卻還是忍不住好奇。畢竟我替這個女人工作，還跟這個女人住在一起。

再說妮娜還有其他地方也很怪。就拿今天早上來說，我打掃主臥室的浴室時，忍不住納悶哪一個心理正常的人會把浴室弄得這麼亂——毛巾丟地上，洗臉盆黏了好多牙膏。我知道憂鬱症有時會讓人失去打掃的動力，但妮娜卻有動力每天往外跑，誰知道她都跑去哪裡。

最誇張的是我竟然在地上發現一個用過的衛生棉條，而且已經放了好多天。一個血淋淋的衛生棉條。我差點吐出來。

忙著刷洗黏在洗手台上的牙膏和化妝品污漬時，我的視線飄到藥品櫃上。假如妮娜真的是「神經病」，她應該有在吃藥，對吧？但我不能偷看藥品櫃，這麼做等於嚴重破壞了雙方的信任關係。

但話說回來，看一下也不會有人知道。很快瞄一眼就好。

我伸長脖子看看房間，外面沒人，又探探角落再次確認。四下無人。回到浴室之後我遲疑片刻，接著便把藥品櫃輕輕推開。

哇，裡頭的藥還眞多。

我拿起其中一罐橘色藥瓶。上面寫出妮娜的全名，藥名是安樂平錠。不知道是什麼藥。

我正要拿起第二罐，走廊就傳來人聲：「米莉？妳在裡面嗎？」

不會吧。

我趕緊把藥罐塞回原位並關上櫃子。我的心臟怦怦狂跳，手心冒出冷汗，及時在妮娜衝進臥房時擠出一抹笑。她穿著白色無袖上衣和白色牛仔褲，看見我在浴室裡她突然收住腳。

「妳在幹麼？」她問我。

「我在洗浴室。」絕不是在偷看妳吃什麼藥。

妮娜瞇著眼睛看我，有一瞬間我心想完了，她一定是要指責我亂翻她的藥櫃。我又很不會說謊，所以她八成會猜到眞相。但後來她的視線落在洗手台上。

「妳是怎麼刷洗手台？」她問。

「呃……」我舉起手中的噴霧瓶。「用這種浴廁清潔劑。」

「是有機的嗎？」

「我……」我看了看上禮拜在超市買的清潔劑。「不是。」

妮娜的臉一沉。「米莉，我比較喜歡有機的清潔用品，化學添加物比較少。妳懂我的意思？」

「是……」我沒說出心裡的想法，那就是我不敢相信一個吃那麼多藥的女人會在意清潔用品裡的那一點點化學添加物。沒錯，這是她使用的洗手台，但是清潔用品又不是拿來吃的，也不會跑進她的血液裡。

「我只是覺得……」她皺起眉頭。「妳沒有把洗手台刷乾淨。我可以看妳怎麼刷嗎？我想看看妳是哪裡沒做好。」

她想看我刷洗她的洗手台？「好……」

我往洗手台噴了更多清潔劑，然後開始刷陶瓷臉盆，直到把殘留的牙膏刷乾淨。我瞥了一眼妮娜，只見她若有所思地點著頭。

「還可以，」她說。「我猜眞正的問題是，我沒看著妳的時候妳是怎麼刷洗手台的？」

「也是用一樣的刷法。」

「是嗎？我很懷疑。」她兩眼一翻。「總之，我沒時間一天到晚盯著妳打掃。妳自己要確實把事情做好。」

「是，」我低聲回應。「我會的。」

妮娜慢悠悠走出房間，不是去做ＳＰＡ就是去跟朋友吃午餐，總之就是想辦法殺時間，因爲她用不著工作。我低頭看已經乾淨溜溜的洗手台，突然有股想把她的牙刷浸進馬桶裡的強烈衝動。

最後我並沒有把她的牙刷浸進馬桶，但我倒是拿出手機輸入「安樂平錠」這幾個字。

螢幕跳出很多筆資料。安樂平錠是一種抗精神病藥物，用來治療思覺失調症、躁鬱症、譫妄、躁動、急性精神病。

藥櫃裡起碼有一打藥罐，這只是其中一罐，天知道還有哪些。有部分的我因爲偷看而羞愧不已，另一部分的我很害怕還會發現什麼藥。

13

我在客廳吸地時，一抹影子正好從窗戶掠過。

我走去窗邊，果然是恩佐在後院工作。看來他每天輪流到不同人家負責各種園藝和造景的工作。此刻他正在前院的花圃挖土。

我去廚房拿了個水杯裝滿水就走了出去。

雖然不太確定自己想做什麼，但自從聽那兩個女人說妮娜是神經病（根本就是！）之後，我就沒辦法不去想這件事。後來我又在她的藥櫃裡找到抗精神病藥物。雖然我絕不可能因爲妮娜有精神問題就對她另眼相看，畢竟我在監獄裡也遇過不少奮力對抗精神疾病的女人，但要是能搞清楚狀況也沒什麼不好，說不定我還可能幫得上忙。

我還記得第一天來這裡時，恩佐似乎想警告我一些事。剛好現在妮娜不在家，安德魯去上班，西西莉雅去上學，似乎是找他問清楚的好機會。唯一的小問題是，恩佐半句英文都不會說。

但反正沒壞處。我相信他一定很渴，會很感謝我送上這杯水。

我走出門時，恩佐正忙著挖土。他看起來非常專注，即使我大聲清喉嚨也沒理我。我甚至清了兩次。最後我只好揮揮手，主動說：「Hola（你好）！」這次好像又是西班牙文。

本來在挖土的恩佐抬起頭，露出莞爾的表情。「Ciao（妳好）。」他說。

「Ciao。」我趕緊修正，暗自發誓下次一定要說對。

他的T恤濕了一大片，剛好呈現V字形，衣服黏在皮膚上，肌肉線條顯露無遺。那不是健美先生的肌肉，而是靠勞力賺錢的男人才有的結實肌肉。

我不知不覺盯著他看。報警抓我啊。

我又清清喉嚨。「我拿水給你。呃，水……要怎麼說？」

「Acqua。」他說。

我起勁地點頭。「對，沒錯。」

看吧，可以的。我們正在溝通，不會有問題的。

恩佐大步走向我，感激地接過水杯，一口氣好像就喝了半杯。他吁了口氣，用手背擦擦嘴。「Grazie（謝謝）。」

「不客氣。」我抬頭對他微笑。「所以……你替溫徹斯特家工作很久了嗎？」他面無表情地看著我。「我是說……你……在這裡工作……很多年？」

他又喝了一大口水。眼看水只剩四分之一，要是全部喝完，他就會回去工作，我的時間很有限。「Tre anni，」他終於說。另外又用口音很重的英文說：「三年。」

「呃，那……」我雙手交握。「妮娜．溫徹斯特……你……」

他皺起眉頭，但不再面無表情，看起來好像不懂我要表達什麼，但正在等我接下去說。或許他雖然不太會說英文，但聽還可以。

「那你……」我又問。「你認爲妮娜……我是指，你喜歡她嗎？」

恩佐瞇起眼睛看我，仰頭把水一飲而盡，然後把水杯還給我，二話不說就回去拿起鏟子繼續挖土，重拾剛剛的工作。

我張開口想再試一次卻又閉上嘴。剛來這裡時，恩佐試圖對我發出警告，但還沒把話說出口，妮娜就開門走出來。現在他顯然改變了想法。無論他知道什麼或在想什麼，他都決定絕口不提。至少不是現在。

14

我住進溫徹斯特家已經大約三個禮拜。這是我來這裡之後第一次跟觀護人會面。我想排休假的時候去，這樣就不必跟他們報告我去哪裡。

按照規定，每個月我都要向我的觀護人潘姆報到。潘姆是個中年婦女，矮矮胖胖，下巴厚實。剛出獄時我住在監獄補助的房子裡，等潘姆幫我找到那份女服務生的工作，我就搬了出去，自己找房子住。丟掉服務生工作後，我沒跟潘姆報備，也沒跟她說我被房東趕出來的事。一個多月前我去找她，當著她的面說了謊。

說謊欺騙觀護人已經違反了假釋規定。沒有固定住處、以車子爲家同樣也是違規。我不喜歡說謊，但也不想要假釋被撤銷，回監獄服完最後五年刑。我絕不能讓那種事發生。

但現在事情有了轉機。我可以對潘姆坦承了。呃，幾乎可以這麼說。

雖然是微風徐徐的春天，潘姆的小辦公室卻熱得要命。她的辦公室一年有一半像三溫暖，一半像冷凍庫，完全沒有中間地帶。她已經把小窗戶打開，外加一台風扇吹著桌上數不清的文件。她必須按著文件以免被風吹走。

「米莉。」我走進門時，她對我露出微笑。潘姆是好人，而且似乎是眞心想幫助我，所以我更內疚自己竟然騙了她。「見到妳眞好！最近都還好嗎？」

我坐進她辦公桌前的一張木椅。「很好！」雖然不完全是眞話，但也不能算錯，目前這樣已經不錯。「沒什麼要報告的。」

潘姆翻了翻桌上的文件。「我收到妳更改住址的通知。所以妳目前在長島的一戶人家幫傭？」

「沒錯。」

「妳不喜歡查理酒吧的工作嗎？」

我咬著下唇。「不太喜歡。」

那是我沒對她坦承的事情之一。我跟她說我辭了查理酒吧的工作，事實是他們開除了我。可是那件事根本就不合理。

不幸中的大幸是，整個過程很低調，沒把警察捲進來。那是我們之間的協議——我默默離開，他們就不通知條子。我也沒有太多選擇。要是他們找上警察，我一定會被送回監獄。

所以我沒跟潘姆說我被開除，因爲要是我說了，她就會打電話去問來龍去脈。後來我被趕出公寓也沒跟她說。

但現在沒事了。我有了新工作和住處，被抓回去關的危機暫時解除。上一次跟潘姆見面我如坐針氈，這次輕鬆多了。

「我以妳為榮，米莉，」潘姆說。「十幾歲就入獄的人有些出獄之後很難適應，但妳表現得很好。」

「謝謝。」絕不能讓她知道我有一個月睡在車上的事。

「那麼，新工作如何？」她問。「他們對妳好嗎？」

「呃……」我按按膝蓋。「還不錯。那家的女主人有點……怪怪的。但我只負責打掃，所以也沒什麼大不了。」

我又說了個小謊，不想告訴她妮娜．溫徹斯特愈來愈讓我覺得不舒服。我上網查過妮娜有沒有前科，但沒什麼發現，不過我沒另外花錢去調查妮娜的背景。無論如何，妮娜都可以用錢把自己的過去洗白。

「那太好了，」潘姆說。「那妳的社交生活呢？」

嚴格說來觀護人用不著關心這種事，但潘姆跟我漸漸變得像朋友，所以我並不介意她問這個問題。「完全沒有。」

她仰頭大笑，我瞥見她嘴巴後面一片閃亮的補牙。「如果妳覺得自己還沒準備好出去約會，我可以理解。但妳應該試著交些朋友，米莉。」

「好。」我嘴上說，心裡卻不這麼想。

「等妳開始約會之後，」她接著說，「不要隨便找個人就定下來。不要因為妳有前科就跟渣男在一起。妳值得一個用心對待妳的人。」

「嗯……」

一瞬間，我放任自己考慮有朝一日跟男人約會的可能。我閉上眼睛，想像對方可能長什麼樣子。這時安德魯・溫徹斯特的形象自動填滿我的腦海，他那從容大方的魅力和英俊的笑容浮現我眼前。

我倏地睜開眼睛。不行，不可以，連想都不能想。

「而且，」潘姆接著說，「妳很漂亮，不該這麼快就定下來。」

我差點笑出來。我想盡辦法讓自己看起來平凡不起眼，穿寬鬆的衣服，頭髮一律梳包頭或綁馬尾，甚至完全不化妝。但妮娜看我的眼神仍然好像把我當作會勾引男人的蕩婦。

「我還沒辦法想那麼遠。」我說。

「沒關係，」潘姆說。「但妳要記住，有工作和住的地方雖然重要，但跟人建立關係甚至更重要。」

或許她說的沒錯，但那方面我還沒準備好。現在我必須專注於維持良好紀錄，避免惹禍上身。我絕對不要再回去吃牢飯。沒有什麼比這件事更重要。

Δ　　Δ　　Δ

晚上我很難入睡。

在監獄裡，你得隨時戒備並留意周圍狀況，所以總是不敢睡得太熟。雖然已經出獄，我還是改不掉這種習慣。終於得到一張眞正的床之後，有好一陣子我睡得很好，但現在老毛病又犯了，加上房間悶得叫人吃不消，我又開始輾轉難眠。

第一筆薪水已經入帳，下次有機會我一定要出門買一台電視放房間。如果有電視，我說不定就能開著電視不知不覺睡著。電視聲可以冒充監獄晚上的各種雜音。

目前爲止我還不敢去開溫徹斯特家的電視。我指的當然不是家庭電影院的超大電視，而是客廳的「一般」電視。雖然感覺應該沒什麼，畢竟妮娜和安德魯都很早就上床睡覺。他們每天晚上的作息很固定。妮娜都準時在八點三十分上樓哄西西莉雅睡覺。我聽得到妮娜爲女兒唸床邊故事，然後唱搖籃曲給她聽的聲音。每天晚上她都唱同一首歌：《綠野仙蹤》的〈彩虹彼端〉。妮娜的歌聲雖然聽起來沒受過任何歌唱訓練，奇怪的是，她唱歌給西西莉雅聽的樣子卻無比動人。

西西莉雅睡了之後，妮娜就會在自己房間看書或看電視。安德魯過不久也會上樓。假如我十點之後下樓，一樓多半空無一人。

因此這天晚上我決定碰碰運氣。

所以此刻我才會放鬆地躺臥在沙發上，看著電視上的《家庭大對抗》。現在已經凌晨快一點，所以參賽者的充沛活力顯得特別怪異。主持人史蒂夫・哈維正在開來賓玩笑，我雖然很累，看到其中一個參賽者站起來示範一段踢踏舞還是忍不住笑出來。小時候我常看這個節目，還會想像自己去上節目。我不確定自己會邀請誰跟我一起去比賽。我加上爸媽也才三個人，我還能邀請誰？

「妳在看《家庭大對抗》？」

我猛然抬起頭。雖然是三更半夜，安德魯・溫徹斯特竟然站在我後方，跟電視上的人一樣清醒。

可惡。我就知道我不該下樓來。

「哦！我……呃，我很抱歉，我不是故意要……」

他揚起一邊眉毛。「抱歉什麼？妳也住這裡啊，完全有權利看電視。」

我從沙發上抓起一顆抱枕遮住我睡覺穿的輕薄運動短褲。更糟的是，我沒穿胸罩。「我本來就打算要買一台電視放自己房間。」

「看家裡的沒關係，米莉。樓上收訊可能不太好。」他的眼白在電視光線下閃閃發亮。「我一下就上樓了，只是下來拿杯水。」

我抓著抱枕坐在沙發上，不知該不該上樓。我的心跳得好快，看來別想好好睡一覺了。既然他說他只是下來拿水，或許我可以留下來。我看著他拖著腳走進廚房，接著響起水龍頭有水流動的聲音。

他走回客廳，拿著水杯喝水。這時我才發現他全身上下只穿了白色汗衫和四角褲。但至少他有穿上衣。

「你爲什麼直接喝生水？」我忍不住問。

他一屁股坐在我旁邊，但我多麼希望不要。「什麼意思？」

直接從沙發上跳起來太沒禮貌，所以我只好躲得愈遠愈好。要是妮娜看到我們兩個穿著內衣舒服愜意地窩在沙發上就慘了。「你怎麼不用冰箱的飲水機？」

他笑了笑。「不知道，我一直都直接從水龍頭倒水喝。怎樣，有毒嗎？」

「不知道。我以爲會有化學殘留。」

他撥一撥深色頭髮，讓頭髮稍微蓬起來。「我有點餓。晚餐有剩嗎？」

「沒有，抱歉。」

「嗯。」他摸摸肚子。「我如果直接從罐子挖花生醬吃，會不會很沒禮貌？」

聽到「花生醬」三個字我不由瑟縮。「只要別在西西莉雅面前吃就好。」

他歪著頭，問：「爲什麼？」

「你知道的，因爲她對花生過敏啊。」這個家的人似乎不太重視西西莉雅對花生嚴重過敏的事。

更教我驚訝的是，安德魯竟然笑著說：「她沒有啊。」

「有，她親口跟我說的。我第一天來的時候。」

「嗯，我想我會知道自己女兒有沒有對花生過敏。」他用鼻子哼了一聲。「再說，要是她對花生過敏，妳覺得我們會在家放一大罐花生醬嗎？」

這就是當初西西莉雅告訴我她對花生過敏時，我內心產生的疑問。難道她是爲了折磨我才捏造這個謊言？如果是，我也不會太驚訝。可是妮娜也說西西莉雅對花生過敏。這究竟是怎麼回事？但安德魯說的很有道理：櫥櫃上放了一大罐花生醬就表示家裡沒人對花生嚴重過敏。

「藍莓。」安德魯說。

我皺起眉頭。「我不記得冰箱裡有藍莓。」

「不是。」他對著電視螢幕點頭，原來是《家庭大對抗》進入第二回合。「他們去訪問了一百個人，要他們說出一種可以整個放進嘴巴的水果。」

有個參賽者回答藍莓，那是最多人說出的答案。安德魯得意地揮拳。「看到沒，我猜對了。我去上這個節目應該會表現得不錯。」

「最前面的答案一向是最好猜的，」我說。「難的是比較冷門的答案。」

「好吧，」他對我咧咧嘴。「既然妳那麼聰明，說一樣妳可以整個放進嘴巴的水果來聽聽。」

「呃……」我舉起一根手指敲著下巴。「葡萄。」

果不其然，下一個參賽者回答「葡萄」。正確答案！

「我認錯，」他說。「妳也很強。好吧，那草莓呢？」

「可能對喔，」我說，「雖然你大概不會想把整顆草莓放進嘴巴，因爲上面還有梗之類的。」

參賽者想出了「草莓」和「櫻桃」這兩個答案，卻在最後一個答案卡住了。當其中一個人說出「桃子」這個答案時，安德魯噗嗤大笑。

「桃子！」他大聲說。「誰能把一顆桃子塞進嘴巴？得把下巴拆掉才行吧！」

我咯咯笑。「總比西瓜好。」

「那大概就是它了！我賭他對。」

結果答案板上的最後一個答案是李子。安德魯搖搖頭。「可能嗎？我倒想看看回答的人把一整顆李子塞進嘴巴的畫面。」

「應該把這放進節目才對，」我說。「實際去採訪幾個被問到的人，聽聽他們的答案背後的理由。」

「妳應該寫信去建議製作單位，」他認眞地說，「說不定能改革這個節目。」

我又咯咯笑。剛認識安德魯時，我以爲他是個古板又保守的有錢人，但完全不是這麼回事。妮娜神經兮兮，但安德魯很親切。他非常接地氣，人又有趣，而且感覺上也是個好爸爸。

其實有時我有點替他感到難過。

我不應該這麼想的。花錢請我來的人是妮娜。她付我薪水，給我地方住，我應該站在她這邊才對。但妮娜也有可怕的一面。她很邋遢，說話常前後不一，有時甚至非常刻薄。就連一身壯碩肌肉的恩佐好像也很怕她。

當然了，要不是安德魯那麼迷人，我或許不會這麼覺得。即使我已經盡量跟他拉開距離，就差沒從沙發邊邊掉下去，卻還是忍不住想起他此時此刻只穿著內衣褲的事實。他下半身穿著該死的四角褲，上半身的汗衫薄到我都能看見他性感的肌肉線條。他要找到比妮娜好很多倍的伴侶絕不是問題。

我很好奇他知不知道這點。

正當我漸漸放鬆下來，很慶幸安德魯下樓跟我一起看電視之際，一個尖銳的聲音闖進我的思緒。「你們兩個在樓下說什麼那麼好笑？」

我飛快轉過頭，只見妮娜站在樓梯前盯著我們看。她穿高跟鞋時，我在一哩外就聽得到她的腳步聲，但她光著腳時卻意外地腳步輕盈。她身上的白色睡衣落在腳踝上，雙手交叉放在胸前。

「嘿，妮娜。」安德魯打了個哈欠，然後爬下沙發。「妳怎麼起來了？」

妮娜瞪著我們。我不知道他怎麼還能這麼鎮定。我差一點就要尿在褲子上，他卻似乎毫不在意他太太剛剛逮到我們凌晨一點在客廳裡獨處，而且兩人都衣衫不整。雖然我們沒幹什麼壞事，但還是……

「我也想問一樣的問題，」妮娜回嘴。「你們倆很開心嘛。什麼笑話那麼好笑？」

安德魯抬起一邊肩膀。「我下樓來拿水，看到米莉在客廳看《家庭大對抗》就被吸引過來。」

「米莉，」妮娜把注意力轉向我，「妳爲什麼不在自己房間弄台電視？這是我們家的休閒空間。」

「對不起，」我趕緊道歉。「下次有空我就去買一台電視。」

「嘿，」安德魯豎起眉毛，「客廳沒人的時候，米莉下來看個電視有什麼關係。」

「你在啊。」

「她又沒打擾我。」

「你不是明天一早要開會？」妮娜用銳利的眼神瞪他。「凌晨一點還在看電視眞的好嗎？」

他猛吸一口氣。我屏住呼吸，有一片刻很希望他會挺身反抗她。但接著他垂下肩膀。「妳說的對，我該去睡了。」

妮娜站在原地，雙手交叉架在豐滿的胸前，看著安德魯踩著沉重的步伐上樓，彷彿他是被她懲罰不能吃晚餐的小孩。看見她醋勁大發，我內心開始不安。

我從沙發上站起來走去關電視，妮娜還杵在樓梯前，兩眼盯著我的運動短褲和背心不放。而且我沒穿胸罩。我再次覺得這畫面實在太糟糕。可是我以爲樓下不會有人。

「米莉，」妮娜說，「以後我希望妳在這個家走動時穿著要得體。」

「眞的很對不起，」我再次道歉。「我以爲大家都睡了。」

「是嗎？」她哼了一聲。「妳會半夜在陌生人家裡走動，就因爲妳覺得沒人？」

我不知道該說什麼。這裡並不是陌生人的家，我就住在這裡，雖然是閣樓。「不會……」

「以後過了就寢時間，請妳待在閣樓，」她說。「家裡其他地方是我們的空間。了解嗎？」

「了解。」

她搖搖頭。「坦白說，我甚至不確定我們有多需要一名女傭。或許這是個錯誤……」

不會吧。難道因爲我在她家客廳看電視，她就要在凌晨一點開除我？慘了。而且就算我去找別的工作，妮娜也不可能會替我說好話。她感覺是那種會打電話給所有可能雇用我的雇主，跟他們抱怨我有多爛的人。

我得想辦法挽救。

我握緊拳頭，用力到指甲都陷進手心。「聽我說，妮娜，我跟安德魯之間什麼都沒有……」

她仰頭大笑，聲音介於笑聲和哭聲之間，令人頭皮發麻。「妳以爲我擔心的是這個？安德魯跟我心靈相通，我們有自己的小孩，而且很快就會再有一個。妳以爲我是擔心我丈夫會爲了住在閣樓上的淫蕩女傭，寧願冒失去一切的風險？」

我嚥嚥口水。這下我可能反而愈描愈黑。「他不會。」

「他當然不會。」她直視我的眼睛。「牢牢記住這點。」

我站在原地，不知該說什麼。最後她把頭一轉，對著矮桌說：「把那堆亂七八糟的東西收拾乾淨──現在。」

說完她就轉身上樓。

哪有什麼亂七八糟的東西，不過就是安德魯留下的水杯。我走去矮桌狠狠抓起水杯，難堪得雙頰發燙。樓上的臥房門砰了一聲。我低頭看手中的杯子。

還來不及克制自己，我就把杯子摔在地上。

玻璃四分五裂散落一地，到處都是碎片，畫面很壯觀。我後退一步，有塊碎片刺進我的腳掌。

笨死了。

我低下頭，不敢置信地看著自己製造出的混亂。我得收拾乾淨，而且還得找雙鞋子，免得又踩到玻璃。我深呼吸，試著讓呼吸慢下來。只要把碎片都清乾淨就沒事了。妮娜不會知道的。

但以後我得更加小心才行。

15

這個禮拜六下午，妮娜要在後院辦一個小型的親師會活動。他們要聚在一起籌畫所謂的「戶外教學」，其實就是帶小孩到戶外玩幾個小時，但不知爲什麼卻得花幾個月的時間規畫和準備。最近妮娜開口閉口都是這件事。爲了提醒我去拿開胃小點，她傳了不下十二次簡訊給我。

我漸漸感受到壓力，因爲今天早上我起床之後，整棟房子如同往常一團亂。我想不通家裡怎麼會這麼亂。妮娜吃的藥難道是在治療半夜爬起來把家弄得亂七八糟的毛病？眞有這種病嗎？

比方說，我想不通浴室怎麼會過一個晚上就變那麼髒？早上我進她的浴室打掃時，至少會看到三、四條濕淋淋的毛巾丟在地上，洗手台多半有硬掉的牙膏等我去刷乾淨。此外，妮娜就是不願意把衣服丟進洗衣籃，所以我得花足足十分鐘的時間撿她的胸罩、內衣、褲子、褲襪等等。幸好安德魯這方面比他好。此外，還有些衣服需要乾洗，而且數量還不少。但妮娜不會區分哪些衣服可以進洗衣機，哪些該送乾洗，而我絕對不能分錯，不然就會很慘。

另一個問題是食物包裝紙。她的房間和浴室幾乎每個縫隙都塞了糖果紙。我猜這就是她比照片裡那個剛認識安德魯的她重了二十多公斤的原因。

等到我把房子徹底打掃完畢、衣服送乾洗、其他衣服洗完也燙完之後，時間已經所剩不多。妮娜的朋友不到一個小時就會抵達，我卻還沒做完妮娜交代我的全部工作，包括去拿開胃小點。就算我跟她解釋她也不會理解。再說上禮拜她逮到我跟安德魯一起看《家庭大對抗》時差點要開除我，所以我絕不能再出錯，一定要讓今天下午的活動圓滿達成。

我走去後院。溫徹斯特家的後院是這附近數一數二漂亮的庭園。恩佐功不可沒，他把樹籬修得整整齊齊，像用尺量的一樣。周圍點綴的花朵為庭院增添了活潑的色彩。草皮茂密又青翠，我很想躺在上面揮舞手臂，畫出一個草皮天使。

但他們顯然很少在這裡消磨時間，因為戶外桌椅都蒙上厚厚的灰塵。所有東西都是。

天啊，我絕對來不及把所有事情做完。

「米莉？妳還好嗎？」

安德魯站在我後面。今天他穿得跟平常不一樣，藍色馬球衫配寬鬆的卡其褲，很輕鬆隨興，但不知為什麼看起來甚至比西裝筆挺時更帥。

「沒事。」我咕噥。我甚至不應該跟他說話。

「妳看起來好像快哭了。」他說。

我緊張地用手背抹抹眼睛。「我沒事。只是親師會活動有很多東西要準備。」

「那也用不著哭啊。」他眉頭一皺。「不管妳做什麼，那些親師會的女人都不會滿意的。她們很糟糕。」

我並沒有因此比較好過。

「等等，我可能有……」他從口袋翻出一張皺巴巴的面紙。「眞不敢相信我口袋裡竟然有面紙，給妳。」

我接過面紙，對他擠出笑容。抹鼻子時，我聞到一絲安德魯的鬍後水散發的氣味。

「所以，」他說，「我可以幫妳什麼忙？」

我搖搖頭。「不用了，我可以的。」

「妳都哭了。」他抬起一隻腳放在髒兮兮的椅子上。「說眞的，我也不是什麼都不會，妳只要告訴我需要我做什麼。」看我還是猶豫不決，他又說：「聽我說，我們都想讓妮娜開心對吧？而這就是妳達成目標的方法。如果我看著妳搞砸，妮娜不會開心的。」

「好吧，」我終於還是讓步。「要是你能幫我去拿開胃小點，那就眞的幫了我大忙。」

「好。」

那感覺就像卸下了肩膀上的重擔。去店裡拿開胃小點要二十分鐘，回來也要二十分鐘，那樣我就會只剩十五分鐘清理髒兮兮的戶外桌椅。你能想像穿著一身白的妮娜坐在那樣的椅子上嗎？

「謝謝，」我說。「我眞的眞的很感激。眞的。」

他咧嘴對我笑。「眞的？」

「眞的眞的。」

這時西西莉雅突然衝進後院。今天她穿了件白色滾邊的粉紅色洋裝，而且跟媽媽一樣，頭髮梳得一絲不苟。「爹地。」

他轉頭去看西西莉雅。「怎麼了，西西？」

「電腦不能用，」她說，「害我不能做功課。你會修嗎？」

「當然會。」他一手放在女兒的肩膀上。「但我們先開車去兜兜風，一定超級好玩。」

她半信半疑地看著他。

安德魯不以爲意，接著說：「去穿鞋子。」

換成是我，大概要花半天的時間才能說服西西莉雅穿上鞋子，但聽到爸爸的命令，她立刻乖乖回屋裡穿鞋。只要負責管她的人不是我，西西莉雅其實滿可愛的。

「你對她很有辦法。」我說。

「謝啦。」

「她長得很像你。」

安德魯搖搖頭。「不像吧，她像妮娜。」

「眞的像，」我堅定地說。「她的髮色和膚色像妮娜，但鼻子像你。」

他撥弄著馬球衫的下襬。「西西莉雅不是我親生的，所以我們要是有什麼地方相像，也只是巧合。」

天啊，我眞的是很會把事情搞砸。「噢，我不知道……」

「不要緊。」他的一雙棕色眼睛直盯著後門，等著西西莉雅回來。「我認識妮娜的時候，西西莉雅還是嬰兒，所以對她來說我就是她的父親。我也把她當作自己的女兒。沒什麼不一樣。」

「當然。」我對安德魯．溫徹斯特的評價又更上一層。他不但沒有找超級名模當老婆，還娶了一個已經有小孩的女人，甚至把小孩視如己出。「就像我說的，你對她很有辦法。」

「我喜歡小孩……我希望有很多小孩。」

安德魯好像還有話想說，卻又閉上了嘴巴。我想起幾個禮拜前妮娜跟我說過他們正在努力懷孕，還有我在浴室地板上發現的血淋淋的棉條。不知道後來他們有沒有成功。從安德魯悲傷的眼神看來，大概是沒有。

但如果他們那麼想要小孩，我相信妮娜終究會成功懷孕的，畢竟他們什麼資源也不缺。而且不管怎樣，那都不關我的事。

16

我必須說，這次來開會的親師會成員，每個都很討人厭。包括妮娜總共有四個。我記住了她們每個人的名字：吉麗安、派翠絲，還有蘇珊（別跟吉麗安搞混）。之所以記得住她們的名字，是因爲妮娜不准我離開後院。她要我站在角落隨時待命，免得她們需要幫忙。

至少開胃小點沒出狀況。妮娜完全不知道是安德魯去幫我拿的。

「我只是對戶外教學的餐點不滿意。」蘇珊用原子筆敲著下巴。之前我聽過妮娜說過蘇珊是她「最好的朋友」，但根據我的觀察，妮娜跟她這些所謂的「朋友」都不是很好。「我覺得無麩質料理應該不只一種選項。」

「我同意，」吉麗安說。「而且就算有素食選項，也沒有無麩質加素食選項啊，那要叫吃純素又不吃麩質的人怎麼辦？」

誰知道？吃草嗎？我還眞是從沒看過這麼斤斤計較麩質的女人。每次我端出一盤開胃小點，她們每個都會問我裡頭含有多少麩質，好像我會知道一樣。我甚至不知道什麼是麩質好嗎？

今天天氣悶熱，只要能回屋裡吹冷氣，要我做什麼我都願意。哦不，只要能喝一口他們正在享用的粉紅色氣泡檸檬水，要我做什麼我都願意。每次他們轉過頭，我就會趁機抹去額頭上的汗。我很擔心自己的腋下已經濕了一大片。

「藍莓山羊起司薄餅應該要加熱才對，」派翠絲邊小口咀嚼邊評論。「都快涼掉了。」

「是啊，」妮娜遺憾地說。「我吩咐過我們家女傭，但你們知道，現在要找到好幫手很難。」

我的下巴差點掉下來。她從沒吩咐過我這件事。再說，她難道不知道我一直站在這裡嗎？

「唉，確實是。」吉麗安感同身受地點點頭。「現在請不到好用的人啦。這個國家的人啊，工作態度都很差。你會想說爲什麼他們找不到更好的工作呢？答案很簡單，懶！」

「不然就得找外籍勞工，」蘇珊說。「但他們又不太會說英文，就跟恩佐一樣。」

「至少人家很養眼！」派翠絲大笑。

其他三個女人嘻嘻哈哈，妮娜卻反常地沉默不語。我猜是因爲她有安德魯這樣的老公，犯不著跟猛男園藝師眉來眼去——這點我完全理解。但奇怪的是，她似乎對恩佐有種敵意。

聽完他們在我背後——不對，我說過我就站在這裡，不能算背後——說我壞話，我很想回嘴，很想跟他們證明，我不是懶惰的美國人。我在這裡拚了命工作，一次都沒抱怨過。

「妮娜，」我清清喉嚨，「妳要我把開胃小點拿去加熱嗎？」

妮娜轉身看我，眼珠子銳利一閃，我不由倒退一步。「米莉，」她鎮定地說，「我們正在說話，請不要打斷，這樣很沒禮貌。」

「我——」

「還有，」她接著說，「我又不是妳的酒友，請不要叫我妮娜，謝謝。」她對著另外三個女人竊笑。「叫我溫徹斯特太太。別再讓我提醒妳。」

我目瞪口呆看著她。第一次見到她，她就要我叫她妮娜，後來我在這裡工作期間也都一直叫她妮娜，她從沒說過不行。現在她卻說的好像是我太過隨便。

最糟的是，其他女人看到她教訓我，好像都把她當作英雄。派翠絲開始說起來幫她打掃的阿姨有夠厚臉皮，連家裡小狗死掉這種事都跟她說。「不是我小心眼，」派翠絲說，「但是她家的狗死掉關我屁事？她還一直說一直說，煩死了。」

「但是我們的確需要幫手。」妮娜把一個不合格的開胃小點送進嘴裡。我一直在觀察她，大約一半食物都進了她的肚子，其他三個人吃得跟小鳥一樣少。「尤其安德魯跟我有另一個孩子之後。」

三個女人興奮得倒抽一口氣。「妮娜，妳懷孕了嗎？」蘇珊高聲問。

「我就知道妳的食量是我們三個加起來的五倍是有原因的！」吉麗安得意地說。

妮娜瞪她一眼；我不得不忍住笑。「我還沒懷孕。但我跟安迪會去找一個聽說很厲害的生殖醫學專家。相信我，年底之前就會有好消息。」

「太棒了。」派翠絲把一隻手放在妮娜的肩上。「我知道你們一直想要孩子，安德魯又是這麼好的爸爸。」

妮娜點點頭，一瞬間濕了眼眶。她清清喉嚨。「各位，我失陪一下，馬上回來。」

妮娜衝進屋裡，我不確定該不該跟上去。她可能要去廁所，或許現在這也算我的工作——跟她進廁所，幫她把手輕輕拍乾或幫她沖馬桶，天知道。

妮娜一走，其他女人立刻哄堂大笑——雖然有壓低聲音。「老天啊！」吉麗安吃吃竊笑。「有夠尷尬的！眞不敢相信我當著她面說她食量大。我是眞的以爲她懷孕了！她看起來是像懷孕了，不是嗎？」

「她腫得不像話，」派翠絲也說。「她眞的應該請個營養師和私人教練。而且你們有沒有發現她的髮根都露出來了？」

另外兩個女人不約而同點頭。即使我沒參與她們的對話，我也發現妮娜的髮根露了出來。跟她面試那天，她的頭髮完美無缺。現在她足足有一公分顏色較深的髮根露出來，我很驚訝她竟然這樣放著沒補染。

「我要是那樣走來走去會很窘，」派翠絲說。「她這樣要怎麼把帥哥老公留在身邊？」

「尤其我聽說他們簽了很詳細的婚前協議，」蘇珊說。「要是離婚，她一毛錢都拿不到。連撫養費都沒有，因爲你們知道他從沒正式收養西西莉雅。」

「婚前協議！」派翠絲衝口而出。「妮娜是哪根筋不對？爲什麼要簽那種東西？她最好皮繃緊一點，別惹他不高興。」

「我才不要當壞人去提醒她該減肥了！」吉麗安提高嗓門。「唉，我不想看到她又得回精神病院。你們也知道妮娜不太正常。」

我忍住內心的驚訝。之前在學校聽到其他媽媽暗示妮娜精神有問題時，我還安慰自己那大概只是郊區的人常見的精神問題，比方去做心理治療，偶爾呑幾顆鎭定劑之類的。但現在聽起來妮娜的情況沒那麼簡單。要是那些三姑六婆的話可信，那就表示妮娜住過精神病院。她有嚴重的精神疾病。

我突然覺得很內疚，之前她傳錯訊息或突然變臉時我竟然怪她。那不是她的錯。妮娜有嚴重的精神問題。這麼一來所有事情就比較說得通了。

「我告訴妳們，」派翠絲把聲音放低很多度，免得我聽見，這表示她全然不知自己有多大聲。「要是我是妮娜，我絕對不會請一個年輕貌美的女人住進我家幫傭。她一定嫉妒到快要發瘋。」

我別過頭，假裝什麼都沒聽見。我已經竭盡所能避免妮娜吃醋。我不希望她有一丁點懷疑我對她丈夫別有居心。我不希望她知道我覺得他很迷人，或以爲我們之間有可能發生任何事。

沒錯，安德魯要是單身，我會很想接近他。但他是有婦之夫，所以我決定跟他保持距離。妮娜根本不需要擔心。

17

今天安德魯和妮娜要去見那位生殖醫學專家。

一整個禮拜以來，他們都對這件事又緊張又興奮。晚餐時，我聽到他們的片段對話。妮娜顯然做了不少生育能力檢查，今天他們會討論檢查結果。妮娜認爲他們會做試管嬰兒，那要花一大筆錢，但反正他們有的是錢。

雖然妮娜有時眞的會把我惹毛，但看到他們兩人爲了迎接寶寶做的各種規畫，還是很感人。昨天他們在討論要怎麼把客房改成嬰兒房。我不確定誰比較興奮，是妮娜，還是安德魯？無論如何，爲了他們的幸福，我希望他們早日做人成功。

他們去赴約時，我得負責照顧西西莉雅。照顧一個九歲小女生應該不是難事，但西西莉雅似乎打定主意不讓我好過。她上完今天的才藝課（天知道是空手道、芭蕾、鋼琴、足球，還是體操，我已經搞糊塗了）之後，有個朋友的媽媽把她送回家。進了門她把一隻鞋子踢向一個方向，另一隻踢向另一個方向，然後把背包丟往第三個方向。幸好天氣還很暖和，不用穿外套，不然她就得把外套丟到第四個方向。

「西西莉雅，」我耐著性子說，「可以請妳把鞋子放到鞋架上嗎？」

「等一下，」她敷衍我，然後一屁股坐上沙發，再順一順淡黃色洋裝的皺摺。只見她抓起遙控器打開電視，轉到一部超級大聲的卡通。感覺上是一顆柳丁和一顆梨子在螢幕上吵架。「我餓了。」

我深呼吸，讓自己鎮定下來。「妳想吃什麼？」

我以爲她會說出某種故意要害我手忙腳亂的離譜點心，所以當她說「波隆那三明治怎麼樣？」時，我反而大感意外。

我很慶幸家裡剛好有波隆那三明治所需的所有材料，因此甚至不堅持要她說「請」。如果妮娜想要自己的女兒變成屁孩，那是她的自由。管教她不是我的責任。

我走進廚房，從快要擠爆的冰箱拿出麵包和波隆那牛肉火腿。我不知道西西莉雅想不想在三明治裡塗美乃滋，況且我確定自己一定會塗太多或太少，所以我決定乾脆直接把美乃滋給她，由她自己決定要塗多少。哈，小鬼，我比妳聰明！

我走回客廳，把三明治和美奶滋放在矮桌上。西西莉雅低頭看了一眼三明治，眉頭一皺，不太確定地拿起來，一臉嫌惡。

「噁！」她大叫。「我不想吃這個。」

我對天發誓，我一定要親手把這個小鬼掐死。「妳說想吃波隆那三明治，所以我就做了波隆那三明治。」

「我哪有說我想吃波隆那三明治，」她可憐兮兮地說。「我是說我想吃阿波隆三明治。」

我目瞪口呆看著她。「阿波隆*三明治？那是什麼？」

西西莉雅不悅地咕噥一聲，接著把三明治往地上一丟。麵包和肉飛出去，分成三團掉在地毯上。唯一的好處是我沒用美乃滋，所以起碼可以少清一樣。

好了，我受夠這個小鬼了。雖然我沒資格管她，但她已經不是三歲小孩，應該要知道不能把食物丟在地上。尤其這個家很快會有小嬰兒，她更需要學會她這個年齡該有的規矩。

「西西莉雅。」我咬著牙說。

她抬起有點尖的下巴。「怎樣？」

我不確定這場對決會是誰輸誰贏，但答案還沒揭曉就被前門的開鎖聲打斷。一定是安德魯和妮娜看完醫生回來了。我轉身背對西西莉雅，臉上堆起笑容。想必妮娜一定會心花怒放。

但他們走進客廳時，兩人臉上都沒有笑容。

這還只是保守的說法。妮娜的一頭金髮亂蓬蓬，白色上衣皺巴巴，眼睛又紅又腫。安德魯看起來也不太好，領帶鬆了一半，好像剛要解開又分了心，而且他的眼睛也紅紅的。

我緊擰著雙手。「都還好嗎？」

我應該閉上嘴巴才對，那樣才是明智之舉。因爲妮娜聽到這句話立刻把目光射向我，蒼白的臉倏地漲紅。「老天啊，米莉，」她厲聲對我說，「妳爲什麼非要這樣探人隱私？這根本不關妳的事。」

我強自鎮定。「對不起。」

她的視線飄向地上的一片混亂：西西莉雅的鞋，矮桌附近的麵包和火腿。西西莉雅在最後一刻溜出客廳，完全不見蹤影。妮娜面目扭曲。「爲什麼我回到家還得看到家裡一片亂七八糟？我花錢請妳來是幹什麼的？或許妳該開始找新工作了。」

我的喉嚨一緊。「我……我正要收拾……」

「不用幫我做任何事了。」她狠狠瞪了安德魯一眼。「頭痛死了，我要去躺一下。」

妮娜砰砰砰拾級而上，鞋跟發出的聲音有如子彈，緊接著臥房門啪一聲關上。顯然這次看醫生不太順利。現在跟她說什麼都沒有意義。

安德魯沉入皮沙發，把頭一仰。「唉，糟透了。」

我咬著嘴唇，在他旁邊坐下，雖然總覺得好像不該這麼做。「你還好嗎？」

＊abalone是鮑魚。

他用指尖揉揉眼睛。「不太好。」

「你……想談一談嗎？」

「不太想。」他閉上眼睛片刻，然後嘆了口氣。「我們沒望了。妮娜永遠不可能懷孕。」

我的第一個反應是訝異。雖然我不太懂，但還是難以相信妮娜和安德魯無法用錢解決這個難題。我很確定曾經看過六十歲女人還能懷孕的新聞。

但我不能對安德魯說這些。他們剛剛才去見過生殖醫學權威，我懂的不可能比人家多。如果他說妮娜不可能懷孕，那就是不可能。他們沒辦法有自己的小孩。「我很難過，安德魯。」

「嗯……」他舉手往頭髮一撥。「我雖然盡量說服自己無所謂，但不得不說我還是會失望。我當然很愛西西莉雅，也把她當作自己的小孩，可是……我想要……我是說，我一直夢想著……」

這是我們之間最掏心掏肺的一次對話。他願意對我敞開心房感覺滿好的。「我了解，」我低聲說。「一定很不好受……對你們兩個都是。」

他低頭看膝蓋。「爲了妮娜我得堅強。她受了很大的打擊。」

「有我可以幫忙的地方嗎？」

他沉默半晌，手描著皮沙發上的一條皺摺。「妮娜想去市區看一場表演，她常提起，叫做《攤牌》。要是能買到票，我想她會很開心。如果妳能問她可以的時間，並且幫我們訂到貴賓席，那就太好了。」

「好。」我一口答應。雖然我有很多事受不了妮娜，但我無法想像聽到這種消息會有多麼心痛。我很替她感到難過。

安德魯又揉了揉紅紅的眼睛。「謝了，米莉。我真的不知道沒有妳我們要怎麼辦。我很抱歉妮娜有時對妳太苛刻。她只是有點情緒化，但她真的喜歡妳，也很感激妳的幫忙。」

我不太確定是否真是如此，但也不想跟他爭辯。反正我一定得在這裡工作到存下一小筆錢爲止，所以我一定要盡我所能討妮娜歡心。

18

那天晚上，我一醒來就聽到咆哮聲。閣樓的隔音效果很好，所以我聽不清楚說話的內容，但吵架聲不斷從我的房間底下傳來。一對男女的聲音。是安德魯和妮娜。

接著我聽到碰一聲。

我反射性翻下床。或許不關我的事，但樓下有狀況，至少我得確定沒事。

我伸手去抓門把，但它動也不動。大多時候我已經習慣門會卡住的事實，但偶爾還是會一陣恐慌。後來門把又順利轉動，於是我走出房門。

我踩著吱嘎響的階梯走到二樓。出了閣樓之後，聲音變大很多，是從主臥房傳來的。那是妮娜的聲音，她正在對安德魯大吼，聽起來好像已經歇斯底里。

「不公平！」她吼。「我能做的都做了可是——」

「妮娜，」他說，「不是妳的錯。」

「都是我的錯！要是你跟年輕一點的女人在一起，你就可以如願有自己的小孩！是我的錯！」

「妮娜……」

「沒有我你會更好！」

「拜託妳，不要說那——」

「是眞的！」但她的語氣並不悲傷，而是憤怒。「你希望我消失！」

「妮娜，不要說了！」

房間又響起劇烈的撞擊聲，之後又一聲。我後退一步，不知該敲門確定一切沒事，還是乾脆溜回房間躲起來。我站在原地好幾秒，無所適從。接著，房門突然被大力推開。

妮娜站在門口，身上一襲純白色睡袍，就是她逮到我跟安德魯在客廳看電視那晚穿的那一件。但我發現白色布料上多了一道鮮紅色痕跡，從髖部往下延伸。

「米莉。」她的眼神射向我。「妳在這裡做什麼？」

我低頭看她的手，看見她右手掌也一片鮮紅。「我……」

「妳在監視我們嗎？」她豎起一邊眉毛。「妳偷聽我們說話？」

「沒有！」我後退一步。「我只是聽到碰一聲，我擔心……我想確定都沒事。」

她發現我盯著她的睡袍看，我幾乎可以肯定上面的紅印是血跡。她的表情好像很樂。「我割到手，不嚴重，用不著擔心。沒妳的事。」

但裡頭出了什麼事？她的睡袍上滿是血跡眞的是因爲這樣嗎？安德魯人呢？

要是她殺了他該怎麼辦？要是他已經一命嗚呼該怎麼辦？甚至更糟，要是他失血過多就快沒命，我還有機會救他呢？我不能見死不救。或許我做過一些壞事，但我不能放任妮娜殺人滅跡。

「安德魯人呢？」我問。

她的臉頰泛起紅暈。「妳說什麼？」

「我只是……」我光著腳，左右變換重心。「我聽到碰一聲。他還好嗎？」

妮娜瞪著我。「妳好大的膽子！妳現在是在指控我嗎？」

我突然想到安德魯是個高大又強壯的男人，假如妮娜三兩下就能除掉他，我對付她又有什麼勝算？但我動不了。我必須確定他沒事。

「回妳房間。」她命令我。

我鼓起勇氣說：「不要。」

「回房間，不然我就開除妳。」

她是認真的，我從她的眼神看得出來。但我還是動不了。我剛要回嘴就聽到聲音。那聲音讓我肩膀一鬆，如釋重負。

主臥房傳來開水龍頭的聲音。

安德魯沒事。他只是在浴室。

謝天謝地。

「滿意了嗎？」她的一雙淡藍色眼睛冷若冰霜，但除此之外還有別的。幸災樂禍的表情。她喜歡嚇唬我。「我丈夫還活得好好的。」

我低頭欠身。「好，我只是想要……抱歉打擾了。」

我轉身往回走，感覺到妮娜的目光盯著我的背影。快到樓梯口時，她的聲音在我身後響起。

「米莉？」

我轉過身。她身上的一襲白袍在透進走廊的月光下閃閃發亮，有如天使。血跡除外。現在我看見地上有一灘血，就在她受傷的右手正下方。「嗯？」

「晚上待在閣樓不要下來，」她眨著眼對我說。「懂嗎？」

用不著她告訴我第二次。我絕對不想再重蹈覆轍。

19

隔天早上，妮娜又變回和藹可親的她，似乎已經把昨晚的事忘得一乾二淨。要不是她的右手綁著繃帶，紗布上還看得到點點血跡，我會以爲這一切只是個可怕的夢。

今天早上她雖然對我沒什麼奇怪的要求，但看得出來她比平常憔悴。她開車載西西莉雅上學時，輪胎劃過路面發出刺耳的聲音。回來之後，她站在客廳中間盯著牆壁發了一下呆，直到我從廚房走出來問她還好嗎。

「我沒事。」她拉拉白色上衣的衣領。我很確定我燙過衣服，但她身上的衣服卻皺巴巴。「米莉，妳行行好，幫我做份早餐好嗎？跟平常一樣。」

「當然好。」我說。

妮娜「平常」的早餐是三顆蛋用很多奶油和帕馬森起司下去炒，另外加上四片培根，還有一個也要塗上奶油的英國馬芬。妮娜在客廳時，我忍不住想起親師會那幾個女人對妮娜體重的評語，雖然我很敬佩她不像她們一樣計較吃進肚子的卡路里。妮娜不吃素也不吃無麩質料理。就我看來，她想吃什麼就吃什麼，完全不忌口，甚至還吃宵夜，看她留在廚房流理台上讓我洗的髒碗盤就知道。這些碗盤從來不會直接放進洗碗機。

我把早餐端到餐桌給她，旁邊附上一杯柳橙汁。她端詳著食物，那一刻我很害怕妮娜又變成那個挑剔每樣東西都沒煮好，或直接了當說她從沒叫我準備早餐的她。沒想到她溫柔地笑著對我說：「謝謝妳，米莉。」

「不客氣。」我遲疑片刻，又說：「對了，安德魯問我能不能幫你們訂兩張百老匯表演《攤牌》的票。」

她的眼睛一亮。「他眞貼心。好，那會很棒。」

「妳什麼時間方便呢？」

她挖起雞蛋送進嘴裡，邊想邊咀嚼。「下禮拜日我有空，如果妳訂得到票的話。」

「沒問題。到時我可以照顧西西莉雅，不用擔心。」

她把更多蛋往嘴裡送，有些蛋從她的唇邊掉到白色上衣，但她似乎完全沒發現，仍然繼續挖起食物往嘴裡送。

「眞的很感謝妳，米莉。」她對我眨眨眼。「我眞不知道沒有妳我們怎麼辦。」

她很喜歡對我說這句話，不然就是說要開除我。不是這個，就是那個。

但我想這並不是她的錯。妮娜肯定有情緒問題，就像她朋友說的。我忍不住想起她們說她住過精神病院的事。人不會無緣無故被抓去關起來，一定出了什麼事，而我心裡有部分迫不及待想知道是什麼事。但我又不能問她，之前想從恩佐那裡問出所以然也失敗。

不到五分鐘，妮娜已經快把盤子裡的雞蛋、培根和英式馬芬吃光光。這時安德魯小跑下樓。經過昨天晚上的事，我有點擔心他，雖然昨天我聽到了水龍頭的流水聲。誰知道妮娜會不會在水龍頭上裝了某種自動計時器，營造安德魯在浴室的假象，讓人以爲他還活得好好的，雖然說機率不高。不過就算機率不高，也不是完全不可能。無論如何，知道他沒事我鬆了口氣。但看到他穿著深灰色西裝搭配淺藍色襯衫的身影，我突然心跳加速。

安德魯剛要走進飯廳，妮娜立刻把盤子推開。她站起來順順一頭金髮——她的頭髮失去了平常的光澤，深色髮根甚至比之前更明顯。

「哈囉，安迪。」她對他露出迷人的微笑。「你今天早上好嗎？」

他正要回答，但視線一低，掠過黏在她的衣服上面的雞蛋碎屑，一邊嘴角抽搐了一下。「妮娜，妳把蛋弄到身上了。」

「喔！」她臉頰泛紅，趕緊用手輕輕拍掉。但因爲蛋已經黏在上面好一會兒，精緻白色布料還是髒了一塊。「眞抱歉！」

「沒關係，妳還是很美。」他攬住她的肩膀，把她拉過來親一下。我看見妮娜在他懷中融化，心中一陣嫉妒但也無可奈何。「我得趕去上班了，晚上見。」

「我送你出門，親愛的。」

妮娜也太好運了吧。什麼好處都給她占盡了。待過精神病院又如何，至少不是監獄啊。看看她，住的房子豪華又舒適，手邊有花不完的錢，還有一個親切、有趣、多金、體貼，而且……超級迷人的老公。

我閉上眼睛片刻，想像身爲妮娜會是什麼感覺。負責掌管家務，有名貴的衣服鞋子車子，還有個我能呼來喚去的女傭，可以命令她幫我煮飯打掃，讓她住在閣樓上鴿籠大的小房間，我自己住豪華大臥室，睡特大雙人床，用織紗數比天高的床單。最重要的是，有個像安德魯這樣的丈夫，感受他像親吻妮娜一樣親吻我的唇，他的體溫貼著我的胸口……

天啊，我必須停止這些念頭。立刻馬上。這不能怪我，十年牢獄生活實在太久了。在牢裡的時候，我幻想出獄後會遇到自己的眞命天子，拯救我脫離這一切，而現在……

可以的，那並非不可能。

我爬上樓鋪床和打掃房間。全部完成正要下樓時，門鈴剛好響起。我跑去開門，驚訝地看見恩佐抱著一個大紙箱站在門口。

「Ciao。」我說，還記得他教我的問候語。

他莞爾一笑。「Ciao。這個……給妳。」

我立刻想通是怎麼回事。有時候送貨員不知道可以從柵門進來，所以就把很重的包裹放在柵門外，這時我就得去把包裹搬進門。恩佐想必是看到送貨員把包裹放在門口才好心幫我搬進來。

「Grazie。」我說。

他看著我，說：「妳要我……」

我一下才反應過來。「哦，好，放在餐桌上就可以了。」

我往餐桌一指，他隨即把箱子搬過去。我記得上次恩佐進門讓妮娜很不高興，但她現在不在，箱子看起來又好重。他把箱子放在桌上之後，我瞄了一眼上面的寄件人：艾芙琳．溫徹斯特。大概是安德魯家裡的人寄來的。

「Grazie。」我再次跟他道謝。

恩佐點點頭。他穿著白色T恤和牛仔褲，看起來很迷人。他常在附近人家的庭院裡揮汗工作，這裡的貴婦都喜歡跟他拋媚眼。老實說我比較喜歡安德魯的長相，再加上我跟恩佐又有語言隔閡，但或許跟恩佐找點樂子對我有好處。一來可以發洩壓抑已久的精力，二來說不定我就不會再對男主人懷有不正當的幻想。

我不太確定該怎麼提出這個話題，畢竟他似乎一句英文都不會說。但我相信愛是世界共通的語言。

「水嗎？」我問他，一邊想著該怎麼進行我的計畫。

他點點頭。「Si。」

我跑去廚房從櫥櫃抓了個水杯，先裝滿水再拿去給他。他感激地接過水杯。

「Grazie。」

他舉起杯子喝水時，二頭肌隨之鼓起。他的身材實在好得沒話說，不知道他在床上是什麼模樣，或許也很讚。

他喝水時，我緊張地絞著雙手。「呃……你現在……很忙嗎？」

他放下杯子，茫然地看著我。「呃？」

「嗯。」我清清喉嚨。「是說你有……很多工作要忙嗎？」

「工作。」他點點頭，抓住他聽得懂的字。我實在想不通，他在這裡工作了三年，真的半句英語都聽不懂？「Si. Molto occupato（對，非常忙）。」他用義大利文回答。

「噢。」

這樣不行。或許我該直接切入重點。

「聽我說。」我朝他走近一步。「我只是想，或許你想……休息一下？」

他的深色眼睛打量著我的表情。他有一雙漂亮的眼睛。「我……不……懂。」

我可以的——只要施展愛的語言。「休息。」我伸出一隻手放在他的胸前，然後挑逗地挑挑眉。「你知道的。」

我以爲聽到這裡他會對我露出微笑，把我抱起來直奔閣樓，跟我在床上大戰好幾回合。萬萬沒想到他竟然眼神一暗，猛然往後退，好像我的手著了火，同時氣呼呼爆出一連串義大利文。我完全聽不懂他在說什麼，只知道絕對不是「哈囉」或「謝謝」。

「對……對不起。」我無助地說。

「Sei pazzo！（妳瘋了）」他對我吼，一隻手往一頭黑髮一抓。「Che cavolo！（搞什麼）」

太丟臉了。我想爬到桌子底下躲起來。沒錯，我是想過他有可能會拒絕我，但沒想到會那麼激烈。「我……我不是有意要……」

他抬頭看看樓梯又看看我，表情幾乎有點恐懼。「我……走……現在。」

「好。」我對他點點頭。「當然。我……對不起，我沒惡意，不是故意要……」

他看我一眼，那眼神彷彿知道我在胡扯。我猜有些事搞砸了就是搞砸了，不管到哪都一樣。

「對不起。」我第三次道歉，他逕自大步走向門。「還有……謝謝你拿包裹進來。Grazie。」

到了門口他停住腳轉過身，深色眼睛與我相望。「妳……出去，米莉，」他用很破的英語說。「這裡……」他抿抿嘴，勉強說出我們第一天見面時他對我說的話，只是這次是用英文。「危險。」

他再次回頭看樓梯一眼，神情憂慮，接著搖搖頭。我還來不及攔住他，追問那是什麼意思，他就匆匆邁出大門。

20

天啊，剛剛眞的太丟臉了。

我正在等西西莉雅上完踢踏舞，被恩佐拒絕的難堪到現在還讓我想要撞牆。我頭好痛，舞蹈教室傳出的小腳齊步踏地聲更是雪上加霜。我環顧四周，好奇有沒有人也跟我一樣覺得煩不勝煩。沒有嗎？只有我？

坐我旁邊的女人終於投給我一個同情的眼神。看她自然而平滑的皮膚，不像有拉過皮或打過肉毒桿菌，我猜她應該跟我差不多年紀，有可能也不是來接送自己的小孩，而是跟我一樣的幫傭。

「來顆止痛藥嗎？」她問。她第六感一定很靈，才會察覺我的不適。若非如此，那就是聽到我唉聲嘆氣而接收到了訊息。

我遲疑片刻，最後點點頭。一顆止痛藥雖然無法擺脫義大利性感園藝師拒絕我投懷送抱的羞辱，但至少能減輕我的頭痛。

她從黑色大皮包拿出一罐止痛藥，然後揚起眉毛對我示意。我伸出手，她便往我手心倒了兩顆紅色小藥丸。我直接丟進嘴巴乾吞下肚。不知道多久才會發揮藥效。

「對了，我叫亞曼達，」她對我說。「妳的踢踏舞教室的專業藥頭。」

我忍不住笑出來。「妳來接誰？」

她撥開肩上的棕色馬尾。「伯恩斯坦家的雙胞胎。妳該看看他們一起跳踢踏舞的樣子，精采萬分——頭痛最佳良伴。妳呢？」

「西西莉雅・溫徹斯特。」

亞曼頭低低吹了聲口哨。「妳在溫徹斯特家工作？希望都順利。」

我揉揉膝蓋。「什麼意思？」

她聳聳肩膀。「妮娜・溫徹斯特，妳知道的，她……」她用食指比了個世界通用的「神經病」手勢。「對吧？」

「妳怎麼知道？」

「大家都知道啊。」她瞥了我一眼。「而且，我總覺得妮娜也是那種愛吃醋的女人。他老公又那麼帥，不覺得嗎？」

我別開目光。「還好啦。」

看見亞曼達開始翻皮包，我舔了舔嘴唇。這是我期待已久的機會，終於有人能讓我探聽妮娜的事。

「所以，」我接著問，「為什麼大家都說妮娜瘋了？」

她抬起頭，一瞬間我很怕她會不高興我跟她打聽八卦，但她只是咧咧嘴。「妳知道她曾經被抓去瘋人院關吧？大家都在討論這件事。」

聽到「瘋人院」這三個字我不由一震。我相信她對我過去十年待的地方也有同樣生動的稱呼。但我得聽聽她怎麼說。我的心跳加速，跟隔壁房間那些小腳的踢踏聲一致。「我的確聽過傳言……」

亞曼達咂了咂嘴。「西西莉雅當時還是小嬰兒，可憐的孩子，要是警察晚一秒趕到……」

「怎麼樣？」

她放低聲音，看看四周。「妳知道她做了什麼好事吧？」

我沉默地搖搖頭。

「很可怕……」亞曼達猛吸一口氣。「她想把西西莉雅淹死在浴缸裡。」

我反射性地摀住嘴巴。「她……什麼？」

她嚴肅地點點頭。「妮娜先對她下藥，再把她放進浴缸，讓水一直流，然後自己也吞了一把藥。」

我張開嘴但說不出話。我以爲會聽到什麼她跟芭蕾舞課的其他媽媽爲了哪個顏色的短裙最好看而吵起來，或是她因爲大家跟她意見不合而情緒崩潰，再不然就是她最喜歡的美甲師決定要退休，她無法承受這個打擊之類的。但事實卻完全不同。這個女人試圖殺害自己的親生骨肉。我想不出有什麼比這更可怕的事。

「當時安德魯・溫徹斯特應該是正在市區的辦公室，」她說。「因爲聯絡不到她而開始擔心。謝天謝地他想到要報警。」

儘管吃了止痛藥，我的頭卻痛得更加劇烈。我眞的快吐了。妮娜試圖殺害自己的女兒，還有自己。天啊，難怪她在吃抗精神病藥物。

我愈想愈糊塗。無論我對妮娜有何評價，她很疼西西莉雅是毫無疑問的。這種事沒辦法假裝。但我還是相信亞曼達的話，畢竟同樣的傳言我已經聽過很多次。不太可能這個鎮上的每個人都弄錯了。

妮娜確實試圖殺害自己的女兒。

但話說回來，我不知道這件事的來龍去脈。之前我聽說過產後憂鬱症可能讓人的想法變得非常灰暗，或許她根本不知道自己在做什麼。畢竟他們不是說她**圖謀**害死自己的女兒，若是如此，她現在早就進了監獄，而且要關上一輩子。

然而，無論我有多擔心妮娜的精神狀態，我從來不認爲她眞的有能力去傷害別人。只怕我是太小看她了。

從恩佐拒絕我以來，我第一次回想起他匆匆邁出大門時的慌亂眼神。**妳出去，米莉。這裡……危險**。他是在替我擔心。妮娜・溫徹斯特令他害怕。要是他會說英語就好了。如果會的話，我總覺得說不定現在我早就搬出去了。

但說實在的，我能怎麼辦呢？溫徹斯特家給我很好的薪水，雖然還不夠我養活自己，除非我再存更多錢。要是現在辭職，他們絕不會幫我推薦好工作，我就得再回頭去看徵人廣告找工作，然後因爲被發現有前科而一再受挫。

現在我只能再多撐一下，盡可能別把妮娜·溫徹斯特惹毛。我能不能重新做人，可能就看這次了。

21

直到晚餐時間，恩佐白天搬進來的紙箱仍然擱在餐桌上。爲了擺餐具，我試著把它搬開，但箱子實在太重。恩佐把箱子搬進來時毫不費力，所以我沒想到會那麼重。我很怕要是硬把它搬走，會不小心掉在地上。誰知道箱子裡會不會是價值連城的明朝花瓶，或是其他一樣脆弱和貴重的東西。

我又看了看箱子上的寄件人：艾芙琳·溫徹斯特，不由好奇她是誰。字跡又大又草，我試探性地推一推，裡頭的東西喀喀作響。

「聖誕禮物提早寄來？」

我抬起一看，安德魯回來了。想必是從車庫門進來的。他斜著嘴對我笑，領帶鬆開掛在脖子上。看到他心情似乎比昨天好，我很高興。我眞的很怕見過醫生之後他會情緒失控。再加上昨晚他們夫妻大吵一架，我甚至還以爲妮娜殺了他。如今我知道妮娜住進精神病院的原因，昨天我的懷疑當然也就不再那麼牽強。

「現在才六月呢。」我提醒他。

他咂了咂舌。「慶祝聖誕永遠不嫌早。」他繞過桌子，走過來查看箱子上的寄件人，站得離我很近，我都能聞到他臉上的鬍後水味。那味道……很棒。很貴。

停！米莉，別再聞妳老闆身上的味道。

「是我母親寄來的。」他說。

我抬頭對他笑。「你母親現在還會寄愛心包裹給你？」

他笑出聲。「以前確實會，尤其之前妮娜……生病的時候。」生病。真是種好聽又委婉的說法。只是我實在難以理解。

「或許是給西西的東西，」他又說。「我媽喜歡寵壞她。她老是說，西西只有一個奶奶，寵她是她的責任。」

「那妮娜的父母呢？」

他頓了頓，手放在箱子上。「妮娜的爸媽都不在了，在她很小就過世了，我從沒見過他們。」

妮娜試圖殺了自己，還有自己的親生女兒，現在我又得知她的父母已經不在人世。我只希望妮娜的下一個目標不是她的女傭。

不行，我必須停止這樣想事情。妮娜的父母比較可能是死於癌症或心臟病。無論妮娜有什麼問題，他們顯然覺得她已經能夠重返社會。我不應該妄下定論，對她疑神疑鬼。

「總之，」安德魯直起身。「我來把箱子打開。」

他跑進廚房，不一會兒就拿著一把美工刀走回來。他把膠帶割開，掀開蓋子。這時我也跟著好奇起來。今天一整天我都盯著箱子看，猜想裡頭會是什麼。我敢說不管是什麼，一定都貴得要命。我張大眼睛看著安德魯往裡頭探，臉上頓時失去血色。

「安德魯？」我擔心地問。「你還好嗎？」

他沒回答，而是沉入一把椅子裡，舉手按著太陽穴。我趕緊過去安慰他，但忍不住停下來往箱子裡一看。

我知道他爲什麼臉色那麼難看了。

箱子裡全是嬰兒用品。有小巧的白色嬰兒毯、手搖鈴、玩偶，還有一小堆白色包屁衣。

妮娜逢人就說他們很快要要迎接小寶寶，當然不會漏掉安德魯的母親。所以她才會寄來一堆嬰兒用品。可惜她操之過急。

安德魯兩眼無神。「你還好嗎？」我又問。

他眨眨眼，好像忘了我在旁邊，虛弱地對我笑了笑。「沒事。不要緊。我只是……不想看那些東西。」

我滑進他旁邊的椅子。「也許醫生弄錯了？」

雖然我心裡有部分不由得懷疑他爲什麼想跟妮娜有小孩，尤其她差點對西西莉雅做了那種事。經過那樣的事之後，他怎麼還能信任她有能力照顧好小寶寶？

他摸了摸臉。「沒事。妮娜年紀比我大，我們剛結婚時她剛好有些……問題，因此那時候我覺得還不適合有孩子，所以才拖到現在……」

我驚訝地看著他。「妮娜比你大？」

「只大一點。」他聳聳肩。「戀愛的時候不會去想年齡的差距，而且那時候我愛她。」我沒忽略他說「那時候」，他也注意到了，所以紅了臉。「我現在也愛妮娜。無論發生什麼事，我們至少還擁有彼此。」

他說這些話的時候語氣堅定，但再度轉頭去看那個箱子時，臉上的表情寫滿了悲傷。無論他怎麼說，妮娜跟他不能再有小孩的事實仍舊令他難受，讓他心情沉重。

「我……會把箱子收去地下室，」他喃喃地說。「或許附近鄰居有人生小孩可以送給他們。或者就……捐出去，我相信會有人好好利用它。」

我突然有股難以壓抑的衝動想要抱抱他。他雖然很富有，我卻為他感到難過。他是個好人，應該得到幸福，而我卻開始懷疑精神有問題又喜怒無常的妮娜能不能讓他幸福。或者他只是因為責任才困在這段婚姻裡。

「如果你想談一談，」我輕聲說，「我就在這裡。」

他跟我四目相對。「謝了，米莉。」

我把手放在他的手上，想要安慰他。他把手翻過來，握了握我的手。跟他掌心貼掌心的那一刻，有種感覺有如閃電劃過我的身體。我從來沒有過這樣的感覺。抬起頭注視安德魯的棕色眼睛時，我看得出來他跟我也有一樣的感覺。剎那間，我們兩個就這樣凝視著彼此，被某種看不見也無法形容的力量牽引在一起。接著，他臉頰泛紅。

「我該走了。」他把手從我的手中抽走。「我該……我是說，我得……」

「好……」

他從椅子上跳起來衝出飯廳。但爬上樓之前他回過頭，依依不捨地看了我最後一眼。

22

接下來的一個禮拜我都躲著安德魯．溫徹斯特。

我再也無法否認自己對他有感覺。不，不只是感覺，我是深深迷戀上他，無時無刻不想著他，甚至還會夢到他吻我。

他可能也對我有感覺，即使他口口聲聲說愛妮娜。不過最重要的重點是，我不想失去這份工作。要是跟已婚的男主人有一腿，我想保住飯碗也難。所以我盡可能地隱藏自己的感覺。反正安德魯大半時間都在工作，要避開他很簡單。

今天晚上，當我端出一盤盤晚餐，準備趕在安德魯進門之前閃人之際，妮娜悠閒地走進飯廳。她擺了擺頭，對鮭魚搭配野米的菜色表示讚許。當然還有爲西西莉雅準備的雞塊。

「聞起來眞香，米莉。」她說。

「謝謝。」我在廚房附近徘徊，準備開始收尾——這是我們平常的慣例。「還有什麼需要我幫忙的嗎？」

「只有一件事。」她輕撫自己的一頭金髮。「妳有訂到《攤牌》的票嗎？」

「有！」我搶到最後兩張這禮拜天晚上的貴賓席，很爲自己感到驕傲。這兩張票要價不菲，但溫徹斯特家負擔得起。「你們坐台前第六排，幾乎可以摸到演員。」

「太好了！」妮娜開心地撫掌。「飯店也訂好了嗎？」

「廣場飯店。」

開車去市區有一小段路，所以妮娜和安德魯會在廣場飯店住一晚。那天西西莉雅會去朋友家過夜，整棟該死的房子就會完全屬於我一個人。我想脫光光走來走去也沒問題。（我沒打算這麼做，但知道自己可以這麼做很不賴。）

「一定很棒，」妮娜嘆了口氣。「我跟安迪眞的需要散散心。」

我忍住心裡的話，打定主意不對他們兩人的關係發表意見，尤其這時門剛好砰了一聲，表示安德魯回來了。自從看過醫生和後來大吵一架之後，他們兩人就有點疏遠彼此。不是我特別注意他們的一舉一動，而是很難不注意到他們相敬如賓的尷尬氣氛。而且妮娜的狀況似乎不太好，比方現在她的白色上衣就因爲少扣一個鈕釦，以致整件衣服歪向一邊。我很想提醒她，但說了她一定會對我大呼小叫，所以我只好閉上嘴巴。

「祝你們玩得愉快。」我說。

「會的！」她喜笑顏開。「還要一個禮拜，我快等不及了！」

我皺起眉頭。「一個禮拜？表演日期是三天後。」

安德魯大步走進廚房的飯廳，一邊鬆開領帶。看到我他突然收住腳，但及時壓抑住情緒。我也一樣壓抑自己的情緒，即使看到他穿著西裝的英俊模樣不禁又怦然心動。

「三天？」妮娜說。「米莉，我要妳訂的是下禮拜日的票！我記得很清楚。」

「對……」我搖搖頭。「但妳是一個禮拜前跟我說的，所以我訂的是這禮拜日的票。」

妮娜的雙頰漲紅。「所以妳承認我是要妳訂下禮拜日的票，但妳還是訂了這禮拜日的票？」

「不是，我的意思是說——」

「我不敢相信妳會這麼粗心大意。」她雙手抱胸。「這禮拜日我沒辦法去。禮拜日我得開車載西西莉雅去麻州參加夏令營，而且要在那裡過夜。」

什麼？我敢發誓她要我訂這禮拜日的票，到時西西莉雅會在朋友家過夜。我不可能把時間搞錯。「或許可以請人載她去？因爲那種票不能退。」

妮娜一臉惱怒。「我不會讓其他人載我女兒去參加一去就要兩個禮拜的夏令營！」

有何不可？總不會比試圖殺害她更糟吧。但我沒說出口。

「我不敢相信妳竟然出這麼大的錯，米莉。」她搖搖頭。「那兩張票和飯店的費用都要從妳的薪水裡扣。」

我目瞪口呆。那兩張票和廣場飯店的費用比我的薪水還多——不，比我的三份薪水還多。我辛辛苦苦存錢就是想要快點離開這裡。想到近期都拿不到薪水，我只能把淚水往肚裡吞。

「妮娜，」安德魯插嘴，「先別激動。我相信還是有方法可以退票的。我會打電話給信用卡公司搞定這件事。」

妮娜殺氣騰騰地瞪我一眼。「好吧。可是如果錢拿不回來，我就要妳賠，聽懂了沒？」

我無言地點點頭，然後奔向廚房，免得被她看到我流眼淚。

23

禮拜天下午，我得知兩個好消息。

一是安德魯好不容易把票退了，我也不用爲了賠錢而做白工。

二是西西莉雅有整整兩個禮拜不在家。

我不確定哪一件事更讓我開心。我很慶幸自己不用賠那兩張票的錢，但我更慶幸之後能有兩週不用再伺候西西莉雅。她跟媽媽簡直是同一個模子刻出來的。

西西莉雅打包的行李夠她撐上至少一年。我敢對天發誓，她根本把所有東西都塞進了行李袋，就算還有多餘的空間，她肯定也往裡頭塞滿了石頭。我滿頭大汗把行李搬進妮娜的Lexus時就是這種感覺。

「請妳小心提，米莉。」妮娜焦急地看著我使出超人的力氣把袋子搬進她的後車廂。我的手掌被提帶磨得一片紅腫。「別打破東西啊。」

西西莉雅怎麼可能帶易碎物品去參加夏令營？多半不是只會帶衣服、書和防蚊液這些東西嗎？但我絕對不會笨到去質疑她。「抱歉。」

我走回屋裡搬最後一件行李，這時安德魯剛好小跑下樓。看見我正要提起好大一件行李，他睜大眼睛。

「嘿，」他說，「我來幫妳。看起來很重。」

「我沒問題。」我堅定地說，只因為妮娜正從車庫走進來。

「她可以的，安迪。」妮娜搖搖手指。「你背不好，得小心點。」

他瞥了她一眼。「我的背沒事。反正我也想順便跟西西說再見。」

妮娜垮下臉。「你確定不跟我一起去？」

「我希望我可以，」他說。「但明天一整天有工作，我不能不去。而且下午也得開會。」

她悶哼一聲。「你總是把工作擺第一。」

安德魯皺了皺臉，我不怪他覺得受傷。據我所知，這句話實在有失公平。安德魯雖然是個事業有成的生意人，卻還是每天回家吃晚餐。他週末確實偶爾會去加班，但這個月他也出席了兩場舞蹈表演、一場鋼琴演奏會、四年級的結業式、一場空手道表演，甚至有一晚他們一家人還去學校參加了好幾個鐘頭的藝術展。

「我很抱歉。」無論如何他還是說。

她又哼了一聲並轉過頭。安德魯伸手要觸碰她的手臂，但她迅速躲開，閃進廚房拿皮包。

於是他把最後一件行李提上肩，然後走進車庫往後車廂一丟，再去跟坐在妮娜的雪白Lexus上的西西莉雅道別。西西莉雅一襲白色蕾絲裙，很不適合夏令營的裝扮。但我絕對不會多嘴。

有兩個禮拜能擺脫那個小惡魔，我高興得想跳起來，但表面上卻拉下嘴角。妮娜從廚房走回來時，我說：「這個月西西莉雅不在家，一定很冷清。」

「眞的？」她冷冷地說。「我以爲妳受不了她。」

我驚訝得張大嘴巴。她說的沒錯，我跟西西莉雅確實處不好，但我不知道她發現了我的眞實感受。要是如此，她也發現了我跟她不對盤嗎？

妮娜順了順白色上衣就走去車庫。她一離開，我所有的壓力彷彿瞬間煙消雲散。妮娜在的時候我隨時都繃緊神經。她對我做的每件事好像都會放大檢驗。

安德魯從車庫走進來，往牛仔褲抹了抹手。我好喜歡看他在週末穿T恤和牛仔褲，好喜歡他勞動時頭髮弄亂的樣子，好喜歡他對我微笑和眨眼示意的表情。

不知道他是否跟我一樣，也覺得妮娜不在家輕鬆多了。

「所以，」他說，「既然妮娜走了，我要跟妳告白一件事。」

「哦？」

告白？**我瘋狂愛上了妳。我打算離開妮娜，這樣就能跟妳一起私奔去阿魯巴**。最好是。

「其實那兩張票沒辦法退。」他垂下頭。「但我不希望妮娜拿這件事爲難妳，或扣妳的錢，那太不應該。我很確定搞錯日期的人是她。」

我點了點頭。「嗯，可是……總之，謝謝你。我很感激。」

「所以……妳應該收下那兩張票。今天晚上找個朋友一起去市區看表演，你們還可以到廣場飯店過夜。」

我差點倒抽一口氣。「你太慷慨了。」

他的右嘴角往上一翹。「反正票都買了，何必浪費呢。好好享受吧。」

「嗯……」我手抓著T恤的下襬，思緒轉來轉去。無法想像妮娜要是發現會怎麼說。我不得不承認，光想到我都覺得焦慮。「你的好意我心領了，但還是算了。」

「真的？聽說這是十年來最精采的一場表演！妳不喜歡看百老匯的表演嗎？」

他對我的生活一無所知，根本不知道我這十年來過著什麼樣的日子。「我從沒去過百老匯看表演。」

「那妳更應該去看看！我堅持！」

「對，可是……」我深呼一口氣。「其實我沒有伴可以一起去，也不想自己一個人去，所以還是算了。」

安德魯盯著我看了一會兒，手摸著下巴的細微鬍碴。最後他說：「我跟妳一起去吧。」

我瞪大眼睛。「你確定這樣好嗎？」

他遲疑片刻。「我知道妮娜會吃醋，但沒有道理白白浪費兩張那麼貴的票。再說妳從來沒看過百老匯表演實在太可惜了。那會很好玩的。」

一定很好玩。但那就是我擔心的事，可惡。

我想像著今晚的行程：坐上安德魯的ＢＭＷ前往曼哈頓，坐在貴賓席欣賞百老匯最精采的表演，之後或許到附近餐廳簡單吃個飯，喝杯普羅賽克氣泡酒，跟安德魯輕鬆聊天，不用擔心妮娜突然出現，用兇狠的目光射向我們。

聽起來棒極了。

「一定的，」我說。「我們去吧。」

安德魯的臉色一亮。「太好了。我去換衣服，咱們大概一小時後在這裡會合，ＯＫ？」

「沒問題。」

上樓回閣樓時，我有種不祥又沉重的感覺。雖然很期待今天晚上，心裡卻還是感到不安。總覺得今晚我要是去看表演，一定不會有好下場。我迷戀安德魯已經很不應該，整晚跟他共處，而且就我們兩個人，簡直是在冒險。

但這麼想太可笑了。我們只是去曼哈頓看表演。兩個都是成熟的大人，完全可以控制自己的行爲。不會有事的。

24

我不能穿T恤和牛仔褲去百老匯看表演——用膝蓋想也知道。我上網查過，雖然沒有正式的服裝規定，但感覺就是不對。總之，安德魯說要去換衣服，所以我也得穿得像樣一點。

問題是，我沒有好看的衣服。

嚴格來說，其實我有。妮娜給過我一袋衣服。我還把衣服掛起來以免弄壞，但至今一件都還沒穿過。其中多半是正式服裝，但在溫徹斯特家打掃哪有什麼機會盛裝打扮。我可不想穿晚禮服吸地板。

但今天晚上就是適合盛裝打扮的場合。或許很長一段時間我都不會再有這樣的機會。

最大的問題是這些衣服都白到令人炫目。白色顯然是妮娜最愛的顏色，但我不是。我甚至不覺得我有最喜歡的顏色（只要不是囚衣那種橘色，我都行）。但我從來不喜歡穿白色，因爲很容易髒。今晚我得特別小心才行。而且我不會從頭到腳一身白，因爲我沒有白色鞋子。我只有黑色包鞋，所以別無選擇。

我看了看妮娜給我的衣服，想從裡頭挑一件最適合今晚穿的洋裝。每件都很美，而且非常性感。我選了一件合身的晚禮服，上半身是蕾絲削肩背心，長度到膝蓋。原本以爲妮娜比我豐滿很多，穿在我身上應該很鬆。但這件一定是她在很多年前買的，我穿剛剛好。就算是我爲自己特別挑的衣服，也很難比這件更適合。

我的妝很簡單，塗些口紅再上個眼線就算了事。無論今晚會發生什麼事，我都會管好自己，絕不能惹上任何麻煩。

況且我毫不懷疑，只要妮娜察覺我跟她丈夫有一絲曖昧，她一定會想盡辦法毀了我。

我下樓時，安德魯已經在客廳等我。他穿了一件灰色西裝外套，繫上顏色相配的領帶，還沖了澡也刮過鬍子。整個人看起來……風度翩翩，帥到令人無法招架。帥到我想抓住他的翻領，撲倒他。但最神奇的是他看見我的那一刻雙眼圓睜、猛力吸了口氣的模樣。

有一瞬間，我們兩人就這樣凝視著彼此。

「天啊，米莉。」他調整了一下領帶，手有點發抖。「妳看起來……」

他沒把話說完，但或許這樣也好。因爲他用只該拿來看自己老婆的眼神看著我。

我張開嘴，不知該不該問他這麼做是否恰當。或許我們該現在喊停，但我無法強迫自己說出口。

安德魯硬是把目光從我身上移開，低頭看錶。「我們該出發了。百老匯不好停車。」

「好，當然。出發吧。」

現在已經回不了頭。

滑進BMW的涼爽皮革座椅時，我幾乎覺得自己像個名人。安德魯的這輛車跟我的Nissan天差地別。他一坐進駕駛座，我才發現我的裙子滑到大腿上。站著的時候長度快到膝蓋，但一坐下來就會縮到大腿中間。我拉拉裙子，但手一放開，裙子就又滑上來。

幸好安德魯一直看著路，把車開出柵門。他是個體貼專一的丈夫，就算看到我穿這件衣服露出一副神魂顛倒的模樣，那也不表示他就無法控制自己。

車子開往長島高速公路途中，我開心地說：「眞的太期待了。不敢相信我要去看《攤牌》。」

他點點頭。「聽說非常精采。」

「我甚至邊換衣服邊用手機聽它的歌。」我坦承。

他笑了笑。「妳說我們坐第六排，對嗎？」

「沒錯。」我們不只要看百老匯最熱門的表演，而且還坐得離舞台超近，近到幾乎能碰到演員。要是他們很常開口，我們還會被他們的口水噴得滿身都是。奇怪的是，我還是一樣興奮不已。「可是我……」

他揚起眉毛。

「我很難過你不是跟妮娜一起來。」我拉拉裙襬。這件洋裝簡直像是存心要害我曝光。「當初想看表演的人是她。」

他揮了揮手。「別擔心。我跟妮娜結婚以來，她看過的百老匯表演我都數不清了。這對妳很特別，妳一定會很喜歡。我相信妮娜也希望妳會喜歡。」

「嗯。」這點我不是很確定。

「相信我，不會有事的。」

他在紅燈前停下來，手指敲著方向盤。我注意到他的視線離開了擋風玻璃，沒多久我就發現他在看什麼。

他正在瞄我的腿。

我抬起眼睛。發現自己被逮到，安德魯臉色一紅，趕緊別過頭。

我交叉雙腿，調整坐姿。妮娜要是知道這件事一定會不高興，但她不會知道的。再說，我們又沒做錯什麼。就算安德魯偷看我的腿又如何？看看又不犯法。

25

六月的夜晚，天氣舒適宜人。我帶了披肩出門，但外面很溫暖，所以我把披肩留在安德魯的車上。因此我們排隊等著入場時，我全身上下除了白色洋裝，只有一個跟服裝很不搭的皮包。

進場之後，看見劇院內部我忍不住驚呼。我有生以來還從沒看過這樣的地方。光是貴賓席就有好多排座位，但當我抬起頭竟看到兩大排座位一路延伸到天花板。正前方則是一張紅布幕，底下打出誘人的黃色燈光。

當我終於把視線從前方移開時，才發現安德魯一臉莞爾。「什麼？」我問。

「很可愛，」他說，「妳臉上的表情。我對這裡已經習以爲常，但我喜歡透過妳的眼睛看。」

「這裡眞的好大。」我難爲情地說。

一名帶位員拿節目單給我們並帶我們入座。接下來眞正神奇的部分來了：他帶著我們愈走愈近，愈走愈近。終於走到我們的座位時，我不敢相信我們離舞台那麼近。如果我想，我甚至可以抓住演員的腳踝。但我當然不會這麼做，因爲那肯定會違反假釋期間的規定，重點是位置近到有那樣的可能。

當我坐在這個神奇劇院最好的位置，準備欣賞百老匯最熱門的表演時，我完全不覺得自己是個才剛出獄、身無分文、做著自己痛恨的工作的可憐女孩。我只感覺自己很特別，好像我本來就有資格坐在這裡似的。

我看著安德魯的側臉。這一切都是因爲他。他本來也可以擺爛，扣我薪水，或找自己朋友來看表演。他完全有權利這麼做，但他沒有。他帶我來這裡，而我永遠不會忘記他爲我做的事。

「謝謝你。」我脫口而出。

他轉頭看我，嘴角上揚。他笑起來眞迷人。「我的榮幸。」

正當音樂開始飄送、觀眾紛紛入座時，我隱約聽見皮包傳出嗡嗡聲。是我的手機。我拿出手機，看見螢幕上跳出妮娜傳來的簡訊。

別忘了把垃圾拿出去。

我咬緊牙。如果有什麼能把一個女傭的夢幻想像硬生生打斷，那就是妳老闆提醒妳把垃圾拿去路邊的留言。妮娜每個禮拜都會提醒我收垃圾日，雖然我一次都沒忘記過。但最糟糕的是，看到她的簡訊我才發現我忘了把垃圾拿出去。通常我是晚餐後做這件事，今天行程改變，我就忘了。

不過沒關係。只要我今天晚上回到家記得這件事就好。在安德魯的ＢＭＷ變回南瓜之後。

「妳還好嗎？」

看見我在讀簡訊，安德魯眉頭深鎖。我對他的溫暖感受微微消散。安德魯畢竟不是我約會的對象，正打算用百老滙熱門表演把我寵壞。他是花錢雇用我的老闆，是有婦之夫，之所以帶我來這裡，只是可憐我極度欠缺文藝薰陶。

我可絕不能忘記這點。

Δ　　Δ　　Δ

表演精采得沒話說。

我坐在第六排看得目不轉睛，嘴巴一直闔不攏。我完全明白爲什麼這是百老滙最受歡迎的表演之一。音樂動聽好記，舞蹈豐富曼妙，男主角有如白馬王子。

雖然我忍不住想，還是安德魯比較帥。

觀眾三次起立鼓掌之後，表演終於結束，大家開始往出口移動。安德魯從容不迫地從座位上起身，伸展一下背脊。「去吃晚餐如何？」

我把節目單塞進皮包。雖然留下來有點危險，但我很想留住這個神奇夜晚的美好回憶。「聽起來不錯。你有口袋名單嗎？」

「這附近有一間很棒的法國餐廳。妳喜歡法式料理嗎？」

「我從沒吃過法式料理，」我坦承。「不過我喜歡炸薯條（French Fries）。」

他笑了笑。「我想妳會喜歡的，當然由我請客，妳覺得如何？」

我覺得妮娜要是發現她丈夫帶我去百老匯看表演，之後又請我吃高級法式料理，一定會氣炸。管他的。反正都來了，多吃一頓飯也不會比只看表演更讓她生氣。不如豁出去吧。「聽起來很棒。」

來溫徹斯特家幫傭之前，我絕不可能走進安德魯帶我來的這種法國餐廳。門上貼了菜單，我只瞥了幾道菜的價錢，很清楚隨便一道開胃菜都會讓我荷包大失血。不過，站在安德魯旁邊，身上穿著妮娜的白色禮服，我在這裡卻毫不顯突兀。總之，不會有人跑來請我離開。

我相信當我們走進餐廳時，每個人都以爲我們是一對。我在餐廳外面的玻璃門看見我們的倒影，看起來很登對。說實話，甚至比他跟妮娜更登對。沒人注意到他戴著婚戒，而我沒有。旁人可能只會注意到他輕輕把手放在我的腰際，帶我走向座位，然後幫我拉開椅子。

「你眞是個紳士。」我說。

他輕笑一聲。「要謝謝我母親，是她這樣教我的。」

「那她把你教得很好。」

他滿臉堆笑。「她聽到會很高興。」

我不由想起西西莉雅。那個被寵壞的小鬼似乎以使喚我爲樂。但話說回來，西西莉雅也很可憐，畢竟她母親曾經想殺了她。

服務生來幫我們點飲料時，安德魯點了杯紅酒，我也一樣。我甚至沒看價錢，看了只會頭昏腦脹，而且他說過要請客。

「我不知道要點什麼。」每一道料理對我來說都很陌生，而且全都是法文。「你看得懂菜單嗎？」

「Qui（是）。」安德魯說。

我睜大眼睛。「你會說法文？」

「Qui, mademoiselle（是的，女士）。」他對我眨了眨眼。「我的法文還算流利，其實。我大三去巴黎讀過書。」

「哇。」我不但沒在大學學過法文，甚至從沒讀過大學。我只有高中同等學歷。

「要我幫忙把菜單翻譯成英文嗎？」

我臉頰發熱。「不用了。你幫我點你覺得我會喜歡的就好。」

他似乎對這個答案很滿意。「ＯＫ，沒問題。」

服務生拿著一瓶葡萄酒和兩個酒杯回來。我看著他拔掉軟木塞，幫我們斟滿兩杯酒。安德魯示意他把酒瓶留下。我抓起酒杯喝了一大口。

天啊，太好喝了。比我在鎮上酒行買的廉價酒好喝太多。

「那妳呢？」他問。「會說其他語言嗎？」

我搖搖頭，開玩笑地說：「我很慶幸自己會說英語。」

安德魯沒捧場。「妳不應該貶低自己，米莉。妳來幫傭已經好幾個月，不但工作態度好，我也看得出來妳很聰明。我甚至不懂妳爲什麼想做這份工作，雖然我們很幸運能請到妳。難道妳沒有其他志向嗎？」

我玩著手中的餐巾紙，迴避他的眼神。他對我一無所知。要是知道，他就會明白。「我不想談這個。」

他遲疑片刻便點點頭，不再勉強我。「總之，我很高興妳今晚願意出來。」

我抬起頭，他的棕色眼睛隔著桌子與我對望。「我也是。」

他好像還想說什麼，但他的手機偏偏在這時候響起。他從口袋拿出手機，然後看了看螢幕，我又啜了口酒。味道眞好，我想喝個痛快，但那可不行。

「是妮娜打來的。」或許是我的想像，但他露出了痛苦的表情。「我最好接一下。」

我聽不到妮娜說了什麼，只聽見她顫抖的聲音。她聽起來不太高興。安德魯把手機拿離耳朵一公分遠，每聽一句就蹙一下眉。

「妮娜，」他說，「聽我說，這……我不會……妮娜，妳放心。」他噘起嘴。「現在我沒辦法跟妳討論這個。明天妳回來再說，好嗎？」

安德魯按下按鍵結束通話，然後把手機往旁邊桌上一丟。最後他拿起酒杯，一口氣喝了半杯。

「都還好嗎？」我問。

「嗯。」他按按太陽穴。「我只是……我愛妮娜，但有時候我想不通我們的婚姻怎麼會變成這樣。我們的互動有百分之九十九都是她在吼我。」

我不知道該說什麼。「我很……難過。不知道這麼說你會不會好過一點，我跟她的互動有百分之九十九也是一樣。」

他的嘴角顫了一下。「那我們同病相憐。」

「所以……她以前不會這樣嗎？」

「完全不會。」他抓起酒杯一飲而盡。「我們剛認識的時候，她是個身兼二職的單親媽媽。我很佩服她。她過得很辛苦，但我被她身上的那種韌性吸引。但現在……她什麼都不做，只會抱怨，完全不想工作，把西西莉雅寵上了天。最糟糕的是……」

「什麼？」

他拿起紅酒又把自己的杯子斟滿，還伸出手指去描杯緣。「沒什麼。別介意。我不應該……」他環顧四周。「我們的服務生呢？」

我很想知道安德魯剛剛想對我坦承什麼事。但後來我們的服務生跑過來，唯恐錯過這餐八成少不了的豐厚小費，所以我也就不方便繼續追問。

安德魯很稱職地幫我們兩人點了餐，我甚至沒問他點了什麼，因爲想給自己一個驚喜，而且也相信我不會失望。我對他的法國腔印象深刻。我一直希望自己會說另一種語言，但現在學大概太慢了。

「希望我點的妳會喜歡。」他有點害羞地說。

「一定會的，」我笑著對他說。「你的品味很好。我是說，看你的房子就知道。還是，東西都是妮娜挑的？」

他拿起剛倒的酒又啜了一口。「房子是我買的，我們結婚之前就已經大部分都裝潢好了。其實是早在我們還沒認識之前。」

「眞的？感情定下來之前，在市區工作的男人多半都喜歡住單身公寓。」

他哼了一聲。「那我從來不感興趣，我一直都想結婚。其實認識妮娜之前我已經訂婚……」

認識妮娜之前？什麼意思？難道是說妮娜是第三者？

「總之，」他說，「我想要的就是定下來，買房子、結婚生子……」

說到最後一項他垮下臉。雖然嘴上不說，但我相信他仍然爲了妮娜無法再生小孩事而傷心難過。

「我很難過……」我搖晃著杯子裡的葡萄酒。「我是說生育的問題，那對你們一定打擊很大。」

「嗯……」他抬起頭，突然間脫口而出：「看過醫生之後我們就沒有性生活了。」

我差點把酒打翻。這時服務生剛好送開胃菜上來，是塗上粉紅色抹醬的小圓麵包。只是聽了安德魯的內心話，我很難把心思拉回來。

服務生走了之後，安德魯說：「Mousse de saumon canapés，基本上就是棍子麵包上放煙燻鮭魚慕絲。」

我怔怔看著他。

「抱歉，」他嘆道，「我不該跟妳說這些，很失禮。」

「呃……」

「讓我們……」他指了指桌上切成一片片的棍子麵包。「我們好好享受晚餐。請忘了剛剛我說的話。妮娜跟我……沒事。每對夫妻都有低潮期。」

「沒錯。」

但要忘記從他口中聽到的妮娜，對我來說只是白費力氣。

26

最後我們吃了一頓很愉快的晚餐。我們沒再討論妮娜的事，兩人輕鬆自在地聊天，尤其是開第二瓶酒之後。我已經想不起上一次那麼開心是什麼時候。快結束時我不禁有點難過。

「眞的很感謝你。」他付帳時我對他說。我甚至不敢看帳單，光酒大概都要不少錢。

「是我要謝謝妳。」他紅光滿面。「我玩得很開心，不知道有多久沒……」他清了清喉嚨。「總之，今晚很愉快，正是我需要的。」

簽完帳單後他站起來時腳步一斜。我們喝了很多酒。這在最好的情況下已經不太妙，但我突然想到他得開車回長島，還要走高速公路。

安德魯想必猜到我在想什麼。他抓著桌子穩住腳。「我這樣子不能開車。」他坦承。

「嗯，」我說。「大概不行。」

他摸摸臉。「廣場飯店訂的房間還在。妳覺得呢？」

不用是天才也知道這是一大錯誤。我們都醉了，他老婆出了遠門，而他顯然有一陣子沒有性生活。我沒有性生活的時間更久。怎麼樣我都該斷然拒絕。這麼做絕對不會有好下場。

「我不認爲這樣妥當。」我低語。

安德魯把一隻手放在胸前。「我不會亂來，我發誓。那是套房，有兩張床。」

「我知道，可是……」

「妳不信任我？」

我不信任**我自己**。那才是最大的問題。

「但是今天我沒辦法開車回長島。」他低頭看手上的勞力士錶。「這樣吧，我叫飯店幫我們安排兩間房間。」

「天啊，那要花一大筆錢！」

他揮了揮手。「不會，有時我會在這裡招待客戶，所以有優惠。沒問題的。」

安德魯確實醉到無法開車，而我就算有膽開那輛名車，現在大概也夠醉了。或許可以叫計程車回長島，但安德魯沒有這麼提議。「好吧，只要我們各睡一間就沒問題。」

他招了計程車把我們載到廣場飯店。坐進黃色計程車後座時，我的白色裙子又滑到大腿上。這件裙子是怎麼回事？我那麼努力管好自己，它就是要跟我作對。我抓住裙襬，還沒來得及往下拉就發現安德魯又在瞄我。這次他被我逮到卻只顧著傻笑。

「怎麼啦？」他裝傻。天啊，看來他眞的醉了。

「你盯著我的腿看！」

「所以呢？」他笑得更開。「妳的腿很漂亮啊。看一下又不會少塊肉。」

我打了他的手臂一下，他抱住肩膀假裝很痛。「我們各睡一間，別忘了。」

但他坐在另一邊，跟我四目相對，有一瞬間我覺得呼吸困難。安德魯想忠於妮娜，這點我很確定。但她人在別州，而且他喝醉了，他們的關係又出了問題，說不定已經出問題很長一段時間。從我在那裡工作以來，我就沒見妮娜對他好過。他値得更好的人。

「妳在看什麼？」他低聲問。

我把心裡的話往肚裡吞。「沒什麼。」

「妳今天晚上很美，米莉，」他輕聲說。「我不確定有沒有告訴妳，但妳應該要知道。」

「安德魯……」

「我只是……」他的喉結上下擺動。「最近，我只是覺得很……」

他話還沒說完，計程車就把我們甩向右邊。我因爲沒繫安全帶，整個人撲進他的懷裡。他及時在我的頭撞上玻璃之前抱住我。他的身體貼著我的身體，吐出的氣息直摟我的脖子。

「米莉……」他悄聲說。

然後吻了我。

老天保佑——我也吻了他。

27

不用說也知道我們到了廣場飯店之後沒有各睡一間房間。

沒錯，我跟我的已婚老闆上了床。

他在計程車上吻了我之後就回不去了。那時候我們基本上已經快要按捺不住。安德魯去櫃檯辦入住手續時，我們好不容易才把手從彼此身上移開。進了電梯，我們又像一對青少年一樣抱在一起親熱。

一進房間，就再也沒有機會回頭或為了他的婚姻踩煞車。我不知道他上一次做愛是什麼時候，但我已經久到不禁擔心對方會不會要幫我清理蜘蛛絲。我不可能放棄這樣的機會。我的皮包裡甚至放了幾個保險套，因為之前我以為跟恩佐還有機會。

那感覺太美妙。豈止是美妙，我簡直要飛上天。這正是我需要的。

太陽剛爬上俯瞰市區的大片玻璃窗。我躺在自己放縱了一夜的旅館加大雙人床上，安德魯睡在我旁邊，嘴唇隨著每次呼吸輕輕吐氣。我想著他昨天做的事，全身一陣酥麻。有部分的我想叫醒他，問他是否想再來一次。但比較清醒的我知道同樣的事再也不會（也不可能）發生。

安德魯是有婦之夫，我是他們家的女傭。昨天晚上他喝醉了，只是一時失態，下不爲例。

但有一小片刻，我看著他睡著的英俊側臉，任由自己的想像馳騁。或許他醒來之後決定不再忍受妮娜和她的胡言亂語；決定他愛的是我，而且希望我跟他一起住在圍了鐵柵欄的豪宅裡。而我可以爲他生他一直想要的寶寶，那是妮娜永遠做不到的事。我想起親師會那幾個討厭的女人說過安德魯和妮娜簽了婚前協議。他就算離開她也不會損失一大筆錢，但我相信他會對她很慷慨大方。

笨死了。全是我自己異想天開。要是他發現我的底細，躲我都來不及。但我還是可以做做白日夢。

安德魯發出呻吟，舉手揉揉眼睛，頭轉向一邊並睜開眼睛。看到我躺在床上他沒有一臉驚駭，我把這當作好預兆。「嘿。」他聲音沙啞。

「嘿。」

他又揉揉眼睛。「還好嗎？妳都ＯＫ？」

除了心裡有種不祥的預感，其他都很好。「還好。你呢？」

他試著坐起來但沒成功，頭一沉，撞到枕頭。「應該是宿醉。天啊，我們喝了多少？」

他喝得比我多很多，但我比較瘦小，所以結果也差不多。「兩瓶。」

「我……」他眉頭糾結。「我們沒事吧？」

「沒事。」我擠出笑容。「完全沒事。我保證。」

他又試著坐起來，因為頭痛而縮起身體，但這次總算成功。「對不起，我不該……」

聽到他道歉我內心一震。「別擔心。」我口氣生硬，趕緊清清嗓子。「我先去沖個澡。我們好像該回去了。」

「對……」他鬆了口氣。「妳什麼都不會跟妮娜說吧？我是說，我們都喝醉了而且……」

當然了。他只在乎這件事。「不會的。」

「謝謝。非常感謝。」

我蓋著毯子，底下一絲不掛，但我不想要他看到我那個樣子。於是我從床上抓了件被單包住身體才爬起來，走去廁所時卻不小心絆了一下。我感覺得到安德魯盯著我看，但我沒轉身看他。太丟臉了。

「米莉？」

我還是無法回頭。「什麼？」

「我不覺得抱歉，」他說。「昨天晚上跟妳在一起我很開心，從頭到尾我都不覺得抱歉。我也希望妳不這麼覺得。」

我鼓起勇氣看他一眼。他還坐在床上，被單拉到腰際，露出肌肉結實的胸膛。

「我也不覺得抱歉。」

「可是……」他長吁一聲。「這件事不能再發生。妳也知道，對吧？」

我點點頭。「我了解。」

他臉上浮現痛苦的表情，舉手撥了撥深色頭髮。「要是情況不同就好了。」

「我知道。」

「要是我們認識的時候……」

他用不著把話說完，我也能猜到他在想什麼。要是他還單身的時候我們就認識，那該有多好。比方他走進我工作的酒吧，我們的目光相遇，他跟我要電話號碼，我把號碼給了他。但情況偏偏不是這樣。他已經結婚，還有小孩。我們之間只能到此爲止。

「我知道。」我又說。

他目不轉睛看著我，有一刻我心想他會不會想跟我一起洗鴛鴦浴。畢竟我們已經褻瀆了這間旅館房間，再來一次又何妨？但他很安分，轉過頭，拉起被單。我自己一個人走進浴室沖冷水澡。

28

回程路上我們很少交談。安德魯打開收音機，我們聽著DJ無腦的閒聊。我突然想到他說過晚點要去市區開會，所以到家之後他很快又得折回市區。但多走這趟路也不完全是爲了我。他還穿著昨天的衣服，我相信他也想換套西裝再去開會。

車子開下長島高速公路時，安德魯咕噥：「快到家了。」他戴著太陽眼鏡，所以我無法分辨他的表情。

「太好了。」

我的裙子又滑上來——全都是這條該死的裙子惹的禍。我拉了拉裙子，雖然安德魯戴著太陽眼鏡，我還是馬上發現他又在瞄我了。我抬起眼睛看他，他難爲情地笑了笑。「到家前的最後一眼。」

經過某片住宅大樓時，他轉了個彎繞過一輛垃圾車。就在這時候，一個可怕的念頭浮上我腦海。

「安德魯，」我顫聲說，「昨天晚上我沒把垃圾拿出去！」

「哦……」

他似乎不明白這件事的嚴重性。「妮娜昨天晚上特別傳簡訊提醒我把垃圾拿出去，可是我沒有，因爲我不在家。我從來沒有忘記過，要是她發現……」

他摘下太陽眼鏡，露出有點充血的眼睛。「可惡。時間還來得及嗎？」

我看著垃圾車往他家相反的方向開去。「我很懷疑，應該來不及了。垃圾車很早來。」

「妳可以說妳忘了，對吧？」

「你想妮娜會信嗎？」

「可惡，」他又說，手敲著方向盤。「好，我來想辦法，別擔心。」

唯一的辦法就是自己把垃圾載去垃圾場丟。我甚至不確定垃圾場在哪裡，而且我的Nissan的後車廂很小，得分好幾趟。所以我眞心希望安德魯說會想辦法是認眞的。

回到家之後，安德魯按下車上的按鈕，柵門便自動打開。恩佐在院子裡工作，看到BMW開上車道他猛然抬起頭。這個時間看到BMW開回家很稀奇，開出門還比較合理，也難怪他會驚訝。

我應該低頭迴避才對，但太遲了。恩佐停下手邊的園藝工作，一雙深色眼睛與我視線交會。他搖了搖頭，跟第一天看到我的時候一樣。

該死。

安德魯也發現了他，卻無所謂地跟他揮揮手，好像早上九點半載著妻子以外的女人回家再正常不過。他先把車停在院子，沒直接開進車庫。

「我問問看恩佐能不能幫忙處理垃圾。」他說。

我想求他不要，但還來不及開口他就跳下車，車門半掩。恩佐見狀後退一步，好像不想跟他說話。

「Ciao，恩佐。」安德魯對他燦爛一笑。天啊，那笑容眞好看。我閉上眼睛片刻，想起昨晚他摸遍我全身，不由全身一顫。

恩佐不發一語，只是盯著他看。

「有件事要請你幫忙。」安德魯指了指房子旁邊四袋滿滿的垃圾。「昨晚我們忘了把垃圾拿出去讓清潔隊員收走。可以麻煩你用貨車幫我們載去垃圾場丟嗎？我願意付你五十元。」

恩佐看看垃圾袋又看看安德魯，還是不發一語。

「垃圾……」安德魯重複道。「丟掉。垃圾場。Capisci（明白嗎）？」

恩佐搖搖頭。

安德魯咬咬牙，從後口袋拿出皮夾。「幫我們處理掉垃圾，我就給你……」他翻了翻皮夾。「一百元。」他在恩佐面前攤開鈔票。「處理掉垃圾。你有貨車。把它載去垃圾場。」

最後恩佐說：「不。我忙。」

「可是這是我們的院子，而且……」安德魯嘆了口氣又翻開皮夾。「兩百元。去一趟垃圾場。幫個忙。拜託你。」

一開始我以爲恩佐又會拒絕他，沒想到他伸出手拿走安德魯手中的鈔票，然後走去房子旁邊抓起垃圾袋。他一次就把全部垃圾清空，白色T恤下的二頭肌隨之鼓起。

「對，」安德魯說，「載去垃圾場。」

恩佐瞅了他一眼就抓著垃圾袋從他面前走過去，然後默默把垃圾丟進貨車開走。這麼看來他應該聽懂了。

安德魯大步走回來滑進駕駛座。「好了，搞定。但那傢伙眞是混蛋。」

「我不認爲他懂你的意思。」

「最好是。」他翻了翻白眼。「他只是假裝不懂，好逼我掏出更多錢。」

我同意恩佐不想幫我們處理垃圾，但我不認爲那是因爲他想要更多錢。

「我不喜歡那個傢伙，」安德魯開始發牢騷。「他幫附近的每一戶人家整理院子，卻有三分之一的時間都賴在我們這裡，老在院子裡晃來晃去。我甚至不知道他大半時間在搞什麼鬼。」

「你們的房子的確是這附近最大的一間，」我說。「草皮也最大片。」

「對，可是……」安德魯看著恩佐的貨車開上街道。「不知道。我叫妮娜辭了他，另外找人，但她說大家都請他，所以他顯然是『最好的』。」

自從恩佐不怎麼委婉地拒絕我之後，我就對他敬而遠之，但這不是他讓我覺得不舒服的原因。我忘不了第一天來這裡，他用義大利文悄聲對我說「危險」二字的模樣，還有他似乎很怕激怒妮娜，即使他塊頭大到一手就能把她撂倒。安德魯知道恩佐爲什麼對他老婆戰戰兢兢嗎？

無論如何，這些事都輪不到我來告訴他。

29

載西西莉雅去參加夏令營之後，妮娜大約下午兩點回到家。回程途中她不知去哪裡瘋狂大採購，走進門時提了兩大袋戰利品，然後隨興地往客廳地上一丟。

「我發現一間超可愛的小店，」她說。「忍不住買了好多！」

「太棒了！」我假裝興奮地說。

妮娜滿臉通紅，腋下濕了一片，一頭金髮毛毛躁躁。髮根還是沒補染，右眼的睫毛膏在眼角結成硬塊。看著她，我實在想不通安德魯喜歡她哪一點。

「米莉，可以幫我把袋子提上樓嗎？」她往皮沙發一坐，然後拿出手機。「謝啦。」

我提起其中一袋，天啊，有夠重的。她到底去了什麼店？賣啞鈴的嗎？看來得分兩趟，畢竟我不像恩佐那麼壯。「有點重。」我說。

「會嗎？」她笑道。「我不覺得啊。米莉，也許妳該去健身房練一練，最近有點弱喔。」

我臉頰發熱。我有點弱？妮娜自己看起來半點肌肉都沒有。就我所知，她從不健身，我甚至沒看過她穿運動鞋。

正當我吃力地提著兩大袋東西慢慢爬上樓時，妮娜又大聲說：「哦，對了，米莉！」

我咬著牙應聲：「是？」

妮娜坐在沙發上轉身抬頭看我。「昨天晚上我打電話回家，怎麼都沒人接？」

我一怔，提著購物袋的手臂在打顫。「嗄？」

「昨晚我打家裡的電話，」這次她放慢速度，「大概十一點左右。接電話也是妳的工作，但妳跟安德魯都沒接電話。」

「呃。」我放下袋子片刻，伸手摸摸下巴假裝在思考。「那時候我可能睡了，所以才沒聽到電話聲。安德魯會不會出去了？」

她豎起一邊眉毛。「星期日晚上十一點還出門？跟誰？」

我聳聳肩膀。「不知道。妳有打他的手機嗎？」

我知道她沒有，因爲當時我跟安德魯在一起。一起在床上。

「沒有。」她說，但沒進一步說出原因。

我清清喉嚨。「總之，那時候我在自己房間，我不知道他在幹麼。」

「嗯。」她坐在客廳盯著我看，淡藍色眼珠一沉。「或許妳說的沒錯。我再問問他。」

我點點頭，慶幸她沒有繼續質問我。她不知道發生了什麼事。不知道我們一起開車進城去看她本來要跟他一起看的表演，之後還在廣場飯店共度一夜。要是被她發現，天知道她會怎麼對付我。

但她什麼都不知道。

我把購物袋抓起來搬上樓，放在主臥房。我揉揉感覺已經麻掉的手臂，視線飄向主臥房的浴室——今天早上我才洗過，雖然妮娜不在時這間浴室比平常都要乾淨。我溜進去，浴室跟我樓上的房間差不多大，還有一個全身可以躺下的陶瓷浴缸，比一般浴缸要高，邊緣到我的膝蓋。

我皺著眉低頭看浴缸，想像多年前發生的事。年幼的西西莉雅泡在浴缸裡，水慢慢把浴缸填滿。接著，妮娜抓著自己的女兒，把她壓到水面下，眼睜睜看她喘不過氣……

我閉上眼睛轉過身，無法再繼續往下想。但我絕對不能忘記妮娜的情緒有多不堪一擊。絕對不能讓她知道我跟安德魯昨晚發生的事。那會先毀了她，之後她就會毀了我。

於是我從口袋拿出手機傳了簡訊給安德魯：

只是要提醒你：妮娜昨晚有打電話回家。

他會知道該怎麼做。他一向都知道。

30

西西莉雅不在家，家裡安靜了許多。

雖然她很常待在房間，但還是爲這房子帶來了些許活力。少了她，溫徹斯特家突然變得靜悄悄。令我意外的是，妮娜似乎心情比較好。感謝上帝，她沒有再提起我們不在家那晚她打的那通電話。

我跟安德魯小心翼翼躲著對方，但畢竟住在同個屋簷下，所以並不容易。擦身而過時，我們會避免眼神交會。但願我們能熬過去，因爲我不想失去這份工作。沒辦法跟我十年來第一個喜歡上的男人認眞交往，就已經夠教人傷心了。

今天晚上我趕著在安德魯回家之前把晚餐張羅好。但正要把水杯拿進飯廳，我就跟安德魯撞了個滿懷。完全不誇張。一個水杯從我手中滑出去，摔在地板上。

「該死！」我驚叫。

我大膽地瞅了安德魯一眼。他穿著深藍色西裝搭配深色領帶，同樣帥得令人不知所措。工作了一整天，下巴冒出些許鬍碴，反而顯得更加迷人。剎那間，我們的目光交會，我不由自主深受吸引。他睜大雙眼，我很確定他也有同樣的感覺。

「我來幫妳收拾。」他說。

「你沒必要幫我。」

但他很堅持。我把大片玻璃掃進畚箕，他幫我拿去廚房丟。妮娜絕不會幫我忙，但安德魯就不同了。當他從我手中搶走掃把時，手指輕輕掠過我的手指。我們再度目光交會，這一次再也無法忽略我們之間的火花。不能跟這個男人在一起，我連身體都發疼。

「米莉。」他啞著嗓子輕聲說。

我只覺口乾舌燥。他離我好近，只要我傾身上前，他就能親吻我。我知道他會的。

「天啊！發生了什麼事？」

聽到妮娜的聲音，我跟安德魯不約而同從彼此身邊跳開，彷彿著了火。我緊緊抓住掃把，用力到關節都發白。「我打破了杯子，」我說，「正在……收拾。」

妮娜垂下眼睛，看見玻璃碎片映著天花板的燈光閃閃發亮。「米莉，真是的，」她說。「下次請妳小心一點。」

我在這裡工作了好幾個月，從來沒打破過東西，除了她逮到我跟安德魯半夜一起看《家庭大對抗》那一次。但那次她並不知道。「是，很抱歉。我正要去拿吸塵器。」

安德魯一臉痛苦地看著我走回儲藏室（比我樓上的房間還大一點），先把掃把塞回去，再把吸塵器拿出來。一分鐘前無論他想跟我說什麼，都因爲妮娜在場，想說也說不出口。

或者，也許他可以。

「我們應該談一談，」他對著我的耳朵悄聲說，邊跟在妮娜後面走去客廳等我收拾完畢。「ＯＫ？」

我點點頭。我不知道他想跟我說什麼，但我把這當作一個好預兆。我們已經說好絕口不提那晚在廣場飯店發生的事。所以如果他想重遊……

我不該抱太大的希望。

大約過了十分鐘，全都清理乾淨之後，我去客廳請安德魯和妮娜回來飯廳。他們倆都坐在沙發上，但各坐一端看自己的手機，連交談都懶。我發現他們現在連吃晚餐也這樣。

兩人跟著我走回飯廳，妮娜坐在安德魯的對面。低頭看見盤子裡是豬排佐蘋果醬和花椰菜苗，妮娜對我露出微笑，這時我才發現她的大紅色口紅有點歪掉。右邊嘴唇的口紅糊了，使她看起來幾乎像個邪惡的小丑。「看起來眞美味，米莉。」

「謝謝。」

「安迪，不覺得聞起來很香嗎？」她問。

「嗯。」他拿起叉子。「很香。」

「我敢說，」妮娜接著說，「妳在監獄吃不到這樣的食物吧，米莉？」

空氣瞬間凝結。

妮娜咧開邪惡的嘴唇，笑咪咪地看著我。坐她對面的安德魯張口結舌看著我。這件事他顯然毫不知情。

「嗯。」我說。

「妳們在牢裡都吃些什麼？」她追問。「我一直很好奇，監獄的伙食如何？」

我不知道該說什麼，而且我也無法否認。她知道我的過去。「還可以。」

「希望妳可別從那裡的伙食找靈感，」她笑道。「繼續保持現在的水準。妳做得很好。」

「謝謝。」我低喃。

安德魯面如死灰。他當然不知道我坐過牢，我甚至從沒想過要告訴他。不知道爲什麼，跟他在一起的時候，那段過去遙遠得彷彿是上一輩子的事。但一般人不會這麼想。在他們眼中，我就只是個犯人。

而妮娜想要確定我知道自己的身分。

此時此刻我只想逃離，不願看到安德魯震驚無比的表情。我轉身要回樓上的房間，快走到樓梯時，妮娜拉高聲音喊：「米莉？」

我停下腳步，背部一僵，轉過身時還得咬緊牙根，以免對她失控大吼。我慢慢走回飯廳，硬擠出笑容。「是？」

她皺起眉頭。「妳忘了拿鹽跟胡椒出來。還有，這次的豬排確實有點不夠鹹，我希望妳以後調味再重一點。」

「好。抱歉。」

我走進廚房從櫥櫃拿出鹽罐和胡椒罐，雖然這些東西離妮娜坐的地方不用幾步路。走回飯廳時，儘管努力壓抑，我還是忍不住把椒鹽罐用力往桌上一放。當我把視線轉向妮娜時，只見她的嘴角在抽搐。

「非常感謝，米莉，」她說。「下次別再忘了。」

我希望她踩到玻璃碎片。

我甚至不敢轉頭看安德魯。天知道他會對我作何感想。我不敢相信自己竟然妄想跟他有未來。其實也不是真的這麼想，但有那麼一瞬間……畢竟更離奇的事也發生過。但現在都毀了。聽到妮娜說我坐過牢的那一刻，他一臉駭然。要是我能向他解釋……

我拖著沉重的步伐爬上樓，這次妮娜不再使喚我做這做那，比方把奶油拿到桌子另一邊之類的。我爬上三樓，然後走上陰暗狹小的樓梯回我房間，砰一聲甩上門，不知第幾次希望能鎖上房門。

我往床上頹然一倒，努力不讓眼淚流下來。不知道妮娜知道我的過去有多久了？

是最近才剛現？還是當初雇用我時早就做過背景調查？或許她是故意要雇用坐過牢的人，這樣她才能對我呼來喚去，換成其他人早就不幹了。

坐在床上自憐自艾時，床頭櫃有樣東西抓住我的目光。

是《攤牌》的節目單。

我拿起節目單，一頭霧水。節目單怎麼會在我的床頭櫃上？表演結束後我就把它放在皮包裡，當作回味那個神奇夜晚的紀念品。但我的皮包放在地上，倚著梳妝台。那麼，節目單怎麼會跑到床頭櫃上？我很確定自己沒有把它拿出來。

一定是有人故意把它放在那裡。我雖然鎖上了房門，但我並不是唯一有房間鑰匙的人。

我有種不祥的感覺，終於明白妮娜爲什麼突然提起我坐過牢的事。她知道我跟安德魯去看了表演。她知道我們一起去了曼哈頓，就我們兩個。我不確定她是不是也知道我們在廣場飯店過夜，但她知道那天晚上十一點我們都不在家。我相信如果她夠聰明，絕對能夠查出我們有沒有住進飯店。

妮娜知道了一切。

我剛剛樹立了一個危險的敵人。

31

妮娜想盡辦法要提高我外出採買的難度，因此購物成了我每天要面對的新酷刑。她會先列出一張購物清單，而且每一樣東西都很清楚明確。比方她不只要牛奶，還得是昆士蘭農場生產的有機牛奶。假如超市沒有她要的這種牛奶，我就得傳簡訊告訴她，然後把其他可能選項的照片傳給她，接著我就得站在該死的牛奶走道上等她慢吞吞回我簡訊。

此刻我站在麵包走道上傳簡訊給妮娜：

南塔克特酸種麵包賣完了。附上其他選擇。

我把架上的每一種酸種麵包的照片傳給她，所以現在得在這裡等她看完。幾分鐘後，我收到她回的簡訊。

有布里歐許麵包嗎？

現在我得把店裡所有的布里歐許麵包的照片傳給她。我發誓東西還沒買完我就會轟了自己的腦袋。她故意要折磨我。但我確實跟她丈夫上床，這能怪誰呢？

忙著拍照時，我發現有個身材魁梧的灰髮男子在走道另一頭盯著我瞧，而且毫不掩飾。我瞪他一眼，他才走開，謝天謝地。我已經夠煩了，沒辦法再應付一個跟蹤狂。

等著妮娜考慮要買哪種麵包的同時，我任由思緒飄蕩，卻一如往常地飄到安德魯身上。妮娜揭發我坐過牢的事之後，安德魯一直沒找我「談一談」，好像忘了他說過的話。他被嚇跑了，而我無法怪他。

我喜歡安德魯。不對，不只是喜歡，我愛上了他。我無時無刻不想著他，跟他住在同一個屋簷下，卻又不能表達對他的感情，對我是一大折磨。再說，他值得一個比妮娜更好的人。我可以讓他快樂。我甚至可以為他生他想要的寶寶。老實說，不管是誰都比妮娜好。

但即使他知道我們之間非比尋常，還是什麼都不會發生。他知道我坐過牢，他不會想跟有前科的人在一起。他會繼續跟那個女巫過著悲慘的生活，或許就這樣到老。

我的手機又嗡嗡響起。

有法國麵包嗎？

我又花了十分鐘才終於找到一條符合妮娜標準的麵包。當我推著購物車去結帳時，那個魁梧的男人又出現了。他明顯瞪著我看，更令人不安的是，他沒推購物車。那麼他到底想幹麼？

我用我最快的速度結帳，然後把裝滿雜貨的紙袋放回購物車，這樣才能推回停車場。快到出口時有隻手抓住我的肩膀，我抬起頭就看見那個魁梧的男人擋在我面前。

「借過！」我試圖甩開他，但他抓著我的手臂不放。我右手握拳。至少有一群人在看著我們，所以我有目擊證人。「你這是在幹麼？」

他指了指別在藍色襯衫衣領上的識別證，之前我沒注意到。「我是這間超市的警衛。小姐，可以請妳跟我來嗎？」

我快吐了。爲了買幾樣東西在這裡逛了將近九十分鐘已經夠糟，現在我竟然還被逮捕？爲什麼？

「怎麼了嗎？」我驚恐地問。

一群人被吸引過來。我發現裡頭有幾個在學校接送區看過的媽媽，我相信她們會很樂意跟妮娜報告在超市看見她家女傭被警衛逮捕的事。

「請跟我來。」男人又說。

我推著購物車往前走，不敢把它留在原地，裡頭有價值兩百美金的雜貨，要是東西丟了或被偷，我相信妮娜一定會要我賠。我跟著男人走進一間小辦公室，裡頭有一張布滿刮痕的木桌，桌前擺了兩張塑膠椅。男人示意我坐下，所以我在其中一張椅子上入座，椅子發出驚心的吱嘎聲。

「一定是哪裡搞錯了……」我看看男人的識別證。他名叫保羅．杜西。「杜西先生，有什麼問題嗎？」

他垮下臉，眉頭緊蹙。「有個顧客向我通報，說妳在偷超市裡的東西。」

我倒抽一口氣。「我絕不可能做那種事！」

「或許吧。」他把拇指插進皮帶的扣環。「但我還是必須調查一下。可以借看妳的收據嗎？請問貴姓？」

「卡洛威。」我從皮包翻出一張揉皺的長條紙。「這裡。」

「先提醒妳，」他說，「抓到扒手我們一律依法處置。」

我坐在塑膠椅上，臉頰發燙，一旁的警衛一一比對收據和購物車裡的東西是否吻合。收銀員會不會好死不死沒刷到什麼東西，警衛就會以爲是我偷的？想到這裡我的腸胃開始翻攪。該怎麼辦才好？抓到扒手他們一律依法處置。意思是他們會報警，那樣我鐵定會違反假釋規定。

想到這樣不就正中妮娜下懷，我內心一震。這樣她不用開除我就能名正言順地擺脫我，還能狠狠地懲罰我跟她丈夫上床。通姦就得去坐牢當然有點太過嚴厲，但我總覺得妮娜可能認爲是我活該。

絕對不能發生這種事。我沒有偷超市的任何東西。他不可能在購物車上找到不在收據上的東西。

會嗎？

我看著他仔細檢查收據，購物車裡的那桶開心果冰淇淋可能已經融化。我的心臟怦怦跳，幾乎無法呼吸。我不想回去坐牢。我不想。我不能。我寧可自我了斷。

「嗯，」最後他說，「東西看來都沒錯。」

我差點哭出來。「那是一定的。」

他咕噥一聲。「抱歉打擾了，卡洛威小姐。實在是扒手太多，我非得認真處理不可。加上我又接到檢舉電話，說有個跟妳外型相似的顧客正打算偷店裡的東西。」

檢舉電話？誰會打電話給超市形容我的長相，告訴警衛我正打算偷東西？誰會做這種事？

我只想得到一個人。

「總之，」他說，「謝謝妳的配合。妳可以走了。」

這是我聽過最美的五個字。**妳可以走了**。我可以推著購物車光明正大地走出超市。我可以回家了。

這一次。

但我有種可怕的感覺：這不會是最後一次，妮娜還準備了更多難關在等著我。

32

我睡不著。

差點在超市被逮捕已經是三天前的事。我不知道接下來該怎麼辦。這幾天妮娜和藹可親，或許是她覺得我已經學到教訓，知道這房子裡誰才是老大。又或許她決定不把我送回監獄了。

但這並非我輾轉難眠的原因。

眞正的原因是，我無法不去想安德魯。我們共度的夜晚；跟他在一起的感覺，那是我從來沒有過的感覺。而在妮娜拋下震撼彈，揭露我的過去之前，他對我也有同樣的感覺。我看得出來。

但現在都沒了。現在我在他眼裡不過是個平凡的前科犯。

我把毯子踢開。這個房間又悶又熱，連晚上也是。要是能打開那扇該死的窗戶就好了，但我不認爲妮娜會爲了讓我住得更舒適而花任何心思。

最後我下樓走到廚房。我房間雖然有小冰箱，但裡頭沒什麼吃的。那台冰箱太小，放了妮娜留給我的三小瓶水就塞不下太多東西。那三瓶水我至今都沒動過。

走去廚房途中，我看見後陽台的燈還亮著。我不安地走向後門，一看才恍然大悟。有人在外面，難怪燈亮著。

是安德魯。

獨自一人坐在椅子上喝啤酒。

我輕輕打開後門。安德魯驚訝地抬頭看我，但一句話都沒說，只是拿起啤酒大口一喝。

「嘿。」我說。

「嘿。」他回。

我擰著雙手。「我可以坐下來嗎？」

「當然。請便。」

我踏上陽台的冰冷木板，在他旁邊的椅子上坐下，好希望手中也有一瓶啤酒。他甚至沒看我，只顧著喝啤酒，眼睛望著寬敞的後院。

「我想解釋，」我清了清喉嚨，「我是指為什麼我沒告訴你……」

「妳不需要解釋。」他往我的方向一瞥又低頭看啤酒。「想也知道妳為什麼沒告訴我。」

「我本來想說。」才怪，我不想告訴他，他永遠都不知道最好，即使那是不可能的事。「總之，我很抱歉。」

他沙沙晃著罐中的啤酒。「所以妳是爲了什麼坐牢？」

我眞的好希望自己也有一瓶啤酒。我張開嘴，但還沒想出該怎麼回答，他就說：「算了，我不想知道。反正不關我的事。」

我咬著嘴唇。「聽我說，我很抱歉沒先告訴你。我只是想要拋開過去，完全沒有惡意。」

「嗯……」

「還有……」我低頭看擱在腿上的雙手。「我覺得很丟臉。我不希望你看不起我，你的想法對我很重要。」

他轉過頭看我，眼神在微弱的陽台燈光下顯得柔和。「米莉……」

「我也希望你知道……」我深吸一口氣。「那天晚上我眞的很開心，對我來說是很美好的回憶。全是因爲你的關係。所以無論如何我都很謝謝你……我只是想告訴你這些話。」

他眉頭深鎖。「我也很開心，已經有……」他捏了捏鼻梁。「好一陣子沒有那種感覺。我自己甚至沒發現。」

我們凝視彼此片刻。我們之間仍然有火花，從他的眼神我看得出來他也感覺到了。他往後門一瞥，我還沒意識到發生了什麼事，他的唇就印上我的唇。

他吻了我，實際上大概只有一分鐘，卻感覺有一輩子那麼久。直起身時，他眼中露出遺憾。「我不能……」

「我知道……」

我們之間是不可能的，原因很多。但如果他願意放手一搏，我也會豁出去，即使這表示要跟妮娜爲敵。我願意冒這個險，爲了他。

但實際上我卻起身離去，丟下他一個人在陽台上喝酒。

我光著腳踩著冰冷的木頭階梯走回二樓。因爲剛剛的吻，我頭還在暈，嘴唇仍微微刺痛。這不可能是最後一次。不可能的。我看到他看我的眼神。他對我動了心。即使知道我的過去，他還是喜歡我。唯一的問題是——

等等。那是什麼？

我站在樓梯口嚇到呆掉。黑漆漆的走廊上有片陰影。我瞇起眼睛，想看清楚那是什麼。

接著，那片陰影開始移動。

我驚叫一聲，差點摔下樓梯，幸好及時抓住欄杆才沒出事。那抹影子朝我逼近，我看清楚那是什麼了。

是妮娜。

「妮娜！」我驚訝得倒抽一口氣。

她爲什麼站在走廊上？剛剛她在樓下嗎？她看到我跟安德魯接吻嗎？

「嗨，米莉。」走廊上一片漆黑，但她的眼白彷彿在發光。

「妳……妳在這裡做什麼？」

她怒眼瞪我，月光灑在她臉上，形成詭異的光影。「這是我家，我愛去哪就去哪。」

嚴格說來這並不是她家。這棟房子是安德魯的，他們要是沒結婚，她就沒資格住在這裡。假如安德魯選擇的是我，不是她，這房子就會變成是我的。

這種想法太荒唐了，根本不可能成眞。

「抱歉。」

她雙手抱胸。「妳在這裡做什麼？」

「我……到樓下喝水。」

「妳房間沒水嗎？」

「喝完了。」我說了謊。要是她到我房間四處窺探，想必也知道我在說謊。

她沉默片刻。「安迪不在床上。他在樓下嗎？」

「我……他好像在後陽台。」

「原來。」

「但我不確定，我沒跟他說話。」

妮娜瞟我一眼，一副「她才不信我的鬼話」的表情。也罷，反正那全是謊言。

「我去看一下他。」

「那我先回房間了。」

她點點頭，跟我擦身而過時撞了一下我的肩膀。我的心怦怦狂跳，心中有種揮之不去的感覺：跟妮娜・溫徹斯特作對是一大錯誤。但我就是克制不了自己。

33

星期天放假，所以白天我出外消磨時間。風和日麗的夏日，天氣冷熱適中，我開車到附近的公園，坐在長椅上看書。在牢裡的日子，你會忘了出門走走、到公園看書這些簡單的快樂。但有時候你又會渴望到全身都發疼。

我絕不要再回去坐牢。絕對不要。

我到得來速買了漢堡薯條塡飽肚子，然後就開車回家。溫徹斯特家的宅院眞的很美。即使我愈來愈討厭妮娜，卻無法討厭這棟房子。這房子美得沒話說。

我像平常一樣把車停在路邊再走向前門。回程途中天色愈來愈暗，正當我走到門口時，驟雨劈開雲層，瞬間傾盆而下。我轉開門，趕在被淋濕之前溜進門。

一踏進陰暗的客廳，我就看見妮娜坐在沙發上。她沒看書，也沒看電視，只是坐在那裡，什麼事都沒做。我打開門時，她的眼神瞬間警醒。

「妮娜？」我問：「都還好嗎？」

「不太好。」她瞥了瞥沙發另一端，這時我才發現她旁邊有一堆衣服。是我剛來這裡工作時，她執意要我收下的衣服。「我的衣服怎麼會跑到妳的房間去？」

我凝視她時，一道閃電剛好掠過，把房間照亮。「什麼？妳在說什麼？這些衣服是妳給我的。」

「我給的！」她放聲大笑，笑聲在屋內迴盪，一半被轟隆隆的雷聲淹沒。「我為什麼要把價值好幾千元的衣服送給家裡的女傭？」

「妳……」我的雙腿在發抖。「妳說妳穿太小件，所以堅持要我收下。」

「這種謊妳也說得出口！」她上前一步，藍眼珠彷彿凝結成冰。「妳偷了我的衣服！妳這個小偷！」

「我沒有……」我伸手想抓住東西免得雙腿不聽使喚，卻只抓到空氣。「我絕不會做那種事。」

「哈！」她嗤之以鼻。「我信任一個前科犯到家裡工作，結果卻得到這種回報！」

她的響亮聲音引來安德魯的注意。他從書房衝出來，我看見他英俊的臉出現在樓梯口，正巧被另一道閃電照亮。天啊，他會怎麼看我？知道我坐過牢就夠糟了，我不希望他以為我偷了他家的東西。

「妮娜？」他三步兩步下樓。「發生了什麼事？」

「我來告訴你發生什麼事！」她得意洋洋地說。「米莉偷了我衣櫃裡的衣服。這些衣服都是她從我那裡偷來的。我在她的衣櫃裡發現的。」

安德魯的眼睛愈張愈大。「她……」

「我沒有偷東西！」淚水刺痛我的眼睛。「我發誓，這些衣服是妮娜給我的。她說她穿不下。」

「誰會相信妳的鬼話，」她冷笑道。「我應該報警才對。妳知道這些衣服值多少錢嗎？」

「拜託不要……」

「對了。」看見我的表情，妮娜笑得更開懷。「妳還在假釋，對吧？發生這種事，妳就得回去繼續坐牢。」

安德魯低頭看沙發上的衣服，眉心緊蹙。「妮娜……」

「我這就報警。」妮娜從皮包迅速拿出手機。「安迪，天知道她還偷了我們什麼東西。」

「妮娜。」他抬起頭。「米莉沒有偷妳的衣服。我記得有一天妳清空衣櫃，把衣服都塞進垃圾袋，說要捐出去。」他拿起一件白色小洋裝。「這件妳很多年前就穿不下了。」

看見妮娜滿臉通紅眞是大快人心。「你在說什麼？意思是我太胖嗎？」

他不理會她的話。「我是說，她不可能偷妳的衣服。妳爲什麼要這樣對待她？」

妮娜驚訝得張大嘴巴。「安迪……」

安德魯站在沙發前，目光轉向我。「米莉，」他喊我的名字時語氣溫柔，「妳可以先上樓，讓我們兩人獨處嗎？我需要跟妮娜談一談。」

「當然可以。」我求之不得。

他們兩人站在原地不發一語，我爬上樓梯。到了二樓，我繼續走向通往閣樓的門。打開門之後，我在門口站了片刻，暗忖下一步該怎麼做。接著我關上門，沒走進去。

這一次我躡手躡腳走到樓梯口，站在走廊邊緣，底下就是樓梯井。我看不到妮娜和安德魯，但聽得到他們的聲音。偷聽雖然不對，但我忍不住，畢竟他們的對話想必跟妮娜指控我偷東西有關。

我希望即使我不在場，安德魯還是會替我說話。妮娜會說服他我偷了她的衣服嗎？我終究是個犯人，只要犯過一次錯，就再也不會有人信任你。

「……沒拿妳的衣服，」安德魯說，「我相信她沒有。」

「你怎麼可以替她說話，不站在我這一邊？」妮娜反擊。「那女孩坐過牢。那種人信不得。她是騙子，是小偷，回去坐牢說不定是她活該。」

「妳怎麼能說這種話？米莉一直都表現很好。」

「是啊。我確定你會這麼想。」

「妮娜，妳什麼時候變得那麼刻薄？」他的聲音在顫抖。「妳變了。跟過去判若兩人。」

「人都會變。」她不屑地說。

「不。」他的聲音變小，我得拉長脖子才能在淅淅瀝瀝敲打人行道的雨聲中聽到他的聲音。「這樣不像妳。我甚至認不得妳了。妳已經不是當年我愛上的那個人。」

沉默延長，一陣大到足以撼動地基的雷聲將之打斷。雷聲減弱之後，我聽到妮娜清晰宏亮的聲音。

「你說什麼，安迪？」

「我說……我想我已經不愛妳了，妮娜。我認爲我們應該分開。」

「你不愛我了？」她激動地說。「你怎麼能說出這種話？」

「我很抱歉。我每天只是傻傻地過日子，甚至沒發覺自己有多不快樂。」

妮娜陷入沉默，咀嚼著他說的話。「跟米莉有關嗎？」

我屏住呼吸等待他的回答。那晚我們在紐約共度了一夜，但我不會騙自己他會爲了我而離開妮娜。

「跟米莉無關。」最後他說。

「眞的嗎？所以你要當著我的面說謊，假裝你們之間什麼都沒發生？」

可惡。她知道。或者，至少她以爲自己知道。

「我是喜歡米莉。」他說話的聲音如此之輕，我相信那一定是我的想像。像他這樣富有又英俊的有婦之夫怎麼可能喜歡我？「但她跟這件事無關。這是妳跟我之間的事。我已經不愛妳了。」

「胡扯！」妮娜拉高聲音，不用多久就只有狗聽得到她的聲音。「你爲了一個女傭要離開我！我從沒聽過這麼荒謬的事。你不覺得丟臉嗎？安德魯，你這是在作賤自己。」

「妮娜，」他語氣堅定。「結束了。我很抱歉。」

「抱歉？」又一陣雷鳴晃動地板。「我要讓你知道什麼才叫抱歉……」停頓。「妳說什麼？」

「如果你要玩眞的，」她對他咆哮，「我會在法庭上毀了你。我一定會讓你落到身無分文又無家可歸的下場。」

「無家可歸？這是我的家，我在我們認識之前就買了這棟房子，是我讓妳住進來。況且我們也有婚前協議，就算終止婚姻關係，這棟房子仍舊屬於我。」他又停頓。「現在我希望妳離開這裡。」

我大膽地探頭偷看。如果蹲下來，我就能看到妮娜站在客廳中央，臉色慘白，嘴巴像魚一開一合。「你不會是認眞的吧，安迪。」她結結巴巴。

「我非常認眞。」

「可是……」她抓住胸口。「那西西呢？」

「西西是**妳的**女兒，妳一直不想要我收養她。」

「啊，我懂了。因爲我不能生了，所以你想找個年輕一點的女人，這樣才能幫你生小孩。我已經不合格了。」她的聲音聽起來像在咬牙切齒。

「不是這樣的。」他說。儘管某方面來說，或許就是如此。安德魯確實想要小孩，而跟妮娜在一起就無法達成他的願望。

她的聲音在顫抖。「安迪，拜託別這樣對待我……不要這樣羞辱我。拜託你。」

「請妳離開，妮娜。現在就走。」

「可是外面在下雨！」

安德魯的語氣毫不動搖。「打包好就離開。」

我幾乎能聽到她在心裡衡量眼前的選擇。無論我對妮娜有何看法，都絕不會說她頭腦簡單。最後，她的肩膀一沉。「好吧，我走。」

妮娜的腳步聲往樓梯的方向逼近，等我意識到自己得迴避時已經太遲。只見妮娜抬起頭，看見我站在樓梯口，眼中燃起的熊熊怒火令我不寒而慄。當她跺著腳一步一步往上爬時，我應該跑回房間才對，但兩腿卻僵在原地，無法動彈。

她爬到二樓之後，又一道閃電劃過，照亮她的臉，那一刻她看起來就像站在地獄的入口。

「妳……」我嘴唇麻麻的，很吃力才發出聲音。「需要我幫妳打包嗎？」

她的眼中充滿了怨恨，我很怕她會伸手挖出我的心臟。「我需要妳來幫忙打包嗎？不用，我想我自己來就可以了。」

妮娜走進房間並砰一聲關上門。我不確定該做什麼。我可以回閣樓，但我往樓下一望，看見安德魯還在客廳。他正抬頭看著我，於是我走下樓。

「我很抱歉！」我慌亂地說。「我不是有意要……」

「不准妳責備自己，」他說。「我們之間早就有問題了。」

我瞥了一眼雨水打濕的窗戶。「你希望我……離開嗎？」

「不，」他說。「我希望妳留下來。」

他碰觸我的手臂，我渾身一顫，多希望他能吻我，但現在的時機不對。妮娜還在樓上。

但她很快就會走了。

大約十分鐘後，妮娜兩肩各揹著一個袋子吃力地走下樓。換成昨天，她一定會使喚我把袋子搬下樓，還不忘取笑我有多弱，現在她卻得自己來。我抬頭看她，只見她雙眼紅腫，頭髮凌亂，整個人好狼狽。直到這一刻我才發現她有多蒼老。

「安迪，拜託別這樣對我，」她懇求他。「拜託你。」

他下顎的肌肉抽搐了一下。雷又劈下來，但這次比較小聲，暴風雨正逐漸遠離。

「我幫妳把行李放上車子。」

她忍住眼淚。「不用麻煩了。」

她揹著兩袋笨重的行李，吃力地走向客廳旁邊的車庫門。安德魯伸手想幫她，她卻用肩膀把他推開。她沒把行李放下來開門，反而揹著兩大袋行李伸手去開門。看她笨手笨腳試了好久，我終於看不下去，逕自跑到門前，在她還來不及阻止我之前轉動門把，幫她打開門。

「啊，」她說，「非常感謝。」

我呆立原地，不知如何回答，她揹著行李從我面前推擠而過。穿過門走出去之前，她湊上來，近到我的脖子都能感覺到她呼出的熱氣。

「我到死都不會忘記。」她對著我的耳朵說。

我的心臟在胸腔裡猛烈跳動。她把行李丟進白色Lexus的後座，然後飛快把車開出車庫時，那些話仍在我的耳邊迴繞。

她沒關上車庫門。我看見大雨傾盆落在車道上，一陣狂風撲打我的臉。我站在那裡看著妮娜的車消失在遠方。有隻手環抱住我的雙肩時，我差點跳起來。

那當然是安德魯。

「妳還好嗎？」他問我。

他人眞好。經過剛剛悲慘的一幕，他竟然還會想到我，關心我好不好。「我沒事。你呢？」

他嘆了口氣。「本來可以不用那麼難看，但也只能這樣了。我沒辦法繼續這樣生活。我不愛她了。」

我回頭望著車庫。「她不會有事吧？她要去哪裡過夜？」

安德魯搖了搖手。「她身上有信用卡，會找間飯店過夜的，不用擔心她。」

但我確實很擔心，非常非常擔心，但不是他想的那種擔心。

他放開我的肩膀，伸手按鈕把車庫門關上。他抓住我的手把我拉走，但我盯著車庫門看，直到門整個關上，總覺得妮娜的車會在最後一刻重新出現。

「走吧，米莉。」安德魯的眼睛發出亮光。「我一直在等跟妳獨處的機會。」

儘管內心不安，我還是笑了。「真的嗎？」

「妳無法想像……」

他把我拉進懷裡親吻我，我在他的懷中融化，這時雷聲又轟然響起。我想像自己還能聽到妮娜的車遠遠傳來的引擎聲，但那是不可能的。

她走了。

永遠不會再回來。

34

隔天早上我在客房裡醒來，安德魯躺在我身旁還沒醒。

昨晚妮娜離去之後，最後我們決定在這裡過夜。我不想睡主臥房，因爲妮娜昨晚才睡過那裡，我房間的單人床兩個人睡又太不舒服，所以睡客房是折衷的選擇。

假如繼續這樣發展下去，我們更加確定彼此的關係的話，也許我最終還是得去睡主臥房，但現在還不到時候。那裡還是充滿妮娜的氣味。每樣東西都飄散著她的氣息。

安德魯睜開眼睛，看見我躺在他身邊，臉上漾開微笑。「嘿，嗨。」他說。

「嗨。」

他的手指掠過我的脖子和肩膀，我全身爲之顫抖。「我喜歡醒來就看到妳，而不是她。」

我也有同感。我多麼希望明天也能在他身旁醒來，還有後天。妮娜不懂得這個男人的好，但我懂。她把自己擁有的生活視爲理所當然。以爲那樣的生活將會屬於我，簡直是異想天開。

他靠過來親我的鼻子。「我得起床了，有會要開。」

我奮力坐起來。「我來幫你做早餐。」

「那可不行。」他爬下床，毯子滑落，露出他勻稱的身體。他的身材好得沒話說，平常一定有在健身。「從妳住進這裡以來，每天妳都早起幫我們做早餐。今天妳就多睡一會兒，做妳自己想做的事。」

「我通常是禮拜一洗衣服。我不介意洗——」

「不行。」他睨我一眼。「聽我說，我不清楚該怎麼做才對，可是我……我眞的喜歡妳，我想跟妳一起試試看。如果我們打算這麼做，妳就不能當我的女傭。我會另外找人打掃家裡，妳可以繼續住在這裡，想想接下來妳想做什麼。」

我紅了臉。「這對我來說沒那麼簡單。你知道我有前科，一般人不會想雇用我——」

「所以我才說妳可以住下來，住多久都可以。」他舉起一隻手，阻止我反駁他。「我是認眞的，我喜歡妳在這裡。誰知道呢……或許最後我們會……定下來。」

他對我露出溫柔而迷人的笑容，融化了我的心。妮娜一定是瘋了才會放開這個男人。

我還是很害怕她會回來挽留他。

我看著安德魯把四角褲套進肌肉發達的雙腿，但假裝沒在看。他又對我眨了眨眼才走去沖澡。房裡只剩下我一個人。

我打了個呵欠，在豪華的雙人床上伸展四肢。當初得到樓上的單人床時我興奮不已，但這張床又是另一種境界。原來我一直都有背痛的問題，但在這張床上睡一晚之後就好多了。要習慣這種奢華享受對我這樣的女生完全不是問題。

昨晚我把手機丟在床頭櫃上，現在手機開始嗡嗡響，有人來電。我伸手去拿手機，看見螢幕不由皺眉。

未顯示號碼

我的腸胃一緊。誰會在早上這個時候打給我？我盯著螢幕看，直到電話掛掉。

這也是一種處理方式。

我把手機丟回床頭櫃，然後躲回被窩。不只是床睡起來很舒服，床單的觸感也宛如絲綢；毯子溫暖又輕柔，比樓上那件扎人羊毛被好多了。更別提之前我在牢裡蓋的那件薄得可憐的毛毯。昂貴高級毯觸感真好——誰不知道呢？

我的眼睛又漸漸闔上。但就在我睡著之前，手機又響起。

我唔了一聲，伸手去拿手機。螢幕上還是那五個字。

未顯示號碼

誰會打給我?我一個朋友都沒有。西西莉雅的學校有我的電話,但學校正在放暑假。唯一會打手機給我的人是……

妮娜。

如果是她,那就是我現在最不想說話的人。我按下紅鍵掛斷來電。眼看要再睡著是不可能的了,所以我乾脆起床上樓沖澡。

Δ Δ Δ

我下樓時,安德魯已經換好西裝在喝咖啡。我難爲情地摸摸自己的牛仔褲,覺得跟他比起來我穿得好隨便。他繃著臉,站在窗前望著前院。

「都還好嗎?」我問。

他一震,看到我嚇了一跳,然後對我綻放笑容。「沒事,只是……那個該死的園藝師又在外面。他老在外面鬼鬼祟祟的到底在幹麼?」

我也走去窗前,看見恩佐俯在花圃上,手裡拿著一支鏟子。「整理花園?」

他低頭看錶。「現在才早上八點,不管什麼時候他都在。他幫那麼多戶人家工作，爲什麼老出現在這裡？」

我聳聳肩，但安德魯確實說的有道理。恩佐的確很常出現在我們的院子裡。就算我們的院子比其他人的院子大很多，他在這裡的時間也多得不成比例。

安德魯把咖啡杯往窗台一放，似乎下定了什麼決心。我伸手去收杯子，擔心要是妮娜看到窗台上有一圈咖啡漬一定會抓狂，但又隨即收住手。妮娜再也不會找我麻煩了，我甚至永遠不用再看到她。從今以後我愛把咖啡杯擱哪就擱哪。

安德魯大步走去前院，表情堅定，我好奇地跟上去。他顯然打算對恩佐說此話。他清了喉嚨兩次，但都沒引起恩佐的注意。最後他只好大聲喊：「恩佐！」

恩佐很慢地抬起頭，轉過身。「是？」

「我想跟你談一談。」

恩佐長吁一聲，起身緩步走過來，慢到不能再慢。「嗯？什麼事？」

「是這樣的。」安德魯很高，但恩佐比他更高，所以還得抬頭看他。「謝謝你這陣子的幫忙，以後我們不需要你了。所以請你收好東西，去下一戶人家工作吧。」

「Che cosa？（什麼）」恩佐問。

安德魯的嘴唇繃成一直線。「我說，我們不需要你了。結束了。到此爲止。你可以走了。」

恩佐歪了歪頭。「開除？」

安德魯吸了口氣，說：「對，開除。」

恩佐思索片刻。我後退一步，心裡有數安德魯雖然肌肉發達，但遠遠不是恩佐的對手。如果他們兩個打起來，安德魯甚至毫無勝算。結果他只是聳聳肩。

「OK，」恩佐說。「我走。」

他好像對這件事毫不在乎，我不禁懷疑安德魯會不會覺得自己這樣小題大作有點蠢。但他點點頭，鬆了口氣。「Grazie（多謝），謝謝你這幾年來的幫忙。」

恩佐面無表情地看著他。

安德魯咕噥幾聲就轉頭走回屋裡。我提起腳步跟上去，但正當他踏進前門時，不知什麼攔住我。過了一秒我才驚覺是恩佐抓住我的手臂。

我轉身注視他。他的表情跟剛剛安德魯還在時完全不同。他張大一雙深色眼睛凝視著我。「米莉，」他悄聲說，「妳必須離開這裡。妳的處境很危險。」

我張大嘴巴，不只因爲他說的話，還有他說話的方式。在這裡工作以來，我從沒聽過他用英文說過完整的句子，但剛剛他卻一連說了兩句。不僅如此，之前他的義大利腔重到我幾乎聽不懂他講什麼，現在卻聽不太出來腔調，反而覺得他對英語駕輕就熟。

「我沒事，」我說。「妮娜走了。」

「不是。」他堅定地搖搖頭，手仍抓著我的手臂。「妳錯了，她不是——」

他來不及把話說完，前門就再度打開。恩佐立刻放開我的手，往後退。

「米莉？」安德魯從前門探出頭。「妳還好嗎？」

「沒事。」我故作鎮定。

「妳不進來？」

我想留在外面追問恩佐他所謂的危險是什麼意思？還有他到底想告訴我什麼？但我得回屋裡，沒得選。

跟著安德魯走進門時，我回頭看恩佐。他已經開始忙著收拾工具，甚至沒抬頭看我。剛剛的事簡直像我自己想像出來的。只不過當我低頭看自己的手臂時，他留下的紅色印子還清晰可見。

35

安德魯要我別再做任何家務。但星期一我通常會去採買，而且家裡剛好很多東西都得補貨了。從書櫃上抽了幾本書翻了翻，又看了一下電視之後，我很想找些其他的事來忙。我跟妮娜不一樣，喜歡有事情做。

自從上次被超市警衛逮捕之後，我就不再去那家店，改去小鎮另一邊的一家超市。反正兩家都差不多。

最棒的是，現在我可以推著購物車隨興亂逛，不用再拿著妮娜那些愚蠢又假掰的購物清單按圖索驥。我可以想買什麼就買什麼。如果想買布里歐許麵包就拿布里歐許麵包，想買酸種麵包就拿酸種麵包，用不著每種麵包都得傳一百張照片給她過目。多麼自由啊。

逛到乳品區時，我皮包裡的手機響起。不安的感覺再度浮現。誰會打給我？或許是安德魯。

我從皮包拿出手機。又是未顯示號碼。早上打給我的人現在又打來了。

「米莉，是嗎？」

我嚇了一大跳，抬頭一看，原來是妮娜曾請到家裡作客的親師會成員之一，但我想不起她的名字。她也推了一輛購物車，圓潤鮮豔的嘴唇堆著假笑。

「是。」我說。

「我是派翠絲，」她說。「妳是妮娜家的女傭，對吧？」

聽到她給我貼的標籤，我一肚子火。妮娜家的女傭。哼，等著瞧。有天她會知道妮娜早就被安德魯甩了，而且因爲婚前協議，就算離婚妮娜也拿不到半毛錢。等著瞧，到時她就會知道我是安德魯的新女友，說不定很快她就得來巴結我。

「我在溫徹斯特家工作。」我僵硬地說，但很快又恢復自然。

「太好了。」她笑得更開。「我整個早上都聯絡不到妮娜。我們約好一起吃早午餐。每週一和週四我們都會在克莉斯頓餐館吃早午餐，可是今天她一直沒出現。沒事吧？」

「嗯。」我扯了謊。「沒事。」

派翠絲噘起嘴。「我猜她一定是忘了。想必妳也知道妮娜有時候怪怪的。」

豈止是怪怪的而已。但我嘴巴閉很緊。

她的視線落在我的手機上。「那是妮娜給妳的手機嗎？」

「嗯，是。」

她仰頭一笑。「我必須說，妳人眞好，肯讓她隨時追蹤妳的去向。如果我是妳，我不確定自己做不做得到。」

我聳聳肩。「她多半只會傳簡訊給我，還好。」

「我不是那個意思。」她對著我的手機點了點頭。「我是說她安裝的追蹤程式。她隨時都要掌握妳的行蹤不會把妳逼瘋嗎？」

我覺得肚子像是莫名其妙挨了一拳。妮娜用我的手機追蹤我？搞什麼鬼？

我怎麼那麼笨。她當然會做這種事。完全說得通啊。現在我想明白了，她根本不用翻我的皮包找出節目單或打電話回家查勤。她對我的行蹤瞭如指掌。

「喔！」派翠絲摀住嘴巴。「真抱歉，難道妳不知道……？」

我超想賞那張打了肉毒桿菌的臉一巴掌。我不確定她知不知道我知不知道，但看她的表情應該很得意我是從她口中聽到這件事。我冒了一身冷汗。「抱歉我先走了。」我對派翠絲說。

我丟下購物車，從她身旁推擠而過，全速奔向停車場，直到離開店裡才又能呼吸。我彎身扶膝，等呼吸恢復正常。

重新直起身時，有輛車正快速駛離停車場。是一輛白色Lexus。很像妮娜的車。

這時我的手機再度響起。

我快速從皮包挖出手機。又是未顯示號碼。好吧，如果她想跟我說話，那就放馬過來吧。如果她想威脅我，痛罵她破壞她的家庭，就隨她去吧。

我用力戳綠色鍵。「喂？妮娜？」

「您好！」一個雀躍的聲音說。「我們發現您的汽車保固最近可能已經到期！」

我放下手機，不敢置信地盯著它看。原來不是妮娜，而是詐騙電話。完全是我自己在嚇自己。

但危險環伺的感覺在我心中還是揮之不去。

36

今天晚上安德魯被工作絆住。七點十五分時，他傳了通充滿歉意的簡訊給我：

工作有狀況，至少還要一小時才走得開。妳先吃。

我回他：

沒問題。開車小心。

但其實我失望得要命。在曼哈頓跟安德魯共進晚餐那晚，我玩得很開心，所以今天我試做了在法國餐廳吃的一道菜：法式黑胡椒牛排。材料有我在超市（等我鼓起勇氣走回去之後）買的黑胡椒粒、切碎的紅蔥、干邑白蘭地、紅酒、牛肉高湯，還有重鮮奶油。香氣非常誘人，可惜放不了一兩個鐘頭，牛排再重新加熱就會差很多。所以我別無選擇，只能自己獨享這頓大餐。此刻牛排已經進了我的肚子，沉重得像塊石頭一樣。我坐在沙發上百無聊賴地轉著電視。

我不喜歡自己一個人待在這棟房子裡。安德魯在家時，這裡感覺像他的房子，實際上也是。但他不在時，房子到處都是妮娜留下的氣味。每個縫隙都散發著她的香水味。她就像動物一樣，用氣味劃出自己的地盤。

即使安德魯要我別做家務，我去採買完還是大掃除了一番，想去除掉妮娜的香水味，結果還是聞得到那個味道。

在超市遇到派翠絲雖然討厭，她卻幫了我一個大忙。原來妮娜在追蹤我。我找到藏在某個資料夾裡的追蹤程式，立刻把它刪了。也多虧了她，不然我絕不會發現。

但我還是甩不掉被妮娜監視的感覺。

我閉上眼睛，想起今天早上恩佐對我的警告。**妳必須離開這裡。妳的處境很危險**。看得出來他很怕妮娜。有次我們在交談，妮娜從不遠處走過，我在他眼中看到了恐懼。

妳的處境很危險。

我推開那股作嘔的感覺。妮娜已經走了。

但或許她還是能夠傷害我。

太陽已經西沉，我望向窗外，只看見自己的倒影。我從沙發上站起來走去窗前，心臟噗通噗通跳。我把額頭貼著冰涼的玻璃，望著幽暗的室外。

柵門外是不是停了一輛車？

我瞇著眼睛仔細看，想確定那會不會是我想像出來的。也許可以出門看個清楚，但那就得把門鎖打開。

當然了，既然妮娜有家裡的鑰匙，開不開鎖又有何差別？

矮桌上的手機響起，打斷我的思緒。我趕緊過去抓起手機，免得錯過電話。看到螢幕上又出現「未顯示號碼」幾個字，我眉頭一皺，搖了搖頭。又是詐騙電話。有完沒完。

我按下綠色鍵接聽，以爲會聽到討人厭的錄音電話，沒想到卻傳來一個扭曲失真、機器人一般的聲音。

「離安德魯．溫徹斯特遠一點！」

我倒抽一口氣。「妮娜？」

聲音聽不出來是男是女，更不可能知道是不是妮娜。接著，電話另一頭喀一聲。掛斷了。

我嚥嚥口水。我受夠妮娜的把戲了。從明天開始，我要奪回這個家的掌控權。我要打電話找鎖匠把門鎖給換了，而且今天晚上我就要睡主臥房。別想叫我再睡客房，我已經不是這裡的客人。

安德魯說他希望我們有天會定下來，所以現在這裡也是我的家了。

我走向樓梯，一次踩兩階上樓，一路爬到悶熱的閣樓房間——我的房間。但過了今晚，它就不再是我的房間。我要把所有東西打包，然後搬到樓下。這是我最後一次上來這間會害人幽閉恐懼症發作、鎖還奇怪地裝在門外的狹小房間。

我從衣櫃裡抓起一個行李袋，開始胡亂把衣服往裡頭丟，反正我只是要把它們搬下樓。我當然得先經過安德魯的同意，才能在樓下清出一個抽屜放我的東西。但他不可能期望我繼續住在閣樓，這樣太不人道，這個房間根本就像拷問室。

「米莉？妳在做什麼？」

我身後突然響起聲音，差點害我心臟病發。我抓著胸口轉過身。「安德魯，我沒聽到你進門。」

他的視線飄向我的行李。「妳在做什麼？」

我把手上抓的幾件胸罩塞進行李袋。「呃，我想說或許可以搬到樓下。」

「噢。」

「……可以嗎？」我突然覺得很尷尬。我自認爲安德魯不會反對，但或許我不應該自作主張。

他上前一步。我咬住嘴唇，咬到都痛了。「當然可以。我本來就在想該怎麼提議，只是不確定妳想不想。」

我肩膀一鬆。「當然想……今天我過得不太好。」

「妳都做了什麼？我看見矮桌上有幾本我的書。妳在看書嗎？」

要是只有看書就好了。「老實說，我不想談這個。」

他又上前一步，用指尖輕描我的下巴。「或許我可以讓妳忘了今天的……」

他的觸碰讓我全身顫抖。「你一定可以……」

確實可以。

37

即使跟客房的高級床墊比起來，我房間的單人床難睡到不行，但一跟安德魯做完愛之後沒多久，我就依偎在他懷中睡著了。我從沒想過我會在這個房間跟人發生關係，尤其妮娜嚴格規定我不能邀任何人來。

這條規定顯然沒什麼用。

我在大約凌晨三點醒來，第一個感覺是膀胱快爆了，有點不太舒服。我得去趟廁所。通常我都睡前去上廁所，但安德魯榨乾了我的精力，我還沒擠出力氣爬起來上廁所就睡著了。

那是我醒來之後的第二個感覺。身旁空空的，安德魯不在床上。

我猜是我睡著之後，他決定回自己床上睡。我無法怪他。這張單人床一個人睡都不太舒服，更何況兩個人，而且房間又那麼封閉狹小。也許他剛開始想忍耐看看，但翻來覆去睡不著，最後還是溜下樓。安德魯比我大十幾歲，連我睡這張床都會腰痠背痛，所以也怪不得他。

我很慶幸這是我最後一個晚上在這裡睡覺。上過廁所之後，或許我會去樓下找安德魯作伴。

我爬下床，地板吱嘎響。我走向門，然後轉動門把，門又卡住了，所以我更用力轉了一次。

還是沒動。

我心中一陣恐慌。我靠上前，身體貼著門，門上的刮痕扎進我的肩膀。我伸出右手牢牢握住門把，再一次往順時針方向轉，還是一樣，一動也不動。那一刻我才意識到發生了什麼事。

門不是卡住。

是**鎖**。**上**。**了**。

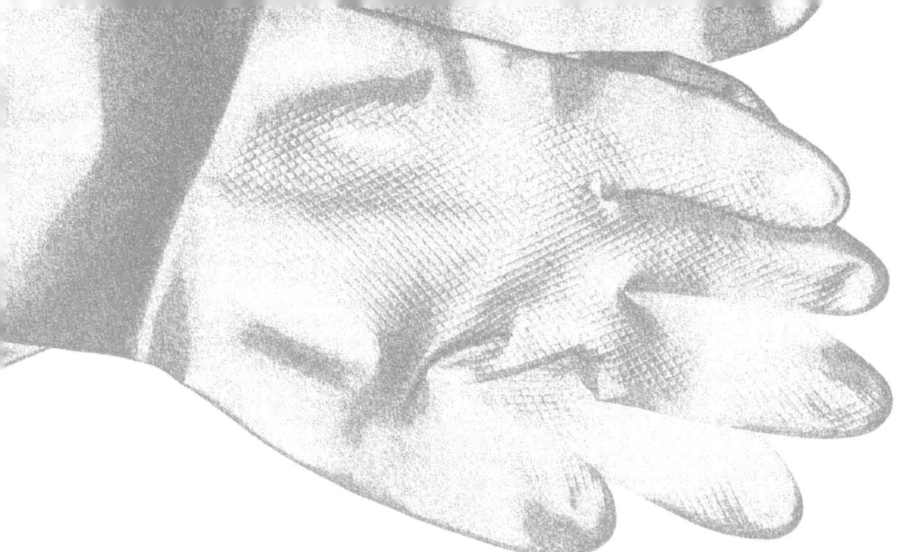

第二部

妮娜

Part II NINA

38

幾個月前，如果有人跟我說今晚我會在飯店過夜，而安迪會跟另一個女人（那個女傭！）在我們家過夜，我絕對不會相信。

但此刻我人卻在這裡。穿著我在衣櫃裡找到的毛巾布浴袍，舒舒服服躺在旅館的加大雙人床上。電視開著，但我沒在看。我拿出手機點下我用了幾個月的應用程式——**找到我朋友**。我等著它告訴我「米莉·卡洛威」的所在地。

但她的名字底下卻顯示：未發現所在地。從下午到現在都這樣。

她一定是發現我在追縱她，所以停用了那個程式。聰明的女孩。

但還是不夠聰明。

我拿起放在床頭櫃上的皮包，從裡頭摸出一張安迪的照片。那是幾年前他爲了放上公司網站請專業攝影師拍的照片，當時他給了我一張。我盯著光滑照片上他那雙深棕色的眼睛、完美的紅褐色頭髮，還有線條剛勁的下巴上隱隱約約的美人溝。安迪是我在眞實生活中遇過最英俊的男人。我對他一見鍾情。

之後我在皮包找到另一樣東西，便隨手放進浴袍的口袋。

我爬下床，雙腳陷進旅館房間的長毛地毯。這房間是用安迪的信用卡刷的，會花他不少錢，但無所謂，我不會住太久。

我走進浴室，拿起安迪滿面笑容的照片，然後拿出口袋裡的東西。打火機。

我按下打火機，一抹黃色火焰隨即射出。我把搖曳的火光湊近照片一角，直到它著火，然後看著我丈夫的英俊臉龐燒焦、瓦解，直到洗手台遍布灰燼。

我揚起微笑。將近八年來，我第一次發自內心的微笑。

眞不敢相信我終於擺脫了那個混蛋。

△　△　△

擺脫虐待狂丈夫的逃生指引

妮娜．溫徹斯特　著

階段一：酒後一夜情把肚子搞大，因爲懷孕輟學，爲了生活屈就爛工作

我的上司安德魯．溫徹斯特宛如童話故事裡的白馬王子。

他其實不是我的上司，比較像是我上司的上司的上司。我（一個櫃臺總機小姐）跟他（一名父親退休後接掌這家公司的執行長）之間，可能還隔著許多層階級和職位。

所以當我坐在我眞正的上司辦公室外的櫃臺前遠遠欣賞他時，那感覺不像是喜歡一個眞人，比較像在欣賞電影首映會的大明星，甚至是美術館裡的一幅畫。尤其現實生活中我根本沒有餘裕跟人約會，更別提交往了。

但他眞的長得好帥。顏質高又多金，可見人生有多不公平。不可思議的是，他人也很好。

比方他來找我上司談事情那次就讓我印象深刻。我的上司名叫史都華．林區，起碼比他大二十歲，顯然很痛恨被一個他稱爲「小子」的人呼來喚去。那天安德魯停在我的辦公桌前，直呼我的名字：「哈囉，妮娜，妳今天好嗎？」

他當然不認識我，只是唸出名牌上的姓名，但他願意費這個心還是令我感動。我喜歡從他口中聽到自己的平凡名字。

安德魯和史都華已經在辦公室談了大約半小時。史都華吩咐我暫時留在座位上，因爲他可能需要我從電腦抓資料。我不太知道史都華都做些什麼事，因爲我包辦了他所有的工作。但無所謂，我並不介意，只要能拿到薪水和醫療保險就好。我跟西西莉雅需要地方住，小兒科醫生說她下個月還得打些預防針（爲了她甚至還沒有得的病！）

我比較介意的是，史都華沒事先告訴我他需要我留下來待命。這時候我該去擠奶了，脹奶脹得我的胸部好痛，輕薄的哺乳內衣整個綳緊。我盡量不去想西西，因爲要是想著她，乳頭十之八九會噴奶。那是妳坐在辦公桌前絕不希望發生的事。

西西現在跟我的鄰居艾蓮娜在一起。艾蓮娜也是單親媽媽，所以我們會輪流照顧寶寶。我上班時間比較固定，她在酒吧工作要輪晚班。所以我幫她照顧泰迪，她幫我照顧西西。這個方法勉強還算管用。

工作時我常想念西西。我無時無刻都想著她。我一直幻想生了小孩至少能在家休息半年，實際上卻只休了兩週就回來上班，即使現在連走路都還有點痛。公司雖然能給十二週的休假，但兩週之後卻是無薪假。誰放得起十週無薪假？絕對不是我。

有時候艾蓮娜會埋怨兒子害她放棄很多事物。驗孕驗出兩條線時，我正在讀研究所，從容不迫地往英語博士學位邁進，過著有點窮又不會太窮的生活。看到那兩條藍線，我突然意識到，我的萬年研究生生活絕對養不起我自己和肚子裡的小孩。於是隔天我去辦了休學，開始上街找能養活我們母女的工作。

這不是我夢想中的工作，差遠了。但薪水不錯，福利又好，而且上班時間固定又不會太長。況且我聽說會有機會升遷。總有一天。

但這會兒我只希望接下來二十分鐘能順利度過、母奶不會滲出來就好了。

我差點要抓起我的擠奶小背包和奶瓶衝進廁所時，對講機劈劈啪啪傳來史都華的聲音。

「妮娜，」他粗聲大氣地說，「可以把格雷第的資料拿進來嗎？」

「是，馬上來！」

我從電腦下載他要的檔案，然後按下列印鍵。總共大概五十頁，我坐在位子上，腳趾敲著地板，看著列表機吐出紙張。總算列印完後，我抓下一疊資料衝進他的辦公室。

我打開門。「林區先生？」

「進來，妮娜。」

我放開手，讓門自己滑開。一走進門，我立刻察覺兩個男人都盯著我看。而且不是我肚子變大、生命完全改觀之前在酒吧會得到的那種欣賞的眼神。他們看我的眼神，好像我頭髮上掛著一隻大蜘蛛，而我自己卻渾然不覺。我正要問他們怎麼回事，一低頭就知道了答案。

我漏奶了。

而且不只是漏而已，我像站在辦公室裡的母牛正在狂噴奶。乳頭周圍濕了一大圈，有些母奶還從上衣滴下去。那一刻我真想躲到桌子底下死了算了。

「妮娜！」史都華大喊一聲。「快去清理乾淨！」

「是！」我急忙說。「我……我很抱歉。我……」

我把資料往史都華的辦公桌一丟，拔腿奔出辦公室，順手抓起外套遮住上衣，一路上強忍住淚水。我甚至不確定哪個比較令人沮喪，是被上司的上司看到我分泌乳汁，還是白白浪費了那麼多母乳。

進了廁所我拿出吸奶器，插上電源，釋放乳房的壓力。儘管丟光了臉，能把母乳擠出來的感覺還是很好。或許比做愛更棒。我甚至不記得做愛是什麼感覺，最近的一次就是那次蠢斃了的一夜情，今天我會這麼狼狽都是因它而起。我擠了整整兩瓶五盎司的母奶，把它們跟冰袋一起放進背包，準備待會放進冰箱等下班再帶回去。現在我必須先回座位，而且整個下午都不能脫外套，因爲最近我發現母乳就算乾了也會留下痕跡。

一打開廁所門，看到站在外面的人我嚇了一跳。那人不是別人，而是安德魯·溫徹斯特，我上司的上司的上司。他手握拳停在半空中，正要敲門，看見我走出來，眼睛瞬間睜大。

「呃，嗨，」我說。「男廁在……那一邊。」

一說出口我就覺得自己好笨。這可是他的公司，況且廁所門上也有女廁標誌，他怎麼可能不知道這是女廁。

「其實，」他說，「我是在找妳。」

「找我？」

他點點頭。「我想確定妳沒事。」

「我沒事。」我擠出微笑，遮掩剛剛的困窘。「只是母奶滲出來而已。」

「我知道，可是……」他皺眉。「史都華對妳很可惡，那樣不行。」

「嗯，這……」我很想告訴他另外一百個史都華對我很可惡的例子，但說上司的壞話不是明智之舉。「沒關係。總之，我正要去吃午餐，所以……」

「我也是。」他眼睛一亮。「想一起嗎？」

我當然說好。就算他不是我上司的上司，我也會說好。他很迷人，這是一點。我喜歡他的笑容——眼睛周圍的皺紋和下巴隱約的溝。他當然不是在邀我跟他去約會，只是對剛剛在史都華辦公室發生的事感到抱歉。或許哪個人資專員教過他要如何化解辦公室風波。

我跟著他下樓到大廳。這棟樓其實都是他的。我以爲他會帶我去附近某家高級餐廳，所以當他帶我走去外面的熱狗攤、加入排隊的行列時，我大感意外。

「市區最棒的熱狗。」他對我眨了眨眼。「妳想加什麼？」

「呃……芥末醬吧？」

輪到我們時，他點了兩份加芥末醬的熱狗和兩瓶水。他把一份熱狗和一瓶水給我，然後帶我走去前面的一棟褐石建築。見他往台階一坐，我也學他坐下來。那畫面幾乎有點滑稽——穿著高級西裝的帥氣男人，手拿著加了芥末醬的熱狗坐在褐石建築的台階上。

「謝謝你的熱狗，溫徹斯特先生。」我說。

「叫我安迪。」他糾正我。

「安迪。」我說。我咬了一口熱狗，不錯吃，但要說是市區最棒的？這我就不確定了。不就是麵包加神祕合成肉嗎？

「妳的寶寶多大了？」他問。

我開心地滿面紅光，每次有人問起我女兒我總是如此。「五個月大。」

「她叫什麼名字？」

「西西莉雅。」

「好名字。」他咧咧嘴。「跟那首歌同名。」

這裡他大大加分，我確實是因爲賽門與葛芬柯樂團的那首歌才給女兒取這個名字，只不過拼法不同。這首歌是我爸媽最愛的一首歌。那場空難把他們從我身邊帶走之前，這就是他們的歌。以這種方式紀念他們，讓我覺得自己又能離他們很近。

我們在台階上坐了二十分鐘，邊吃熱狗邊聊天。我很驚訝安迪．溫徹斯特是這麼接地氣的人。我喜歡他對我笑的樣子，喜歡他問我關於我的問題，好像他眞的感興趣。難怪他能把公司經營得那麼好，他對人確實很有一套。無論人資專員教了他什麼手法來安撫我，他都成功了。我已經把剛剛在史都華辦公室發生的事完全拋到腦後。

看到手錶顯示一點半，我對他說：「我得先回去了。午休太晚回去史都華會殺了我。」

我沒點出史都華是爲他工作的事實。

他站起來，撥去身上的屑屑。「我有種感覺，熱狗不是妳期待我會請妳吃的午餐。」

「怎麼會！」這是實話。跟他一起吃熱狗，我非常開心。

「讓我補償妳吧。」他注視著我。「我請妳吃晚餐。」

我的下巴差點掉下來。安德魯．溫徹斯特想要怎麼樣的女人都有。完全不誇張。他怎麼可能會想邀我共進晚餐？但他卻開口了。

我很想答應，所以不得不拒絕他時更加痛苦。「我不行。沒人照顧小孩。」

「我母親剛好明天下午要來市區，」她說。「她很喜歡小孩。她會很樂意幫妳照顧西西莉雅。」

我的嘴巴張得更大了。他不只邀我共進晚餐，當我把難處告訴他時，他還幫我想了解決辦法，而且把他母親拉進來。看來他眞的想跟我共進晚餐。

我怎麼忍心拒絕呢？

39

階段二：天眞無知地嫁給一個虐待狂

我跟安迪已經結婚三個月，有時我還是得捏一下自己，才能確定自己不是在做夢。

我們交往的時間很短。遇到安迪之前，我約會的對象都只想要玩玩而已。安迪跟他們都不一樣。第一次約會的那個神奇夜晚，他就向我表明他想要的是認眞的關係。之前他曾訂過婚，對方名叫凱薩琳，可惜兩人沒走到最後。現在的他已經準備好要結婚，也願意接納西西莉雅。

對我來說，安德魯就是我想尋找的一切。我想要給自己和女兒一個安穩的家；我想要一個有穩定工作的男人，可以爲我女兒扮演父親的角色；我想要一個善良體貼、負責任，還有……迷人的伴侶。安迪樣樣都符合。

婚禮前我一直在尋找他的缺點。世界上不可能有這麼完美的人，他一定有不爲人知的賭癮，或是遠在猶他州有另外一個家庭。我甚至想過要打電話給凱薩琳，安迪之前的未婚妻。他給我看過她的照片，她跟我一樣是金髮，長相甜美，但我不知道她姓什麼，在社交媒體上也找不到這個人。但至少她沒有到處在網路上批評他。我把這當作好現象。

安迪唯一不那麼完美的地方是……他母親。艾芙琳．溫徹斯特比我希望的更常出現，而且我不會說她是世界上最溫暖的人。儘管安迪說她「很喜歡小孩」也「很樂意」照顧西西莉雅，但每次我們請她幫忙看小孩，她都有點不高興。最後她免不了要挑剔我教育小孩的方法，只是稍微包裝成是「建議」而已。

但我是要跟安迪結婚，不是跟他媽。反正從來沒人喜歡自己的婆婆，對吧？我可以應付艾芙琳的，尤其她除了嫌我不懂教養小孩之外，對我其他部分並沒有太大興趣。假如這是安迪唯一的缺點，那對我不是問題。

所以我嫁給了他。

即使過了三個月，我還是有走在雲端裡的感覺。我不敢相信自己能經濟寬裕天天在家陪女兒。雖然我確實想過回學校把書讀完，現在卻只想每分每秒都陪伴在家人——西西和安迪——身邊。一個女人怎麼能這麼幸運？

爲了報答安迪，我也努力做一個完美的妻子。利用少少的閒暇時間上健身房，維持好體態。我買了一整衣櫃不實穿的白衣白褲白裙，因爲他喜歡我穿白色。我上網研究食譜，盡可能爲他下廚。我希望自己配得上他給我的優渥生活。

今天晚上我親了親西西莉雅柔嫩的臉頰，多看了她幾眼，沉浸在她深沉的呼吸聲和嬰兒爽身粉的味道中。我把她的一撮柔軟金髮塞到她幾近半透明的耳朵後面。這孩子眞美。我好愛她，有時這份愛濃烈到整個人都要融化。

我走出她的房間時，安迪已經站在外面等我。他對我微笑，深色頭髮整整齊齊，一根都沒亂掉，一切都跟我第一天認識他一樣完美。我還是不懂他爲什麼選擇了我。世上的女人隨他挑，爲什麼偏偏是我？

但或許我不該質疑，應該覺得心滿意足才對。

「嘿。」他把我的一撮金髮塞到耳後。「我看到妳的髮根有點長出來。」

「哦。」我難爲情地摸了摸髮際線。安迪喜歡金髮，所以訂婚後我就開始上髮廊把頭髮染成更金的顏色。「啊，我大概是忙著照顧西西，把這件事給忘了。」

我看不透他的表情。他雖然還掛著笑容，但有點怪怪的。他不會因爲我忘了去弄頭髮就不高興吧？

「對了，」他說，「有件事要請妳幫忙。」

我豎起耳朵，慶幸他沒有爲了我的頭髮生氣。「沒問題。什麼忙？」

他往天花板的方向抬抬眼睛。「我把一些工作資料堆在樓上的儲藏室。我在想妳能不能幫我一起找。今天晚上我得把這份合約搞定，之後我們就可以……」他咧嘴對我笑。「妳知道的。」

我當然知道。

我在這棟房子已經住了將近四個月，卻從沒去過閣樓的儲藏室。我曾經趁西西睡午覺時上去一次，但因爲門上了鎖，我就下樓了。安迪說裡頭只有一堆文件，沒什麼有趣的東西。

其實我並不喜歡上去閣樓。雖然我對閣樓沒有什麼奇怪的恐懼症，但上樓的階梯有點陰森森，不但很暗，而且每踩一步都會吱嘎作響。我跟著安迪上樓，緊貼在他身後。

爬到頂樓之後，安迪帶我穿過狹小的走道，來到盡頭一扇鎖上的門前。他拿出一串鑰匙，把其中一支小鑰匙插進鎖孔，接著把門打開，拉拉繩子打開電燈。

我眨眨眼，眼睛慢慢適應光線之後，我看了看四周。我以爲是儲藏室，但其實這裡更像一個小房間，角落還放了一張單人床，甚至還有小梳妝台和小冰箱。房間另一邊有扇小窗。

「哦，」我抓抓下巴。「原來這裡面是房間，我還以爲裡頭只有不要的東西和雜物。」

「我把東西都收在那裡的衣櫃裡。」他指著床旁邊的衣櫃說。

我走去衣櫃探了探。裡頭只放了一個藍色水桶，哪有什麼文件，更沒必要動用兩個人來找。我不太懂安迪要我幫什麼忙。

接著，我聽到門砰一聲關上。

我抬起頭轉過身。突然間，小房間裡只剩下我一個人。安迪走出房間還關上了門。

「安迪？」我喊他。

我邁開兩大步去開門，但門轉不動。接著我使出全力再轉一次，還是不行。門把動也不動。

門已經鎖上。

「安迪？」我再一次喊。沒回應。「安迪！」

這究竟是怎麼一回事？

也許他下樓拿東西，風一吹，剛好把門關上。但這也無法解釋房間裡爲什麼根本沒有他要我上來幫忙找的文件。

我握拳捶門。「安迪！」

還是沒回應。

我把耳朵貼著門，雖然聽到了腳步聲，但腳步聲不是逐漸逼近，而是愈來愈遠，消失在樓梯裡。

他一定沒聽到我的聲音，這是唯一的解釋。我摸摸口袋，但我的手機在臥室，也沒辦法打手機給他。

可惡。

我的視線飄向那扇窗。角落有扇小窗。我走過去往外看，發現這扇窗對著後院，所以也沒辦法向外求救，只能關在這裡等安迪回來。

我雖然沒有幽閉恐懼症，但這房間眞的很小，天花板又低，斜斜延伸到床的上方。想到自己被鎖在這裡我開始不寒而慄。雖然安迪等一下就會回來，但我還是不喜歡這個密閉空間。我的呼吸加快，指尖開始發抖。

我得把窗戶打開。

我用力把窗戶下緣往外推，但怎麼推都絲毫未動。有一刻我猜想這會不會是平開窗，但又發現不是。這扇該死的窗戶到底是怎麼回事？我深呼吸，試著平靜下來。仔細一看，原來……

窗戶用水泥漆封死了。

等安迪上來，我要罵罵他。我自認爲脾氣還算好，但我不喜歡被鎖在這個房間裡。我們得把這個門鎖修理好，確保它不會再自動鎖上。要是我們兩個都被關在裡面該怎麼辦？可能眞會叫天天不應、叫地地不靈啊。

我繼續敲門，扯嗓大喊：「安迪！安迪！」

過了十分鐘，我喊到聲音都啞了。他爲什麼還沒回來？即使聽不到我的聲音，他也一定知道我還在閣樓。我自己一個人在這裡能做什麼？我甚至不知道他想找什麼文件。

難道他下樓時絆了一跤，摔下樓，現在失去意識躺在血泊裡？這是我唯一想得到的可能。

三十分鐘後，我已經快要發瘋。喉嚨喊得好痛，拳頭捶到發紅。我想放聲大哭。安迪去哪裡了？這是怎麼回事？

正當我覺得自己的理智快斷線時，我聽到門的另一邊傳來聲音。「妮娜？」

「安迪！」我大喊。「謝天謝地！我被鎖在這裡，你沒聽到我喊你嗎？」

門另一邊沉默許久。「有。」

我愣住，不知作何反應。要是他聽到我在喊他，爲什麼不來放我出去？但現在我顧不得這些，只想盡快離開這裡。「可以請你幫我開門嗎？」

又一陣漫長的沉默。「不行。現在還不行。」

什麼？

「我不懂，」我氣急敗壞地說，「爲什麼不行？你把鑰匙弄丟了？」

「不是。」

「那就放我出去！」

「我說還不行。」

他嚴厲的口氣使我一震。我不懂。這是怎麼回事？爲什麼他不肯讓我離開閣樓？

我盯著隔在我們中間的門，再次伸手去轉門把，希望這或許是某種玩笑。但門還是鎖上。「安迪，你一定要放我出去。」

「這是我的房子，輪不到妳來告訴我該做什麼。」他的語調怪異，我幾乎認不出是他。「妳得要學到教訓，我才能放妳出來。」

我全身打了個冷顫。當初跟安迪訂婚時，他好得無可挑剔。體貼、浪漫、英俊、多金，對西西莉雅也很好。我一直在尋找他的致命缺陷。

現在我終於找到了。

「安迪，」我說，「請你放我出去。我不知道你爲了什麼事不高興，但事情都可以解決的。你先開門，我們再好好談一談。」

「我不這麼認爲。」他聽起來心平氣和，跟我此刻的感受正好相反。「唯一能學到教訓的方法，就是看清自己的行爲導致的後果。」

我倒抽一口氣。「安迪，我要你立刻放我出去，你聽到了沒？」

我用力踹門，但光著腳丫達不到什麼效果，反而只把腳弄痛。我等待著開鎖的聲音，但還是沒有。

「可惡，安迪！」我怒吼。「放我出去。放、我、出、去！」

「妳現在很激動，」他說，「等妳平靜下來，我再回來。」

然後，腳步聲愈來愈遠，他走了。

「安迪！」我放聲尖叫。「你敢走試試看！回來！他媽的回來放我出去！要是你不放我出去，我就要離開你！放我出去！」我雙手握拳大力捶門。「我很平靜！放我出去！」

但腳步聲愈來愈微弱，最後完全消失。

40

階段三：發現自己的丈夫是變態

午夜。又過了三小時。

我大力捶門、刮門，木頭碎片都刺進指甲。我放聲大叫到失去聲音，心想就算他不放我出去，或許鄰居會聽到我求救。但一個小時後，我放棄了希望。

此刻我坐在角落的單人床上。彈簧刺痛我的屁股，我終於任由淚水滾下臉龐。我不知道他打算對我做什麼，但我滿腦子都是西西莉雅。她睡在嬰兒床上，跟那個精神變態單獨在一起。他會對我怎麼樣？他會對她怎麼樣？

如果能活著出去，我一定要帶著西西離開這裡，逃得愈遠愈好。我不在乎他多有錢，也不在乎我們是不是合法夫妻，我只想要逃出去。

「妮娜？」

是安迪的聲音。我跳下床衝向門。「安迪。」我用僅剩的聲音沙啞地說。

「妳喊到沒聲音了。」他說。

我不知道要如何回答。

「妳不應該白費力氣的，」他對我說。「閣樓底下的房間都有隔音，所以沒人會聽到妳的聲音。就算我在樓下宴客，他們也聽不到妳大喊大叫。」

「拜託放我出去。」我哀求。

只要能出去，我什麼都願意做。只要他肯放我出去，什麼事我都會答應他。當然門一打開我就會離開他。就算婚前協議上說結婚一年內離婚我一毛都拿不到，我也不管。只要能離開這裡，要我做什麼我都願意。

「別擔心，妮娜，」他說。「我會放妳出來的，我保證。」

我長吁一聲。

「只是不是現在，」他又說。「妳必須認清自己的行爲會導致什麼後果。」

「你在說什麼？什麼東西的後果？」

「妳的頭髮。」他的語氣滿是嫌惡。「我不能忍受我老婆像個邋遢鬼一樣，髮根冒出來也不管。」

我的髮根。我不敢相信他是爲了這個不高興。不過就是幾毫米的頭髮。「我很抱歉。我保證一出去就馬上跟髮型師約。」

「那還不夠。」

我把額頭貼在門上。「明天一早我就去。我發誓。」

他在門的另一邊打哈欠。「我要睡了，先這樣。明天我們再來談妳的處罰方式。」

他的腳步聲逐漸遠去。儘管捶門捶得手好痛，我還是舉起拳頭狠狠敲門，竟然沒把骨頭折斷令我不可思議。「安迪，你敢放我在這裡過夜試試看！回來！給我回來！」

但他還是一樣沒理我。

Δ　Δ　Δ

我在那個房間過了一夜。不然呢？我別無選擇。

本來覺得自己不可能睡著，但最後還是睡著了。一下大喊大叫，一下大力捶門，最後腎上腺素不敵疲憊，我躺在那張不舒服的老舊小床上昏睡過去。這張床其實不比之前我跟西西莉雅住的小公寓的床差多少，但我已經習慣了安迪的記憶泡棉床墊。

我不由回想起只有我跟西西的日子。那時候我總覺得不勝負荷，眼淚老是在眼眶裡打轉。我不知道自己當時有多幸福，直到我嫁給一個只因爲我沒上髮廊補染頭髮就把我鎖在小房間裡過夜的變態。

西西。希望她沒事。那個混蛋要是敢碰她一根汗毛，我發誓一定會殺了他。就算下半輩子都得坐牢我也不在乎。

早上醒來時我腰痠背痛，頭也痛得要命。最糟的是，我的膀胱快爆了，非常非常急，眼看就快憋不住。

但我能怎麼辦？廁所在外面。

可是再這樣下去，我就要尿在褲子上了。

我站起來，在房間裡踱步，又去轉了轉門把，但願昨晚的一切都只是我的想像，門會神奇地打開。沒這麼好的事。門還是上鎖。

我想起之前往衣櫃裡看時，裡頭只有一樣東西：水桶。

這全是安迪的圈套。他把我騙上樓，還在門外裝了鎖。會放水桶也是有原因的。

看來我別無選擇。

尿在水桶裡大概也不是人生最慘的事。我把水桶從衣櫃裡拖出來，做了我非做不可的事，然後再把水桶放回去。只願我不會再用上它。

我嘴巴好乾，肚子咕嚕咕嚕叫得很大聲，雖然現在也吃不下。他既然放了水桶，會不會也設想到其他地方？我打開小冰箱，希望能在裡頭找到一些吃的。

結果只看到三小瓶水。

三罐美麗的瓶裝水。

我開心得差點昏過去，立刻抓起一瓶水轉開，幾乎一口氣喝光。雖然喉嚨還是乾乾的，但總算有好一些。

我瞄了瞄另外兩瓶水，雖然很想再喝一瓶，但我不敢。我不知道安迪會把我關在這裡多久，所以省著喝才明智。

「妮娜？妳醒了嗎？」

門外響起安迪的聲音。我搖搖晃晃走過去，每走一步頭就痛一下。「安迪……」

「早安，妮娜。」

我閉上眼睛抵擋一陣暈眩。「西西莉雅還好嗎？」

「她沒事。我跟我媽說妳去探望親戚，所以她會照顧西西莉雅到妳回來。」

我鬆了口氣。至少我女兒是安全的。艾芙琳．溫徹斯特雖然不是我在世界上最喜歡的人，但她是個小心謹慎的保母。「安迪，拜託你放我出去。」

他不顧我的要求——現在我甚至已經不覺得意外。「妳有看到冰箱裡的水嗎？」

「有。」雖然百般不願，我還是說：「謝謝。」

「妳得省著喝，我不會給妳更多了。」

「那就放我出去。」我啞聲說。

「我會的，」他說。「但妳得先為我做一件事。」

「什麼事？什麼事我都願意。」

他頓了頓。「妳必須明白，有健康的頭髮是一種福氣。」

去。」

「好，我明白了。」

「是嗎？我倒認爲，如果妳眞的明白，就不會像個邋遢鬼，頂著布丁頭走來走去。」

「我……我很抱歉。」

「因爲妳沒能照顧好頭髮，現在妳要把頭髮給我。」

一種恐怖不安的感覺從我腳底升起。「什麼？」

「不是全部。」他咯咯笑。當然不可能，把全部頭髮給他就太可笑了。「我要一百根。」

「你……你想要一百根我的頭髮？」

「沒錯。」他輕輕敲門。「給我一百根妳的頭髮，我就放妳出去。」

這是我聽過最詭異的要求。他處罰我露出髮根的方式，就是給他一百根我的頭髮？我的梳子裡就有那麼多。難道他有戀髮癖？所以才玩這種把戲？「如果你去找我的梳子——」

「不行，」他打斷我。「我要妳從頭皮上拔下來。我要看到妳的髮根。」

我目瞪口呆。「你是說眞的嗎？」

「我聽起來像在開玩笑嗎？」他厲聲問，接著又緩了緩語氣。「梳妝台抽屜裡有幾個信封。把拔下來的頭髮放進信封，再塞進門縫。這麼做妳就會學到教訓，我就會放妳出來。」

「好，」我一口答應。我舉手撥了撥頭髮便扯下兩根。「我五分鐘就給你。」

「現在我得去上班了，妮娜，」他不耐煩地說。「等我回家，妳應該就可以準備好要給我的頭髮了。」

「可是我很快就好！」我又扯了扯頭髮，又一根掉下來。

「我七點前會到家，」他說。「記住，我要完整的頭髮，必須能看到髮根，不然就不算！」

「不要走！拜託！」這次我更大力扯頭髮，痛到噴淚卻只扯下幾根。「我現在就弄！等等我！」

但他走了，沒有要等我，腳步聲跟之前一樣逐漸消失。

我已經知道無論我怎麼叫怎麼捶門，他都不會回頭。沒必要浪費體力，害我的頭痛更加嚴重。我必須集中精神完成他要我做的事，這樣我才能回到女兒身邊。才能永遠逃離這棟房子。

41

七點之前我完成了他交代的任務。

先是不斷撥頭髮，總共大概收集了二十根，之後我知道只能用扯的了。我抓住一根頭髮，鼓起勇氣大力一扯，同樣的過程大概重複了八十次。原本試著一次扯好幾根，但那樣太痛了。幸好我的頭髮還算健康，所以大部分扯下的頭髮都毛囊完整。要是換成剛生完西西莉雅那時候，我可能得把全部頭髮拔光，才收集得到足夠的完整頭髮。

因此七點一到我就坐在床上，抓著裡頭裝了一百根我的頭髮的信封。我等不及要把信封交給他，立刻離開這裡。順便把離婚協議書給他。那個變態的王八蛋。

「妮娜？」

我低頭看錶。七點整。他很準時——這點我承認。

我從床上跳下來，把頭貼在門上。「我準備好了。」我說。

「塞到門縫底下。」

我把信封從門縫下推出去。我想像他在門另一邊的模樣：撕開信封，檢查我的頭髮。我不在乎他在做什麼，只要他放我出去。我已經完成他要我做的事。

「可以了嗎？」我的喉嚨又乾又痛。白天我喝了另外兩瓶水，只剩下最後一口好撐到最後。等我離開這裡，我要一連喝五杯水，還有在眞正的廁所尿尿。

「等我一下，」他說，「我在檢查。」

我咬緊牙，不去理會肚子愈叫愈大聲。我已經二十四小時沒吃東西，餓得發昏，甚至開始覺得頭髮看起來很可口。

「西西在哪裡？」我吃力地問。

「在樓下的遊戲圍欄裡玩。」他說。我們在客廳圍了一個安全的區域，西西在裡面玩就不用擔心她傷到自己。那是安迪的主意。他眞會爲人著想。

不，他才不會爲人著想。那全是假象，都是他演出來的。

他其實是惡魔。

「嗯。」安迪說。

「怎樣？」我啞著嗓子問。「怎麼了？」

「這裡呢，」他說，「幾乎全部都合格，只有一根上面沒有毛囊。」

王八蛋。「好，我重拔一根給你。」

「恐怕不行，」他嘆道。「妳必須重頭再來一遍。我明天早上再來檢查。希望到時候妳已經準備好一百根完整的頭髮給我。不然的話，我們只好一直重來。」

「不可以……」他的腳步聲消失在走廊上，我突然意識到他眞的要丟下我。沒有食物也沒有水。「安迪！」我聲音沙啞，微弱到像在耳語。「不要這樣對我！拜託你！拜託你不要這樣對我！」

但他已經走掉。

△　△　△

睡前我就已經準備好另外一百根頭髮，免得他突然回來，雖然機會渺茫。結果他沒有回來。我甚至多準備了十根頭髮。這次比第一次容易，我甚至感覺不太到頭髮跟頭皮分開的那一刻。

我滿腦子都是水，還有食物，但多半還是水。當然還有我的西西莉雅。我不確定還能不能再見到她。人可以多久沒喝水？應該不可能太久。安迪保證會放我出去，但要是他騙我呢？要是他打算讓我死在這裡呢？

一切只因爲我忘了上髮廊染頭髮。

晚上迷迷糊糊睡著之後，我夢到一潭水。我低下頭要喝水，那潭水就移了開。每次我要喝水，水就會跑走。有如地獄的苦刑。

「妮娜？」

安迪的聲音把我叫醒。我不確定自己是睡著了還是昏了過去。但我整晚都在等他，所以一定要起來把他要的東西交給他。那是我離開這裡的唯一方法。

起床了，妮娜！

一在床上坐起來，我立刻一陣天旋地轉，眼前一暗，我趕緊抓住輕薄床墊的邊緣，等了好久視線才恢復清晰。

「恐怕我還不能放妳出去，除非先拿到妳的頭髮。」安迪在門的另一邊說。聽到他那可惡的聲音，我的腎上腺素狂飆，立刻跳起來，踉踉蹌蹌走向門。我的手在發抖，把信封塞到門縫底下之後，我靠著牆癱倒在地上。

我等著他點清，感覺過了一輩子那麼久。要是他還是不滿意，我不知道該怎麼辦。我沒辦法再撐十二個鐘頭，那樣我會完蛋。我一定會死在這裡。

不行，無論如何我都要撐下去。爲了西西。我不能把她交給那個惡魔。

「過關，」他終於說，「做得很好。」

接著，門鎖開始轉動，門打開。

安迪一身西裝，準備出門上班。我想像自己被關了兩天之後再看到這個男人的那一刻，一定會跳起來挖出他的眼睛。但這一刻眞正到來時我卻躺在地上，虛弱到無法動彈。安迪蹲在我旁邊，我看見他手中拿著一杯水和一個貝果。

「來，」他說，「這給妳。」

我應該把水潑在他臉上。我很想，但要是不先喝水和吃點東西，我不認爲自己走得出去。所以我接受了他的東西，一口氣把水喝光，然後把貝果一口一口塞進嘴裡直到一點也不剩。

「我很遺憾必須這麼做，」他說。「但唯有這樣妳才會學到教訓。」

「去死吧。」我恨恨地說。

我試圖站起來，但腿又軟掉。即使喝了水，頭還是很暈，路也走不直。我懷疑自己連走到二樓都有困難。

所以即使心裡有千百個不願意，我還是讓安迪扶我下樓，從頭到尾我都不得不靠在他身上。到了二樓，我聽到西西莉雅在樓下唱歌的聲音。她沒事。他沒傷害她。感謝上帝。

我絕不會再讓他有第二次機會。

「妳要躺下來才行，」安迪嚴肅地說。「妳狀況不好。」

「不要。」我啞聲說。我想去看西西莉雅，想把她擁在懷裡。

「妳現在還太虛弱，」他說。說的像是我得了流感，而不是他囚禁了我兩天，那語氣好像瘋掉的人是我。「別逞強。」

但無論如何，我確實得躺一下。我兩腿直發抖，頭也還是很暈。所以我讓他扶我到我們房間的特大雙人床上躺下，他幫我蓋好被子。就算我有機會逃走，一進被窩機會就飛了。在樓上的單人床昏睡兩天之後，現在躺在這張床上有如躺在雲朵上。

我的眼皮沉重如鉛，難以抵擋濃濃的睡意。安迪坐在我旁邊的床沿上，輕輕撥著我的頭髮。「妳只是身體不舒服，」他說，「好好睡一天就沒事了。別擔心西西莉雅，我會找人照顧她的。」

他的聲音如此體貼溫柔，我開始懷疑之前的一切都是我想像出來的。畢竟他是個無可挑剔的好丈夫。他眞的把我關在房間裡，逼我拔自己的頭髮嗎？感覺不像是他會做的事。或許是我發燒發到神智不清，這全是我的幻覺？

不，那不是幻覺，是眞的。我很清楚。

「我恨你。」我輕聲說。

安迪不理我，繼續撫摸我的頭髮，直到我的眼皮慢慢闔上。「先睡一下吧，」他柔聲說，「睡一覺妳就沒事了。」

42

階段四：讓全世界都以爲妳瘋了

一醒來我就聽見遠遠有水流動的聲音。

我還是覺得昏昏沉沉，全身無力。兩天沒吃沒喝，身體要多久才能恢復正常？我看看錶，已經下午了。

我揉揉眼睛，想確定水流聲從何而來。好像是從主臥房的浴室傳來的。浴室的門關著，安迪在裡頭淋浴嗎？如果是他，我能逃走的時間就很有限。

我的手機放在床頭櫃。我抓起手機，想打電話報警，控訴安迪對我做的事。但不行，我得再等等，等離他遠一點再說。

沒想到我的手機一整排都是安迪傳來的簡訊。應該是簡訊聲把我吵醒的。我滑動螢幕查看，愈看愈糊塗。

妳還好嗎？

今天早上妳好像怪怪的。請給我一個電話，讓我知道妳沒事。
妮娜，都還好嗎？待會我要開會，讓我知道妳沒事好嗎？
妳跟西西莉雅沒事吧？打給我或留言都可以。

引起我注意的是最後一則。西西莉雅。我兩天沒看到女兒了。在這之前，我從未跟她分開過一天。我甚至不願意丟下她去度蜜月。她現在人在哪裡？

無論如何，我在樓上昏睡，安迪不可能放她一個人在家。會嗎？

我抬頭看看關上的浴室門。誰在裡面？本來我以爲是安迪，但他從公司傳簡訊給我，所以不可能是他。難道是我忘了關水龍頭？或許我起來上廁所，不小心忘了。有可能，畢竟我整個人昏昏沉沉。

我掀開被單，雙手蒼白又發顫，想站起來卻很難。雖然喝了水也睡了一下，卻還是渾身不舒服，得扶著床才站得起來。我不確定自己有沒有辦法走到浴室。

我深呼吸，強忍暈眩，一步一步慢慢走，但走了三分之二就全身發軟，跪在地上。天啊，我是怎麼了？

但我一定要弄清楚那是什麼聲音。浴室爲什麼有水流動的聲音？近一點看我才發現浴室的燈亮著。誰在裡面？誰在我的浴室裡？

剩下的路我只好用爬的。終於爬到浴室門口之後，我伸手抓住門把往內一推，進去之後看到的畫面我一輩子都忘不了。

是西西。她躺在浴缸裡，閉著眼睛，背靠著浴缸。水快速上升，高過她的肩膀，再過一兩分鐘就會高過她的頭。

「西西莉雅！」我倒抽一口氣。

她靜默不語，沒哭也沒喊媽媽，但眼皮輕輕顫動。

我得救她。我得關掉水龍頭，把她從浴缸裡拉出來。但我站不起來，身體像泡在糖漿裡一樣沉重。但我還是要救她。我要救我女兒，就算耗盡全身的力氣，就算會因此沒命。

我爬過浴室地板，頭暈得厲害，好怕自己半途會昏過去。但我要挺住，我的寶貝需要我。

我來了，西西。妳要撐住，一定要撐住。

終於碰到陶瓷浴缸時，我高興得幾乎要哭出來。水快淹到她的下巴了。我伸手去摸水龍頭，但一個嚴厲的聲音響起，我的手指驀地僵住。

「溫徹斯特太太，不要動。」

但我還是繼續伸手去摸水龍頭。沒人可以阻止我救我的寶貝。我好不容易把水關掉，但還來不及做其他事，就有一雙強壯的手抓住我的手臂把我拉起來。恍惚之中，我看到一個穿制服的男人把西西莉雅從浴缸裡拉出來。

「你在做什麼？」我口齒模糊地問。

救了西西莉雅的男人不理會我的問題。另一個聲音說：「她還活著，但好像被下了藥。」

「對，」我吃力地說。「下藥。」

他們知道。他們知道安迪對我們做的事。原來他還對我們母女下藥。感謝上帝，警察來了。醫護人員把西西莉雅放到擔架上，也把我抬上另一個擔架。我們沒事了。他們來救我們了。

一名穿警察制服的男人用光照我的眼睛。我別過頭，受不了刺眼的強光。「溫徹斯特太太，」他語氣嚴厲，「妳為什麼想要淹死自己的女兒？」

我張開嘴但發不出聲音。**淹死我女兒**？他在說什麼？我是要救她，他們看不出來嗎？

但警察只是搖頭，轉向同事，說：「她還沒清醒，看來她自己也吞了一堆藥。送她去醫院。我打電話通知她先生，讓他知道我們及時趕到現場。」

及時趕到現場？他在說什麼？我明明昏睡了一整天。老天啊，**他們以為我做了什麼**？

43

之後八個月我都在清景精神病院度過。

前因後果我已經聽人轉述過無數次。那就是我吞了一堆我的醫生開給我的鎮靜劑，也在女兒的奶瓶裡放了一些。然後我把她抱進浴缸，轉開水龍頭的水。我顯然是打算跟女兒一起同歸於盡。幸虧我的完美丈夫安迪察覺異狀，警察才及時趕到救了我們母女。

這些我毫無印象。我不記得自己吞了藥，不記得把西西莉雅抱進浴缸，甚至不記得我的醫師開過鎮靜劑給我，但我跟安迪看的家庭醫師確定他有。

根據清景治療師的看法，我得了重度憂鬱症和妄想症。因爲妄想症，我才會以爲我丈夫把我囚禁在房間裡兩天。因爲憂鬱症，我才會動了殺人後再自殺的念頭。

一開始我不相信。被關閣樓的記憶歷歷在目；扯頭髮在頭皮留下的刺痛感，我也幾乎還感覺得到。但巴林傑醫師不斷跟我解釋，腦袋的妄想有時會非常逼眞。

所以現在我固定服用兩種藥物控制病情。抗精神病藥和抗憂鬱藥。接受巴林傑醫師的診療時，我會承認自己做的事，儘管我還是什麼都不記得，只記得醒來之後發現西西莉雅躺在浴缸裡。

但一定是我。那時家裡除了我，沒有別人。

最後我之所以相信是我做的，是因爲安迪不可能對我做出那種事。從我認識他第一天，他就好得沒話說。我在清景這段期間，他一有空就來看我，工作人員都很喜歡他。他會帶馬芬和餅乾請護士吃，而且永遠不忘留一個給我。

今天他帶了藍莓馬芬給我。他敲了敲房門，這是給有精神問題也負擔得起的病人住的特等豪華病房。下了班他就直接過來，所以還西裝筆挺，看上去帥氣又迷人。

剛來的時候，我被鎖在房間裡。但用藥之後好了很多，他們便讓我享有房間不用上鎖的特權。安迪坐在床尾，看著我把馬芬塞進嘴巴。抗精神病藥讓我食慾大增，來這裡之後我已經胖了快十公斤。

「準備好下禮拜回家了嗎？」他問。

我點點頭，抹去嘴唇上的藍莓碎屑。「我……應該吧。」

他伸手握住我的手，我縮了一下但忍住沒抽走。剛來時我受不了他碰我，後來才漸漸擺脫了對他的反感。安迪沒對我做任何事，全是我錯亂的腦袋自己想像出來的。

但感受是如此的真實。

「西西莉雅好嗎？」我問。

「她很好。」他按按我的手。「妳要回家她很興奮。」

我以為我在這裡的期間她會忘了我，但她一直沒忘記。前幾個月他們不准我見她，後來安迪終於帶她來看我。我們母女一直黏在一起，探視時間結束時，她哭到肝腸寸斷，我的心也裂成了兩半。

我一定要回家，一定要恢復正常生活。安迪什麼事都為我著想。跟我在一起，他承擔了那麼多，卻沒有得到他期望的家庭生活。

「那麼我星期日中午來接妳，」他說。「我開車來載妳回家。我媽會陪西西。」

「太好了。」我說。

儘管很期待回家和看到女兒，但想到要回那個家，我心裡還是感到惴惴不安。我並不期待再踏進那棟房子，尤其是閣樓。

我再也不要上去閣樓。

44

「妳在害怕什麼，妮娜？」

我抬頭看了看問我問題的希威特醫生。離開清景之後，我開始接受希威特醫師的治療，一週兩次，已經持續四個月。本來希威特醫師不會是我的第一個選擇。首先，我可能會選女性治療師，然後年紀輕一點，而不是像他一樣滿頭灰髮的男醫師。但我婆婆非常推薦約翰．希威特醫師，我也不好意思拒絕，畢竟安迪不惜花大錢讓我接受心理治療。

總之，希威特醫師其實人很好。他會追問我一些很難回答的問題。比方現在，我們就在討論我回家之後從未靠近閣樓一步的事。

我坐在皮革沙發上變換著重心。這間豪華診療室證明我的心理治療師事業有成。

「我不知道自己在害怕什麼。問題就在這裡。」

「妳眞的以爲閣樓裡頭有地牢嗎？」

「不是地牢，而是……」

我說出自己在家裡的遭遇之後，他們派了一個警察上去檢查閣樓。他找到閣樓上的房間，並證實那不過就是個塞滿箱子和文件的儲藏室。

全都是我的妄想。我腦中的化學物質出了差錯，所以才會想像安迪把我關起來。畢竟，只因爲我忘了上髮廊弄頭髮就逼我拔下自己的頭髮再放進信封……事後回想這也太荒謬。

但當時的感覺是如此的眞實。而且自從回家之後我就很勤染頭髮。以防萬一。

安迪關上了通往閣樓的樓梯門。就我所知，我回家之後他就沒再打開過那扇門。

「我認爲上去看看對妳會達到治療的效果，」希威特醫生說，粗粗的白色眉毛糾在一起。「如此一來，那個地方就不再對妳有影響力。妳會親眼證實那只是個儲藏室。」

「或許吧……」

安迪也這麼鼓勵我。**親眼去求證看看。沒什麼好怕的。**

「答應我妳會試試看。」他說。

「我會的。」

或許。再看看吧。

希威特醫師陪我走去等候室，只見安迪坐在裡頭的一張木椅上滑手機。一看到我，他立刻展露笑顏。他特別改了行程，每次我來做心理治療他都陪著。我控訴他對我做了那麼可怕的事，他怎麼還能這麼愛我，我實在不懂。但我們正在一起療傷。

而且他會等到上車之後才問我治療的狀況。「怎麼樣？」

「醫生認爲我應該上去閣樓看看。」

「所以？」

我看著窗外的景物飛逝，內心糾結。「我還在考慮。」

安迪點點頭。「我認爲這是個好主意。上去看看妳就會知道這一切都只是妳想像出來的，會有種豁然開朗的感覺，妳說是吧？」

我也有可能再一次徹底崩潰，又想殺了西西莉雅。當然沒那麼容易，因爲現在我還不能單獨跟她相處，安迪或婆婆隨時都在旁邊看著。這是我能回家的條件之一。我不知道跟女兒在一起還得有人監看的日子要過多久，但目前顯然大家都還不信任我。

Δ　　Δ　　Δ

西西坐在地上玩艾芙琳買給她的益智遊戲。一看到我們進門，她立刻丟下遊戲撲向我，小小的身體巴住我的左大腿，差點把我撞倒。雖然我不能單獨跟她在一起，但自從我回家之後西西就特別黏我。

「媽媽，抱抱！」她舉起雙手，我把她抱起來。她穿了一件白色蛋糕裙，小女生穿著這樣在客廳裡玩有點可笑，想必是婆婆替她穿的。「媽媽家家。」

艾芙琳不像西西那麼快起身，她慢慢從沙發上站起來，拍一拍潔白無瑕的寬鬆長褲。我之前都沒注意到婆婆有多常穿白色，而那也是安迪最喜歡我穿的顏色。不過她很適合白色。她的頭髮看起來可能本來是金色，但現在介於白色和金色之間；以她這個年紀的女人來說，她的頭髮相當濃密健康。整體而言，婆婆保養得很好，把自己打理得一絲不苟。我從沒看她穿過哪怕只有一根線脫落的毛衣。

「媽，謝謝妳照顧西西。」安迪說。

「應該的，」艾芙琳說。「她今天很乖。不過……」她的視線飄向天花板。「我發現你們樓上房間的燈沒關，這樣很浪費電。」

她不滿地看了兒子一眼，安迪立刻滿臉通紅。我發現安迪非常渴望得到她的認同。

「是我的錯，」我大聲說。雖然不確定是不是我，但管它的，反正艾芙琳本來就不喜歡我，不如由我來挨罵。「是我忘了關。」

艾芙琳對我嘖了一聲。「妮娜，發電要耗費地球很多資源，所以每次妳離開房間，都應該記得關燈。」

「好，我一定會。」我跟她保證。

艾芙琳瞥了我一眼，好像不確定我是不是真心的，但她能拿我怎麼辦？她兒子娶我她都阻止不了了。但話說回來，我做了那麼可怕的事，或許她對我的看法是對的。

「媽，我們買了晚餐回來，」安迪說，「有多買一些，要不要一起吃？」

艾芙琳搖頭時我鬆了口氣。她不是討人喜歡的座上賓。要是她留下來吃晚餐，鐵定要對我們的用餐空間、碗盤器皿和餐點本身挑剔一番。

「不了，我該走了，」她說。「你爸在等我回去。」

她在安迪面前遲疑片刻。一瞬間我還以爲她會親親他的臉頰，雖然我從沒看過她這麼做。最後她舉起手調整他的衣領，順順他的襯衫，歪著頭上下打量他，然後讚許地點點頭。「好了，我走了。」

婆婆走了之後，我們一家三口享用了一頓美好的晚餐。西西莉雅坐在兒童餐椅上用手抓麵吃，吃到一半有條麵黏在她的額頭上，直到吃完都沒掉下來。即使我很想好好享用晚餐，心裡仍隱隱感到不安。我一直在想希威特醫生說的話。他認爲我該上去閣樓看看。安迪也是。

或許他們說的沒錯。

所以等我哄西西莉雅睡著，當安迪又提起這件事時，我就答應了他。

45

階段五：發現自己根本沒瘋

「慢慢來就好，」我們站在通往閣樓階梯的門前，安迪正在爲我打氣。「這麼做對妳有好處。妳可以親眼確認上面沒什麼好害怕的，全是妳自己的想像。」

「好。」我硬著頭皮說。我知道他說的沒錯，但那種感覺是如此的眞實。

安迪握著我的手。他碰我的時候，我不再畏怯。我們又開始有性生活。我重拾了對他的信任。只差最後一步，我就能重新找回我做出那件可怕的事——我精神崩潰——之前的幸福生活。

「準備好了嗎？」他問。

我點點頭。

我們手牽手一起爬上那道吱嘎作響的樓梯。我們得在這裡裝個燈泡才行。這房子的其他地方都很好，說不定只要這個角落沒那麼嚇人，我就會好一點。但我所做的事沒有任何推諉的藉口。

我們一下就走到閣樓的房間，快得不可思議。我們來到那個我想像成地牢的儲藏室。安迪抬起眼睛注視我：「妳ＯＫ嗎？」

「……應該。」

他轉動門把，輕輕把門推開。燈沒開，房裡一片漆黑。奇怪了，這裡不是有扇窗戶，而且我記得今晚是滿月，剛剛我還在房間窗前欣賞。我瞇起眼睛，摸黑踏進門。

「安迪。」我的喉嚨卡卡的。「妳可以把燈打開嗎？」

「當然可以，親愛的。」

他拉了拉電燈泡的繩子，房間旋即亮起。但那不是普通的燈光，頭上射下的燈光很刺眼，超級亮，我從沒看過這麼亮的燈泡。我放開安迪的手，遮住眼睛擋住強光。

接著，我聽到門砰一聲關上。

「安迪！」我大喊。「安迪！」

我的眼睛稍微適應了超級強光，瞇著眼勉強可以看出房裡有哪些東西。跟我印象中……一模一樣。角落一張簡陋的單人床。放了水桶的衣櫃。冰了三小瓶水的小冰箱。

「安迪？」我啞聲喊。

「我在外面，妮娜。」他的聲音變模糊。

「哪裡？」我瞇著眼睛盲目地亂抓一通。「你去哪裡了？」

手指碰到冰冷的金屬門把，我握住門把往右轉，結果……

不，不可能。

我又快精神崩潰了嗎？全都是我想像出來的嗎？不可能。感覺如此眞實。

「妮娜。」又是安迪的聲音。「妳聽得到我說話嗎？」

我舉手遮住眼睛。「這裡好亮。爲什麼這麼亮？」

「把燈關上。」

我亂抓一通，直到碰到電燈拉繩。我抓住繩子一拉，房間重回黑暗之後，我鬆了好大一口氣。過了大約兩秒鐘，我突然發現周圍烏漆墨黑。

「妳的眼睛會稍微適應，」他說，「但差不了多少。上禮拜我把窗戶封起來，換了新燈泡。如果妳關上燈，房間就會黑漆漆。開燈的話……那些超亮燈泡挺刺眼的，是吧？」

我閉上眼睛只看見一片黑暗，張開眼睛還是一樣，毫無差別。我開始呼吸加速。

「有電燈可以用是一種福氣，」他說。「我媽之前就發現妳忘了關燈。妳知道有些國家的人甚至沒有電可用嗎？結果妳做了什麼？妳把電白白浪費掉。」

我的手掌貼門。「全都是眞的，對吧？」

「妳認爲呢？」

「我認爲你是個變態又噁心的王八蛋。」

安迪在門的另一邊哈哈笑。「或許吧。但因爲試圖自殺和殺害女兒而住進瘋人院的人是妳。警察親眼看到，妳也親口承認了。他們來這裡調查的時候，這房間看起來就只是間儲藏室。」

「是眞的，」我猛喘氣。「從頭到尾都是眞的。你……」

「我要妳知道自己的處境。」他的語氣聽起來很樂。他認爲這樣很好玩。「我要妳知道如果妳想逃會有什麼後果。」

「我懂了。」我清清嗓子。「我發誓我不會逃走。放我出去吧。」

「還不行。妳浪費電，得先接受處罰。」

這些話喚醒了某種難以抵擋的似曾相識感。我覺得自己快吐了，兩腿一軟，跪在地上。

「規則是這樣的，聽好了，」他說。「因爲我人很好，所以我給妳兩個選擇，看妳要燈光，還是要黑暗，完全由妳自己決定。」

「安迪，拜託你……」

「晚安，妮娜。咱們明天再說。」

「拜託！安迪，不要這樣對我！」

聽到他的腳步聲逐漸遠去，我淚流滿面，但大喊大叫也沒用。我會知道是因爲同樣的事一年前就發生過——他把我鎖在這裡，就像今天這樣。

而我竟然再次讓他得逞。

我想像著跟上次一樣的下場。我昏昏沉沉、全身無力地走出這個房間；他營造出是我試圖傷害自己，甚至傷害西西莉雅的假象。經過上次的事件，大家很快就會相信他的說法，我又會再次被迫跟女兒分開。我才剛回到她身邊，不能再讓這種事發生。絕對不行。

我願意做任何事。

Δ　Δ　Δ

安迪同樣在小冰箱裡放了三瓶水。我決定留到明天再喝，因爲那是我全部的水，而我不知道會在這裡關多久。我要等到忍不住的時候再喝。等我的舌頭變得像砂紙一樣乾。

光線的問題快把我逼瘋了。天花板上那兩個光禿禿的燈泡都是超亮燈泡。只要打開燈就會亮到很不舒服，但關掉燈又會變得黑麻麻。我想到把梳妝台推到電燈泡底下，然後爬上去把其中一個轉下來。只剩一個電燈泡雖然好一點，但還是亮到我不得不瞇起眼。

早上安迪沒來。我整天坐在房間裡擔心西西莉雅，盤算著等我出去（如果出得去）要怎麼辦。但這不是我的妄想，不是幻覺，而是眞實發生的事。

這點我一定要記住。

到了睡覺時間我才終於聽到門外傳來腳步聲。我躺在床上，選擇不開燈。白天會有幾線陽光透進來，我勉強可以看到房間裡的東西。但現在已經晚上，又變回一片漆黑。

「妮娜？」

我張開嘴，但喉嚨太乾，說不出話，得先清清喉嚨。「我在這裡。」

「我要放妳出來。」

我以爲他會多加一句「但不是現在」，結果沒有。

「不過，首先，」他說，「有些基本規則我要先說清楚。」

「都聽你的。」**只要你放我出去**。

「第一，妳不能告訴任何人這個房間裡發生的事。」他語氣堅定。「妳的朋友、妳的醫生，全都不能說。說了也沒人會相信妳，只是代表妳又開始產生妄想，可憐的西西莉雅又會面臨危險。」

我凝視著黑暗，雖然猜得到他要說什麼，但親耳聽到還是滿腔怒火。他怎能期望我不告訴任何人他對我做的事。

「聽懂了嗎，妮娜？」

「懂。」我咬著牙說。

「很好。」我幾乎可以想像他得意的笑。「第二，偶爾當妳需要接受處罰時，就要上來這個房間。」

他在耍我嗎？「不可能。你休想。」

「我不認爲妳可以跟我討價還價。」他哼了一聲。「我只是把規則告訴妳。妳是我老婆，我對妳有很清楚明確的期望。坦白說，這是爲了妳好。我不是教了妳不該浪費電的寶貴教訓嗎？」

我在黑暗中奮力喘氣，覺得快要無法呼吸。

「我是爲了妳好，妮娜，」他說。「看看妳遇到我之前做的那些錯誤的人生決定。工作薪水低又毫無發展性。被某個不負責任的混球把肚子搞大。我只是在教妳怎麼當一個更好的人。」

「我希望這輩子從沒遇到你。」我脫口而出。

「這樣說很不厚道，但這也怪不得妳。」他笑道，「妳想到要把其中一個燈泡轉下來令我刮目相看。我甚至沒想到這點。」

「你……你怎麼會……？」

「我隨時隨地都在監視妳的一舉一動。」我聽得到他在門後呼吸的聲音。「這就是我們從今以後的生活。我們會跟其他人一樣是幸福恩愛的一對，而妳會成爲這個街坊最完美的妻子。我一定會要求妳做到。」

我按按眼球，想驅散從太陽穴陣陣襲來的頭痛。

「聽懂了嗎，妮娜？」

淚水刺痛我的眼睛，但我哭不出來。我的身體已經脫水，想哭也沒有眼淚。

「聽懂了嗎，妮娜？」

46

階段六：試著與它共處

午餐約會結束之後，蘇珊開她的奧迪載我回家。我打開車窗，讓風吹亂我的一頭金髮。我們本來應該討論親師會的事，但後來岔了題，兩人開始八卦。很難不八卦。這個小鎮有太多無聊的家庭主婦。

大家以為我也是其中之一。

如今安迪跟我已經結婚七年。他守住了每一個對我的承諾。從很多方面來說，他都是個好丈夫。他讓我不愁吃穿，也像父親一樣對待西西莉雅，既穩重又好相處。他喝酒不過量，也不像鎮上很多男人一樣在我背後亂搞。幾乎完美無缺。

但我卻對他恨之入骨。

我想盡辦法要擺脫這段婚姻。我跟他談判，說我什麼都不要，只要帶著西西莉雅離開，但他只是笑笑。我有精神病史，我一走他大可以去報警，說我綁架西西，又想對她下毒手。我努力扮演好完美妻子的角色，希望他不會找到帶我上閣樓的理由。我下廚煮美味的晚餐，把房子打掃得一塵不染，甚至做愛時假裝不覺得反感。但他永遠能挑到我的錯。那些都是我永遠想像不到自己會做錯的事。

最後我乾脆放棄。要是盡力做好也改變不了上閣樓的次數，那我也不想努力了。我的新策略是讓他討厭我。我開始表現得像個潑婦，只要他一點小事惹到我就兇他罵他。他不在乎我這樣對他，甚至好像挺享受的。我不再上健身房，開始想吃什麼就吃什麼，只希望要是我的行爲令他反感，說不定他會對我的存在也覺得反感。有一次他抓到我狂吃巧克力蛋糕，就把我拖去閣樓餓了兩天當作懲罰。但那之後他好像就不管我了。

我試著尋找他的前未婚妻凱薩琳，希望她能印證我的說法，那麼我去報警時，警察就不會把我當作瘋子。我知道她的長相和大概的年紀，應該可以找到她。但你知道有多少年紀介於三十到三十五之間、名叫凱薩琳的人嗎？還眞不少。我沒能找到她，最後也就放棄了。

平均來說，他每隔一個月會逼我上閣樓一次，有時次數更多，有時較少。只有一次長達六個月我都沒上閣樓。我已經不確定完全不知何時會被處罰，究竟是比較好還是比較壞。提早知道確切的日期，還沒去就先害怕，感覺很糟。但永遠不知道今晚我會睡在自己床上還是那張不舒服的單人床，也一樣糟。我當然從不知道他準備了什麼苦刑在等我，因爲我根本不知道自己犯了什麼錯。

不只是我。如果西西莉雅做了不可原諒的事，受罰的也是我。他買了一整櫃她討厭的蛋糕裙，不但穿起來會癢，其他小孩也會取笑她。但她知道要是不穿或是把裙子弄髒，媽媽就會消失很多天（可能我會被罰不能穿衣服，光著身體待在閣樓，好讓我學到「有衣服穿是一種福氣」的教訓），所以她只好乖乖聽話。

我很害怕哪天開始他也會處罰她，但目前只要他放過我女兒，我願意接受自己的命運。

他把話說得很清楚，要是我敢離開他，他就會要西西莉雅付出代價。之前他就差點溺死她。而他最喜歡的另一種整我的方法，就是在櫥櫃上放一瓶花生醬，即使他明知道西西對花生過敏。我不知拿去丟過多少次，但每次都會重新出現，有時我還會因此受罰。幸好西西的過敏不至於嚴重到會危及生命，只是全身會起紅疹。每隔一陣子他就會偷挖一點花生醬拌入她的晚餐裡，只為了看她吃完飯後全身起又癢又難受的紅疹，證明他說到做到。

假如能夠不必坐牢，我一定會拿起牛排刀朝他的脖子刺下去。

但安迪對這種可能性早有防備。他當然知道我恨不得他死或親手殺了他。他告訴過我，要是他因為任何原因喪命，他的律師就會立刻寄出一封信到警察局，告知他們我的脫序行為和對他的死亡威脅。其實他甚至不需要這麼做，因為我有精神病史。

所以我仍然留在他身邊，沒有趁他睡著時殺了他，也沒有請殺手做掉他。但我確實會想像未來的可能。等西西莉雅大一點，不需要我了，或許我就能逃走。到時候他就沒辦法再威脅我。只要她安全，我怎麼樣都無所謂。

「到了！」蘇珊雀躍地說，並把車停在我們家的柵門前。好笑的是，第一次看到這片柵欄時，我覺得有柵欄圍起來的屋子好迷人。如今這屋子看起來就像它眞正的內涵：一座監獄。

「謝謝妳載我回來。」我說，即使她沒謝我請她吃午餐。

「不客氣，」她開心地說。「希望安迪很快就會到家。」

聽到她口氣中的一絲擔憂，我皺了皺臉。幾年前我跟蘇珊走得很近，有次我們在她家喝多了，我不小心跟她坦承了一切。一切的一切。我請求她幫幫我。我跟她說我想報警卻沒辦法，因爲沒有人支持我。

我們談了好幾個小時。蘇珊抓著我的手，跟我保證不會有事的。她叫我先回家，之後我們再一起想辦法。我流下如釋重負的眼淚，相信自己的惡夢終於要結束。

但我回到家之後，安迪卻在等著我。

每次我交到新朋友，安迪顯然都會找到那個人，坐下來跟他們交代我的精神病史。他會告訴他們幾年前我試圖做的事，叮嚀他們若是覺得我有任何異狀就立刻打電話給他。因爲我可能又有新的狀況。

跟我吃午餐時，蘇珊假借上廁所的名義，背著我打電話給安迪，跟他說我的妄想症又發作了。因此當我回到家時，他已經在家裡等我。結果我又住進清景兩個月。住院期間我發現院內至少有一名董事是他父親的高爾夫球友。

出院之後，蘇珊一再跟我道歉。**我只是擔心妳，妮娜。妳得到幫助我好高興。**而我當然原諒了她。她跟我一樣被騙了。但那次之後我們就無法再跟過去一樣。我再也無法相信任何人。

「那就星期五見囉，對吧？」蘇珊說。「學校戲劇表演見。」

「好，」我說。「表演幾點開始？」

「是七點嗎？」我又問。

蘇珊沒回答我，突然分了心。

「嗯哼。」她答。

我往她肩後一瞄，想看看是什麼拉走她的目光，答案揭曉之後我不由翻了翻白眼。是恩佐，兩個月前我們請來整理院子的本地園藝師。他很盡責，工作認真，從不會藉故偷懶，而且不可否認恩佐很賞心悅目。但誇張的是，每個來我們家的人看到他都會猛流口水，突然想起自己家的院子也得整理一下。

「哇，」蘇珊低聲說，「我聽說你們家的園藝師很迷人，但這也太過分了。」

我兩眼一翻。「他只幫我們整理草皮而已。他甚至不會說英語。」

「這我倒是無所謂，」蘇珊說。「嘿，那說不定還加分呢。」

直到我把恩佐的電話號碼給她，她才肯罷休。其實我並不介意。恩佐感覺上是個好人，我很高興他有外快可賺，即使理由是他很迷人，而不是因爲他做的事。

我下車走進柵門，正拿著大剪刀在修剪樹籬的恩佐抬起頭，揮揮手跟我問好。

「Ciao, Signora.（妳好，女士）」

我微笑回他：「Ciao，恩佐。」

我喜歡恩佐，即使他一句英文都不會說。他看起來像個好人，這種事靠直覺就知道。他在我們家的院子種了好多漂亮的花。西西有時會看他種花，當她問他那些是什麼花時，他都會耐心地指著花，說出花名。西西重複一次花名，他就會微笑點頭。有幾次她問能不能幫他，他看著我問：「可以嗎？」我點頭之後，他分派了一件花圃的工作給她做，即使這樣可能拖慢了他的速度。

他的上臂全是刺青，但大多被衣服遮住。有次我看著他工作時，發現他的二頭肌刺了一顆愛心，愛心裡寫著「安東妮雅」這個名字。我不由好奇安東妮雅是誰。我很確定恩佐還沒結婚。

他身上有種特殊的氣質。要是他會說英文，我總覺得好像可以跟他傾吐心事。他很可能會是相信我說的話，並眞正對我伸出援手的人。

我站在原地看著他修剪樹籬。從搬進這裡開始，我就沒再出外工作——安迪不肯讓我工作。我想念工作。恩佐應該會懂。我知道他會的。可惜他一句英語都不會說。

但某方面來說，這樣跟他傾吐心事不是更輕鬆？有時我覺得要是不把心裡的話說出來，有天我真的會發瘋。

「我丈夫是惡魔，」我大聲說。「他虐待我，把我關在閣樓。」

恩佐的肩膀一僵。他放下大剪刀，眉心一皺。「Signora（女士）……妮娜……」

我的胸口束緊。我爲什麼要跟他說？應該把祕密永遠藏在心裡才對。只是我想他既然聽不懂英語，就算他聽了也不會去跟安迪告狀，而我又好需要有人可以傾訴。恩佐應該是個安全的聽眾，畢竟他完全不懂英文。但當我望著他深色的眼睛時，卻又覺得他好像懂。

「沒事。」我趕緊改口。

他上前一步，我搖搖頭往後退。我鑄下了大錯，現在我大概得開除恩佐了。

但後來他似乎懂了，重新拾起大剪刀繼續做事。

我用我最快的速度走進屋裡，然後砰一聲關上門。窗邊放了五顏六色的鮮花，非常壯觀，看來七彩顏色都有。那是安迪昨晚下班回家送給我的，爲了給我一個驚喜，證明只要我「聽話」，他就會是個好得沒話說的丈夫。

我的視線越過花束看往窗外。恩佐還在前院工作，手上戴著手套，手裡一把銳利的大剪刀。他忽然暫停片刻抬頭看窗戶。一瞬間我們目光交會。

然後我別開視線。

47

我已經關在閣樓裡大約二十個小時。

昨晚西西莉雅上床睡覺之後，安迪就把我趕上來。我已經學會不跟他爭辯，不然就又得住進清景。或者隔天我去學校接西西就會找不到人，整個禮拜都見不到她，因爲她「出城了」。他雖然不想傷害西西莉雅，但總有一天一定會。畢竟多年前要不是警察及時趕到，她早就溺死在浴缸裡了。有一次我跟他提起這件事，他只是對我微笑。**妳這不就學到教訓了嗎？**

安迪想要另一個小孩，另一個我深愛和誓死保護的小生命。之後幾年他就能用這個生命繼續控制我，但我不能讓這種事發生。所以我開車到市區的某家診所，用假名掛號，付現金要他們在我子宮裡裝避孕器，還在家練習驗孕是陰性的結果出來時，臉上要擺出困惑不解的表情。

這次我犯的錯是在房間噴太多空氣清新劑。其實一直以來我噴的量都一樣，但要是完全不噴，他就會把我跟很臭的東西關在一起，比方腐爛的魚。現在我已經搞懂他的思考模式。

總之，昨晚不知爲什麼空氣清新劑對他來說太多，刺激到他的眼睛。我的處罰是什麼？我得用防狼噴霧器噴自己。

沒錯。

他把防狼噴霧器放在梳妝台的抽屜裡。

對準妳的眼睛按下噴嘴。

還有，眼睛要張開，不然就不算。

所以我照做了。爲了離開這個該死的房間，我用防狼噴霧器噴自己的眼睛。你有被辣椒水噴過的經驗嗎？我不推薦，不但痛得要命，而且我的眼睛立刻狂噴淚，整張臉像在燒，之後開始流鼻水。一分鐘後，我覺得辣椒水滴進嘴巴，嘴巴又刺又痛，味道很糟。有幾分鐘的時間我只能坐在床上奮力呼吸，將近一個小時無法張開眼睛。

跟這比起來，空氣清新劑根本不算什麼。

但現在已經過了好幾個小時，我又能張開眼睛了，雖然還是覺得臉像曬傷，眼睛腫腫的，但已經不會覺得自己好像快死了。我相信安迪會想等到我的樣子恢復正常再放我出去。

這表示可能還要待一個晚上。但願不要。

有時他會封上窗戶，但這次沒有，所以房裡至少還有一些自然光。那是唯一能阻止我發瘋的一點安慰。我走去窗前望著後院，多麼希望自己人在外面，而不是被關在這裡。

這時我才發現後院有人。

恩佐正在那裡工作。我開始後退，但這時他剛好抬頭看到我站在窗前。他直盯著我，即使從三樓往下看，我也看得出他臉色一沉。只見他猛地脫下園藝手套，怒沖沖走出院子。

天啊，這下慘了。

我不知道恩佐會採取什麼行動。去報警嗎？我不確定這樣是好是壞。安迪每次都有辦法扭轉情勢，領先我一步。大約一年前，我開始把錢藏在衣櫃的靴子裡，期望有天能帶著錢逃離他的魔掌。然後有一天，我藏的錢全都不翼而飛，隔天他就逼我爬上閣樓。

大約一分鐘後響起拳頭擂門的聲音。我往後退，貼著牆縮起身體。「妮娜！」是恩佐的聲音。「妮娜，我知道妳在裡面！」

我清清喉嚨，說：「我沒事！」

門把開始晃動。「如果妳沒事，就打開門證明給我看。」

我猛然一驚，發現恩佐說著流利的英文。本來我以為他只聽得懂一點英文，會說的更少，但剛剛他的英文說得很好，連義大利腔都沒之前那麼重。

「我……很忙，」我用異常高亢的聲音說。「但我沒事！只是在處理一些工作。」

「妳告訴過我妳丈夫虐待妳，把妳鎖在閣樓裡。」

我猛吸一口氣。我之所以對他說出這些事，是因爲我以爲他聽不懂。但現在事實擺在眼前：我說的話他全都聽得懂。我必須停損才行，絕對不能激怒安迪。「你是怎麼進來的？」

恩佐惱怒地說：「你們在前門的盆栽底下藏了一把鑰匙。這個房間的鑰匙在哪裡？告訴我。」

「恩佐……」

「告訴我。」

我確實知道閣樓的鑰匙放哪。但我人被關在房間裡，知道也沒用。我當然可以指揮他去拿，如果我想的話。「我知道你想幫我，但這樣對我毫無幫助。拜託你別管了，晚一點他就會放我出來。」

門另一邊沉默許久。我希望他正在思考跟雇主的私生活牽扯不清值不值得。再說，我不確定他現在的移民狀況，但我知道他不是在這裡出生。我敢說如果他們想，安迪和他的家人有足夠的財力和權力把他驅逐出境。

「妳退後，」最後恩佐說，「我把門撞開。」

「不可以！」淚水湧上我的眼眶。「聽我說，你不懂。如果我不照他的話做，他就會傷害西西莉雅，還會把我關起來。這些以前他就做過。」

「這些都只是藉口。」

「不是的！」一滴淚滾下我的臉龐。「你不知道他有多有錢。你不知道他可以怎麼對付你。你想要被驅逐出境嗎？」

恩佐再度沉默。「這樣是不對的。他在傷害妳。」

「我不會有事的。我跟你保證。」

這話大半屬實。因爲我的臉仍然像在燒，眼睛也還刺痛，但恩佐不需要知道這些。再過一天我就會全好了，彷彿一切從沒發生過。之後我就能重回正常的、悲慘的生活。

「妳希望我走。」他說。

我不希望他走。我多麼希望他把門撞開，但我知道安迪終究會把事情翻轉。天知道他會指控我們什麼罪狀。我之前從沒想過他會因爲我說出實話，就把我關進精神病院好幾次。我不希望恩佐也落到這種下場。而且如果是我，安迪還有想要我出院的理由，換作是恩佐，哪怕關上一輩子他也不會心軟。

「對，」我說，「拜託你走吧。」

他長聲一嘆。「我會走。但明天早上如果沒看到妳，我就會上來把門撞開，還會打電話報警。」

「好。」我只剩最後一小瓶水，所以明天早上安迪要是不放我出去，我就會很悽慘。

我等著他的腳步聲逐漸遠去的聲音，卻一直沒聽到。他還站在門外。「妳不該受到這種對待。」最後他說。

他的腳步聲消失在走廊上時，淚水滾下我的臉頰。

△　△　△

當天晚上安迪放我出來，等我終於照了鏡子，我很驚訝自己的眼睛竟然腫成這樣，臉也紅得像被燙傷一般，但隔天早上我就幾乎恢復正常。除了臉有點紅，很像前一天曬了太多太陽。

安迪把車開出車庫，準備載西西去上學時，恩佐正在前院工作。我留在家休息。通常他放我出去之後會連著幾天對我很好。我相信今晚回家他一定會買花甚至首飾送我，好像那些東西可以彌補他對我做的事一樣。

我從窗戶看著安迪的車駛出柵門，開上馬路。車子離開視線之後，我發現恩佐正盯著我看。他通常不會一連兩天出現在我們的院子裡。他之所以出現並不是爲了整理花圃。

我步出大門，走過去找他，這才發現他手中的大剪刀有多銳利。要是他把剪刀刺進安迪的胸口，那就完了。當然他沒必要這麼做。他光靠赤手空拳可能就能要安迪的命。

「看吧，」我強顏歡笑，「就跟你說我沒事。」

他沒對我笑。

「是眞的。」我說。

他的眼睛顏色很深，我看不清他的瞳孔。「告訴我眞相。」

「你不會想聽眞相。」

「告訴我。」

過去五年，我坦承的對象——無論是警察、醫生、我最好的朋友——都說我瘋了，是妄想症發作。我因爲跟人說出安迪對我做的事而被關起來。但眼前這個男人卻想聽眞相。他會相信我的。

所以在這風和日麗的一天，我們站在前院的草皮上，我把所有一切告訴恩佐。我告訴他閣樓的房間；告訴他安迪用來折磨我的方法；還有我看見西西莉雅失去意識躺在浴缸裡的往事。雖然已經事隔多年，但她泡在水中的那張臉在我的記憶中卻清晰得恍如昨日。我把這些全都告訴他，看著他的臉色愈來愈難看。

但我甚至還沒說完，恩佐就罵了一長串義大利文。我雖然不懂義大利文，但也聽得出那是罵人的話。他緊緊抓住大剪刀，用力到手指關節都泛白。「我要殺了他，」他咬牙切齒地說。「今天晚上我要殺了他。」

我臉上失去了血色。能把心裡的祕密向他傾訴的感覺很好，但這終究是個錯誤。聽完之後他怒不可遏。「恩佐……」

「他是惡魔！」他激動地說。「妳不想要我殺了他？」

我確實希望安迪死掉，但我不想承擔後果，而且他曾經說過，只要他一死，那封信就會送到警察手中。我想要他死，但不想因此在監獄度過餘生。

「你不能這麼做。」我堅定地搖頭。「你會因此坐牢，我們都是。你想要這樣的結果嗎？」

恩佐用義大利語咕噥幾句。「那好。妳離開他。」

「我不能。」

「妳可以。我會幫妳。」

「你要怎麼做？」這個問題不無幾分認眞。說不定恩佐很有錢，只是藏得很好。說不定他認識一些我不知道的黑幫老大。「你能幫我弄到機票嗎？還是護照？新的身分？」

「不行，可是……」他揉揉下巴。「我會想到辦法的。我認識一些人。我會幫妳。」

我多麼希望能相信他的話。

48

階段七：試圖逃跑

一個禮拜後，我跟恩佐相約擬訂計畫。

我們非常謹慎小心。事實上，邀請親師會的朋友來家裡時，我還故意罵他毀了我的天竺葵，只爲了杜絕可能冒出的閒言閒語。我幾乎可以確定安迪在我車上裝了追蹤器，所以我不能直接開車到恩佐住的地方。我先把車開進一家速食餐廳，停進停車場，再趁沒人發現時跳上他的車，還故意把手機丟在車上。

我絕不能冒任何風險。

恩佐租了一間小小的地下室公寓，但有自己的出入口。他帶我走進他的小廚房，裡面擺了張圓桌和幾把不太穩的椅子，每次我坐下來，椅子都會吱吱嘎嘎響得好大聲。想到我們的房子跟他住的地方比起來有多豪華，讓我有點不好意思。但轉念又想，他應該不是那種會在意這些事的人。

恩佐走去冰箱拿出一罐啤酒。他高舉著啤酒問我：「要嗎？」

我正要開口拒絕又改變心意。「好，麻煩了。」

他拿了兩瓶啤酒回到桌上，用鑰匙圈上的開瓶器撬開啤酒，然後把一罐從桌面滑過來給我。我抓住啤酒，感覺到瓶身的冰涼水珠。

「謝謝。」我說。

他聳聳肩。「不是太好的啤酒。」

「我不是指啤酒。」

他拗拗指頭，關節劈啪響，手臂肌肉隨之起伏，很難不注意到我眼前的男人有多性感。要是左鄰右舍的其他媽媽知道我在他的公寓裡，一定會嫉妒死。她們大概以爲他會剝開我的衣服，準備讓我欲仙欲死，說不定還會氣不過他竟然挑中我，而不是其他比我更有魅力的女人。**恩佐可以有更好的選擇**。她們對眞相一無所知，幾乎到可笑的程度。但其實並不好笑。

「我有種感覺，」他說。「妳丈夫……我看得出來他是壞蛋。」

我喝了一大口啤酒。「我甚至不知道你會說英文。」

恩佐笑出聲。他替我們整理院子已經兩年，這是我第一次聽到他笑。「假裝不懂比較輕鬆，不然那些主婦不會放過我，妳懂我的意思？」

儘管發生了那麼多事，我也跟著笑了。他說得對。「你來自義大利？」

「西西里。」

「所以……」我搖晃著瓶子裡的啤酒。「你怎麼會來到這裡？」

他的肩膀一沉。「不是太美好的故事。」

「那我的故事呢？」

他低頭看手中的啤酒。

「我妹妹安東妮雅的丈夫……跟妳丈夫一樣。壞蛋。一個有錢有勢的壞蛋，靠著打她發洩自己的情緒。我叫她離開……但她不肯。後來有一天他把她推下樓，她進了醫院之後從此沒再醒來。」他抓著T恤的袖子往上拉，露出我看過的那個愛心刺青，裡頭刺了「安東妮雅」幾個字。

「這是我記住她的方式。」

「啊。」我用一隻手摀住嘴巴。「我很抱歉。」

他的喉結上下擺動。「像他這樣的男人不會受到法律的制裁，不會去坐牢，不會因為害死我妹妹而受到懲罰。所以我決定自己動手。」

我想起當初我把安迪對我做的事告訴他時，他臉上的陰沉神色。**我要殺了他**。

「難道你……」

「沒有。」他又折得關節劈啪響，聲音在小公寓中迴盪。「不到那個程度，我很後悔。因為之後我的人生就失去了價值。**Niente**（毫無價值）。為了逃走我花光了所有的積蓄。」他喝了一口啤酒。「只要我回去，還沒出機場我就會沒命。」

我不知道該說什麼。「離開對你來說很難嗎？」

「離開對妳來說很難嗎？」

我想了想，然後搖搖頭。我想離開。我想離安德魯·溫徹斯特愈遠愈好。就算是要我去西伯利亞，也沒問題。

「要準備妳跟西西莉雅的護照。」他開始用手指列舉。「駕照、出生證明，以及足夠的現金支撐到妳有工作為止，還要有兩張機票。」

我的心跳加速。「所以我需要錢……」

「我存了一些可以給妳。」他說。

「恩佐，我不可能——」

他揮揮手，阻止我反駁。「但那還不夠，妳需要更多的錢。妳能弄到錢嗎？」

我得想辦法才行。

△ △ △

幾天後，我一如往常開車載西西莉雅去上學。她頭上兩條金黃髮辮整整齊齊披在腦後，身穿跟大家格格不入的淺色蛋糕裙。我擔心同學會取笑她的穿著，她也因為那一身衣服不能隨心所欲跟同學一起玩。可是如果不穿成這樣，安迪又會為此處罰我。

車子轉進溫瑟學院所在的那條街時，西西心不在焉地敲著後車窗。她上學從來不吵不鬧，但我不認爲她喜歡上學。我多麼希望她能交到更多朋友，所以幫她安排很多活動塡滿時間、認識更多人，但都沒什麼用。

不過這些都不重要了。這一切很快就會改變。

很快。

到了學校接送區，西西沒立刻下車，金色眉毛皺在一起。「今天妳會來接我吧？不是爸？」

安迪是她認知中唯一的父親。她不知道他對我做的事，但她知道有時候她做了爸爸不喜歡的事，我就會一連消失幾天。我不在的時候，安迪就會來接她放學。這件事令她害怕。雖然從沒明說，但她討厭安迪。

「我會來接妳。」我說。

她的小臉隨即放鬆下來。我多麼想大聲說出口：**別擔心，寶貝，我們很快就會離開這裡。他再也無法傷害我們了**。但時機未到，我不能冒險。得等到我把她接走，兩人直奔機場那天才行。

西西莉雅下車之後，我迴轉開回家。我還剩一個禮拜。一個禮拜前我收了一袋行李，然後開九十分鐘的車去開我的保險箱，裡頭有我的新護照、新駕照和一大疊現金。我打算在機場用現金買機票，因爲上次我事先訂好機票，安迪就在柵門前堵我。

恩佐幫我規畫了這一切，盡可能避免安迪對我起疑。目前為止，他都還被蒙在鼓裡。

至少我是這麼以為的，直到我走進客廳，發現安迪坐在餐桌前等我。

「安迪，」我猛地一驚。「呃，嗨。」

「哈囉，妮娜。」

不會吧。

這時我才看到擺在他面前的三樣東西：護照、駕照和一疊現金。

「所以妳打算帶著這些去……」他低下頭，讀出駕照上面的名字。「崔西・伊頓。」

我覺得快喘不過氣，雙腿直發抖，不得不扶住牆免得倒下去。「你怎麼拿到這些的？」

安迪從椅子上站起來。「難道妳還沒搞懂，什麼事都瞞不過我嗎？」

我後退一步。「安迪……」

「妮娜，」他說，「妳該上樓了。」

不要，我不要，我答應女兒今天要去接她放學，不能食言。本來以為就快要投奔自由，我不能再任由他把我關起來好多天。我不要。我再也受不了那種虐待。

安迪還沒來得及反應，我就奪門而出跑回車上，飛快把車開出車道，還差點撞上柵門。

我不知道要去哪裡。有部分的我想直接去學校接西西莉雅，然後一路開到加拿大邊境，但沒有護照或駕照要擺脫他很難。我敢說他現在已經打電話報警，搬出他神經有問題的老婆又發病的說詞。

這件事只有一點令人欣慰。安迪只找到我的兩個保險箱的其中一個。分兩個保險箱是恩佐的主意。他只找到放護照和駕照的保險箱，不知道另一個保險箱還有一疊現金。

我一直開到恩佐住的街坊，把車停在離他公寓兩條街遠的地方，然後再下車走過去。我全速衝過去時，他正要爬上他的貨車。「恩佐！」

聽到我的聲音他猛一抬頭。看見我臉上的表情，他臉色一沉。「發生了什麼事？」

「他發現了其中一個保險箱。」我停下來喘口氣。「全都……完了。我走不掉了。」

我的臉垮下來。跟恩佐說話之前，我無可奈何地接受了自己的命運。至少在西西莉雅十八歲之前。但現在我不覺得自己還能這樣下去。我沒辦法再過這種生活。再也沒辦法了。

「妮娜……」

「我該怎麼辦？」我哭著說。

他展開雙臂，我投入他的懷中。我們應該小心一點才對，可能會有人看到。要是安迪以爲我跟恩佐有染該怎麼辦？

我們之間沒有男女關係，完全沒有。他把我看成安東妮雅——他沒能救回的妹妹。他觸碰我的方式完全是兄長對妹妹的疼惜，我們兩人也從沒想過其他可能。而此刻的我只能想到，原本以爲指日可待的未來轉眼化成了泡影。我得再跟那個惡魔同住一個屋簷下十年。

「我該怎麼辦？」我又說。

「很簡單，」他說，「改成B計畫。」

我抬起布滿淚痕的臉。「B計畫是什麼？」

「我去殺了那個王八蛋。」

我渾身打顫，因爲我從他的深色眼眸中看得出來他是認眞的。「恩佐……」

「就這麼辦。」他放開我，緊咬著下巴。「那傢伙該死，他不該那樣對妳。之前我沒能幫到安東妮雅，現在我會幫妳。」

「我們都會去坐牢。」

「妳不會。」

我朝他的手臂一拍。「我也沒辦法看著你去坐牢。」

「那妳有什麼辦法？」

突然間，我靈機一動。非常簡單。即使我對安迪恨之入骨，但我也非常了解他。這個方法一定行得通。

49

階段八：找個人取代我

不是隨便哪一個人都行。

首先，她必須長得漂亮。至少要比我漂亮，這應該不難，畢竟這幾年我都故意放任自己變胖變醜。除了漂亮，她還要比我年輕，還要能生小孩，因爲安迪很想要小孩。另外她也要適合穿白色，安迪很愛白色。

最重要的是，她得要亟需這份工作。

後來我認識了威廉米娜．卡洛威。她符合我的所有要求。面試時她雖然穿得很土，但卻隱藏不住她的年輕美貌。她急著要討好我。後來我做了簡單的背景調查，發現她有前科，我就知道自己挖到寶了。這女孩亟需這份像樣的高薪工作。

我走到後院問恩佐他認識的私家偵探叫什麼名字。「別把我算進去。這樣是不對的。」恩佐說。

幾個禮拜前我把計畫告訴他，他很不高興。**妳要犧牲另一個人？**但他根本不懂。

「安迪利用西西來控制我，」我說。「但這個女孩沒有小孩，沒有牽絆，沒有他能用來威脅她的東西。她隨時可以逃走。」

「妳知道事情沒那麼簡單。」他不悅地說。

「你幫不幫我？」

他肩膀一沉。「幫。妳知道我會幫妳。」

所以我用偷藏的另一筆錢雇用了恩佐推薦的私家偵探。偵探一一跟我報告了威廉米娜．卡洛威所有我需要知道的事。他說上一份工作開除了她，甚至差點要通報警察；目前她都在睡在車上。他告訴我的另一件有趣的事改變了一切。掛上電話後我立刻打電話通知米莉她錄取了。

現在正剩下一個問題：安迪。

他不想要陌生人住進家裡，最多只願意讓人進來打掃幾個鐘頭。除了他母親，他甚至不肯請人照顧西西莉雅。但時機來得正是時候。安迪的父親不久前才退休，在雪地摔了一大跤之後，他們決定南遷佛羅里達州。我看得出來艾芙琳不太想，所以他們決定留著老家屋子，等夏天再回來，但其他朋友多半都已經搬去南佛羅里達。安迪的父親很期待退休之後每天都能跟球友打高爾夫。

結論就是我們需要找幫手。

最微妙的地方是，米莉會睡閣樓的房間。安迪要是知道一定會不高興，但非這樣不可。如果我希望他把米莉想成我的替代人選，就得讓他看到她上樓。

我先做好一切準備才對他拋出這個震撼彈。比方每天早上起來抱怨偏頭痛害我沒辦法煮飯或打掃，或是大費周章把房子弄得亂七八糟。再這樣下去，我們的房子不出幾天就會一塌糊塗。我們需要幫手，迫切需要。

儘管如此，安迪得知我雇用了米莉之後，還是立刻跑來找我算帳。我下車時他跑來堵我，狠狠把我從車上拉起來，指頭掐住我的手臂。「妮娜，妳以爲自己在幹麼？」

「我們需要幫手。」我抬起下巴挑釁他。「你母親不在，我們需要有人照顧西西和幫忙打掃。」

「妳讓她去睡閣樓，」他怒吼，「那是妳的房間。妳應該讓她睡客房。」

「那你爸媽來要睡哪裡？閣樓？客廳沙發？」

他想了想，我看見他咬緊牙又鬆開。我婆婆絕不可能睡客廳沙發。

「先讓她做兩個月看看，」我說。「等學校放暑假，我有更多時間打掃，你媽也從佛羅里達回來再說。」

「休想。」

「那你就開除她吧。」我雙手一攤。「我阻止不了你。」

「不要以爲我不敢。」

結果他並沒有開除她。因爲那天晚上他回到家，家裡終於恢復了乾淨，她還爲他端上一份沒有燒焦的晚餐。而且，她年輕又貌美。

所以米莉住進了閣樓。

△ △ △

這個計畫要能成功，就得具備三個條件。

一、**米莉和安迪互相吸引。**

二、**米莉恨我入骨，不惜跟我丈夫睡覺。**

三、**兩人有機會進一步發展。**

互相吸引這部分簡單。米莉很漂亮，甚至比我年輕時還迷人。安迪雖然比她大很多歲，但仍舊風度翩翩。有時米莉看著我的眼神，好像無法理解安迪究竟看上我什麼。我盡我所能地增胖，再加上安迪已經不能把我關進閣樓，我就大膽地放著髮根長出來也不管。

最重要的是，我想盡辦法找米莉麻煩。

要這樣對待她對我來說並不容易。畢竟我的本性並不刻薄，至少被安迪摧殘之前絕對不是。如今所有一切都是我達到目的的手段。米莉或許不該受到這種對待，但我再也受不了，非想辦法逃走不可。

第一天早上下樓她就開始討厭我。那天晚上親師會要開會，所以一大早我就跑進廚房。前幾個禮拜我把家裡搞得一團亂，米莉大展身手把家裡打掃得乾乾淨淨。她做事很認眞，把每個平台都擦得閃閃發亮。

我對她很抱歉，眞的很抱歉。

我把廚房弄得面目全非，翻出所有杯盤就算了，還把鍋盆砸在地上。米莉下樓時，我正要轉戰冰箱。從小到大我都得幫忙做家事，所以要把一瓶鮮奶往地上摔，讓牛奶灑得到處都是，對我來說是一大酷刑。但我硬逼自己這麼做。這是達成目的的手段。

米莉一走進廚房，我就轉身逼問她：「在哪裡？」

「什麼……什麼在哪裡？」

「我的筆記！」我舉手抱頭，好像這件事嚴重到會讓我暈過去。「我把今天晚上的親師會筆記放在廚房流理台上！可是筆記卻不見了！」然後又補上一刀：「妳把筆記怎麼了？」

我確實寫了筆記，但筆記安安穩穩存在我的電腦裡。我怎麼會把唯一的一份筆記放在廚房流理台上？雖然不合理，但我硬要歸咎於她。她知道我沒把筆記放那裡，但她並不知道我知道。

我大喊大叫引來安迪的注意。他爲米莉感到不捨，深深同情她，因爲他知道我用莫須有的罪名指控她。他不由受她吸引，因爲我把她變成了受害者。

就像多年前我因爲胸部滲出母奶挨上司罵，因而成了受害者一樣。

「我很抱歉，妮娜，」米莉結結巴巴地說。「如果有什麼我幫得上忙……」

我的視線掃向被我弄得一片狼籍的廚房地板。「妳把我的廚房弄得那麼噁心，妳要負責收拾乾淨，現在我得去救我的筆記了。」

那一刻我達成了心中設定的三個目標。第一，讓他們互相吸引（她穿著修身牛仔褲，不費力氣就顯得楚楚動人）。第二，讓米莉恨我入骨。第三，我從廚房衝出去之後，他倆就有機會獨處。

但還不止如此。我手中有另一張王牌：

安迪想要小孩。而我不可能達成他的願望。

畢竟，子宮裡好好裝著避孕器要怎麼懷孕？此外，安迪之後會發現我不孕，因爲恩佐請的私家偵探已經弄到幾張好照片，上面有我們找的生殖醫學專家跟一個女人（不是跟他有二十五年婚姻關係的那個）。而這位好醫生只要告訴安迪，我已經不可能再懷孕，那些照片就會進到垃圾桶。

去找加爾曼醫生前一天，我打了通電話給人在佛羅里達的婆婆。艾芙琳一如往常，聽到是我就不怎麼開心。

「哈囉，妮娜。」她冷冷地說。潛台詞是：**找我幹麼？**

「我只是想第一個告訴妳，」我說，「我的生理期晚來了。我想我懷孕了！」

「哦……」她頓了頓，不知該高興溫徹斯特家終於迎來第一個眞正有血緣關係的孫子，還是該痛恨孩子的媽竟然是我。「太好了。」

她心裡眞正的想法可能正好相反。

「希望妳有補充孕婦吃的綜合維他命，」她說。「另外妳也得注意自己的飲食，不要亂吃。像妳平常那樣吃大量高熱量食物對胎兒不好，安迪也太放縱妳這樣亂吃了。但現在爲了胎兒好，妳要努力克制自己。」

「我會的。」我微微一笑，很慶幸艾芙琳永遠不會是我的孩子的奶奶。「還有，我在想……要是妳能寄給我們一些安迪小時候的嬰兒用品就太好了。那天他還在說想把以前的嬰兒毯之類的東西傳給寶寶。妳方便寄給我們嗎？」

「好。我會打電話請羅伯托幫忙寄。」

「太好了。」

∆　∆　∆

聽到從加爾曼醫生口中說出的噩耗，安迪大受打擊。在診療室裡，我看著炸彈引爆那一刻他臉上的表情。**妮娜恐怕永遠無法生育**。他淚水盈眶。要是換成別人，我可能會替他感到難過。

當天晚上我故意找他吵架。而且不是隨便亂吵。我提醒他為什麼他跟我永遠無法有小孩。

「都是我的錯！」我藉由回想他把我關在閣樓裡的記憶逼出了眼淚，然後火力全開，甚至開始猛抓皮膚。「要是你跟年輕一點的女人在一起，你就可以如願有自己的小孩！是我的錯！」

像米莉這樣的年輕女人。我沒說破，但他一定想到了她，從他看她的眼神我就知道。

「妮娜。」他伸手要碰我，眼神中仍然有愛。至今還有。我痛恨他愛我。為什麼他就不能選別人？「不要說那種話。不是妳的錯。」

「就是！」我胸中的怒火像火山逐漸增強，腦袋還沒反應過來，我就把拳頭往梳妝鏡一揮。撞擊聲在房間迴盪。一秒之後我才覺得一陣刺痛，一看才發現鮮血從指間淌下。

「我的天啊。」安迪臉色發白。「我去拿面紙給妳。」

他從浴室抽了面紙，我把他推開，等他終於把我的手包起來時，他自己也雙手都是血。他走去浴室洗手，我聽到門外有聲音。是西西莉雅聽到我們在吵架嗎？我很不希望自己發脾氣嚇到她。

我打開門，看見站在外面的人不是西西，而是米莉。看她的表情我就知道，我們吵架的內容她一字不漏聽了進去。看見我手上有血，她驚恐得瞪大雙眼。

她覺得我在發神經，而且愈來愈覺得眞的是我有病。

米莉覺得我瘋了，安迪覺得我太老，接下來只要幫他們製造機會就行了。安迪想幫我買《攤牌》的票，因爲我常提起這場表演；他喜歡討好我，但也以折磨我爲樂。不過最後去看表演的人會是米莉，而不是我。看完表演，兩人再回旅館共度春宵。幾乎可以說十全十美。我也把握機會把西西莉雅送去營隊，這樣安迪就不能用她來威脅我。

當米莉手機的ＧＰＳ追蹤器顯示她那晚人在曼哈頓時，我就知道我成功了。之後我也看見他們注視彼此的眼神。他愛上了她。安迪變成了她的問題。

我自由了。

50

惡夢結束了。他再也不會帶我上去閣樓；再也不會跟左鄰右舍說我瘋了，要他們多多留意我的行爲；再也不能把我關起來。

當然了，即使他把我趕出家門，還是要等到我們正式離婚我才能安心。這部分我得格外小心。提出離婚申請的人必須是他。要是他有絲毫懷疑這一切是我的詭計，就全完了。

我躺在飯店房間的加大雙人床上，盤算著下一步該怎麼做。明天我要開車去營隊接西西莉雅，然後前往……某個地方。我不知道要去哪裡，但我需要一個全新的開始。幸好安迪從來沒有收養西西，對她沒有任何權利，我想帶她去哪裡都可以。我甚至不用煩惱假身分的問題，但我一定會改回娘家姓。我想要抹除所有跟他有關的記憶。

門外響起敲門聲。我悚然一驚，心想一定是安迪。我想像他站在房門前說：

妳眞以爲有那麼容易嗎，妮娜？別傻了。

上去閣樓。

「是誰？」我戒慎恐懼地問。

「恩佐。」

我立刻鬆了口氣，把門打開。只見他穿著T恤和沾了泥土的牛仔褲，眉頭緊皺。

「怎麼樣？」他問。

「成功了。他把我趕出門。」

他眼睛一亮。「這樣嗎？是真的？」

我用手背抹去淚水。「眞的。」

「太……不可思議……」

我吸口氣，然後說：「我要謝謝你。沒有你，我不可能……」

他慢慢點頭。「妮娜，能幫妳是我的榮幸。應該的。我……」

我們站在原地四目相對，然後他靠上前，停了一秒後他吻了我。

我很意外。沒錯，我確實覺得恩佐很迷人，畢竟我也有眼睛。但一直以來，我們一心只想達到共同的目標：幫助我逃離安迪的魔掌。老實說，跟那個惡魔結婚那麼多年，我以爲自己已經心死。我跟安迪雖然還有性生活，但我別無選擇，就像在做例行公事，跟洗碗或洗衣服沒兩樣，毫無感情可言。我不認爲自己還有可能對任何人產生感情，存活對我來說是唯一重要的事。

然而現在……現在我存活下來了，才發現原來我還沒有心死。遠遠超出我的想像。

我拉著恩佐的T恤，跟他一起躺進加大雙人床。他解開我的上衣鈕釦，甚至扯掉其中一顆。但之後發生的事多半靠兩人共同達成。

那感覺如此美妙。不只美妙，簡直神奇。可以跟一個我沒有用全身細胞痛恨的男人在一起，感覺很神奇。一個溫柔善良的男人。一個伸出援手拯救我的男人。即使只是一夜溫存。

天啊，他很會接吻。

結束之後，我們都汗水淋漓，全身發熱，滿心喜悅。恩佐摟著我，我依偎著他。

「喜歡嗎？」他問。

「喜歡。」我把臉埋進他裸露的胸膛。「我沒想過你對我有這種感覺。」

「一直都有，」他說，「從第一天見到妳。但我很努力……管好自己。」

「我以爲你把我當作妹妹。」

「妹妹！」他一臉驚訝。「怎麼會。不是妹妹，絕對不是。」

看到他的表情，我忍不住笑了，但又旋即收起笑容。「我明天就要離開了，你知道吧？」

他沉默半晌。他正在想要開口留我嗎？我很在乎他，但我不能爲了他留下來。我不能爲了任何人留下來。他應該比任何人都清楚。

或許他會開口說要跟我一起走。要是他開口，我不確定自己會有何感受。我很喜歡他，但經過這一切，我需要獨自生活一陣子。要過很久我才可能重新相信男人，即使我想過這世上如果還有誰是我能信任的，那人就是恩佐。他向我證明了他的眞心。

但他沒有開口要我留下，或說要跟我一起走。他說出的話出乎我的意料。

「我們不能不管她，妮娜。」

「你說什麼？」我問。

「米莉。」他低下頭，一雙深色眼睛瞅著我。「我們不能丟下她跟他在一起。這樣是不對的。我不允許這種事發生。」

「你不允許？」我不敢置信，從他懷中抽身。做愛之後的幸福感瞬間消散。「這話是什麼意思？」

「我的意思是說……」他繃緊下巴。「米莉跟妳一樣，不應該受他折磨。」

「她是個犯人！」

「聽聽看妳說的話。她也是人。」

我在床上坐起來，抓著毯子遮住胸部。恩佐呼吸沉重，脖子上冒出青筋。他會對這件事不高興，我也不能太怪他。但他什麼都不懂。

「我們得去警告她。」他堅定地說。

「不可能。」

「我去。」他下巴的一條肌肉跳了一下。「妳不告訴她，那就我來。我去警告她。」

淚水湧上我的眼眶。「你敢……」

「妮娜。」他搖搖頭。「我很抱歉。我……我不想傷害妳，但這樣是不對的。我們不能這樣對她。」

「你不懂。」我說。

「我懂。」

「不，」我說，「你不懂。」

第三部

她和她的他

Part III

HER AND HER SIGNIFICANT OTHER

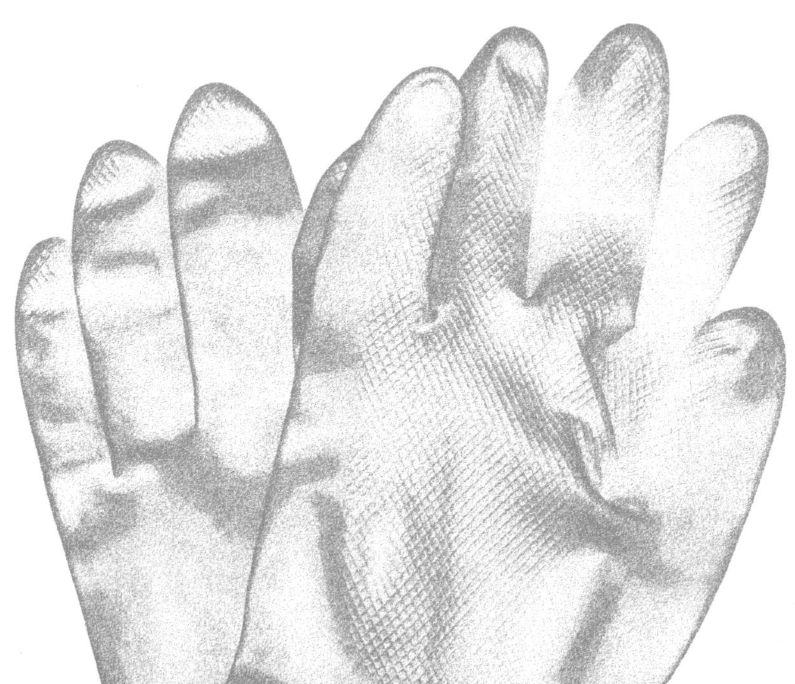

51 米莉

「安德魯？」我大喊。「安德魯！」

寂靜無聲。

我再次握住冰冷的金屬門把，使出全身力氣一轉，希望門鎖只是突然卡住。沒那麼好的事。門上了鎖。但怎麼會呢？

我只想得到一個可能：或許安德魯離開閣樓回自己房間睡時（我沒辦法完全怪他，畢竟這張床一個人睡都很不舒服，更何況是兩個人），不知不覺鎖上了門，忘了這裡已經不是儲藏室。人在半夢半醒時確實可能犯這種錯。

這表示我得打電話叫醒他，請他來幫我開門。雖然不想吵醒他，但我會被關在這裡都是他的錯。我才不要整晚困在這裡，再說我的膀胱快爆了。

我打開燈，這才看見房間地板中間擺了三本書。太奇怪了。我彎身察看，讀出精裝本上的書名：《美國監獄導覽》《酷刑的歷史》，另外一本是電話簿。

昨晚上床時，這些書還不在那裡。是安德魯帶上來放的嗎？是因爲反正明天早上我就要搬下樓，這個房間又可以改回當儲藏室了？這是唯一合理的解釋。

我把這幾本厚重的書踢開，尋找昨晚我放在梳妝台上充電的手機。但手機不見了。我明明記得我放那裡。

搞什麼鬼？

我抓起丟在地上的藍色牛仔褲，開始翻口袋。還是不見我的手機。跑去哪裡了？我焦急地拉開梳妝台的抽屜，尋找如今成了我的救生索的長方形小機器。我甚至掀起床單和被毯，心想會不會昨晚激情的時候弄丟了，最後我乾脆趴在地上看有沒有掉到床底下。

沒有。

我一定是把它丟在樓下，雖然我總覺得昨晚我在這裡用過手機。還是沒有？偏偏就在被鎖在這間該死的閣樓又想上廁所的時候，我竟然把手機忘在樓下。

我躺回床上，盡量不去想快爆掉的膀胱，但我不知道要怎麼再睡著。等到早上安德魯回來找我，我一定要臭罵他一頓，竟然這麼不小心把我鎖在這裡。

Δ　Δ　Δ

「米莉？妳醒了嗎？」

我倏地張開眼睛。我不知道自己是怎麼睡著了，但總之就是睡著了。天還沒全亮，小房間裡光線微弱，只有幾縷陽光從小窗戶透進來。

「安德魯。」我在床上坐起來，尿急的感覺更強烈。我急忙爬下床，搖搖晃晃走向門。「昨天晚上你把我鎖在這裡！」

門的另一邊沉默許久。我以爲會聽到他的道歉，或叮叮咚咚急忙找鑰匙開門放我出去的聲音。但完全沒有。他默不作聲。

「安德魯，」我說，「你有房間的鑰匙，對吧？」

「哦，我有。」他回答。

這一刻我開始有種不祥的感覺。昨晚我一直告訴自己這是意外。一定是意外。但突然間我沒那麼確定了。畢竟你要怎麼不小心把女朋友關在房間裡，一連好幾個小時都沒發現？「安德魯，可以請你幫我開門嗎？」

「米莉。」他語氣怪異，聽起來很不像他。「妳記得昨天妳拿了我書架上的書去看？」

「記得……」

「妳抽出幾本書，然後就把書丟在矮桌上。那些是我的書，妳卻沒有好好對待它們，對吧？」

我不知道他在說什麼。沒錯，我是拿了書架上的幾本書，最多就三本。也許後來我分心去做別的事，所以沒把書放回去。但那有什麼大不了嗎？他爲什麼聽起來那麼不高興？

「我……很抱歉。」我說。

「嗯。」他的語氣還是很奇怪。「妳說妳很抱歉，但這是我的房子，妳不能想怎樣就怎樣，完全不管後果。我以爲妳會比較懂分寸，畢竟妳是個女傭。」

聽到他用那種瞧不起人的語氣提起我的工作，我不由一縮，但只要能安撫他的情緒，我什麼話都願意說。「對不起。我不是故意要弄亂的。我會去收拾乾淨。」

「我已經收好了，妳動作太慢。」

「聽我說，你先開門，我們好好談一談？」

「我會開門，」他說，「但妳得先爲我做一件事。」

「什麼事？」

「有看到我放在地上的那三本書嗎？」

他放在房間地上的教科書昨晚差點把我絆倒，現在還擱在那裡。「有……」

「我要妳躺在地上，把書頂在肚子上面。」

「你說什麼？」

「妳聽到我說的了，」他說。「我要妳把那三本書頂在肚子上面，連續三個小時。」

我盯著門，想像安德魯臉上的扭曲表情。「你在開玩笑對吧？」

「完全沒有。」

我想不通他為什麼要這麼做。這不是我迷戀的安德魯。他也不像在跟我玩什麼詭異的遊戲。我不曉得他知不知道他把我惹毛了。「聽著，無論你想做什麼，無論你想玩什麼遊戲，至少先放我出去，讓我去上廁所。」

「我說的還不夠清楚嗎？」他咂了咂舌。「妳把我的書隨隨便便丟在客廳，我要妳付出代價。所以，現在我要妳拿起那幾本書，承受它們的重量。」

「我不要。」

「那真是遺憾。因為除非妳照我的話去做，不然就別想離開房間。」

「好吧。那我大概得尿在褲子上了。」

「如果妳需要方便，衣櫃裡有個水桶。」

剛搬進來的時候，我注意到衣櫃角落擺了個藍色水桶，當時我沒多想，也就這樣擱著。我去看了看衣櫃，水桶還在裡面。我快尿出來了，趕緊把腿夾緊。

「安德魯，我是說真的。我真的得去上廁所。」

「我剛才已經告訴妳解決方法。」

他不肯讓步。現在是什麼狀況，我實在想不通。腦袋有問題的一直是妮娜，安德魯一向明理，會在妮娜誣賴我偷她衣服時替我出頭。

難道他們兩個都瘋了嗎？還是他們是一國的？

「好吧。」要做就做吧。我在地上坐下來，拿起其中一本書，發出聲音好讓他聽見。「好了，我把書放在身上了。可以放我出去了嗎？」

「妳沒有把書放在身上。」

「我有。」

「不要騙我。」

我吐出一口怒氣。「你怎麼知道我有沒有躺下來？」

「因爲我看得到妳。」

我的頭皮發麻。他看得到我？我飛快掃視牆壁，尋找監視器。他監視我多久了？難道從我住進來就開始監視我？

「妳找不到的，」他說，「我藏得很好。別擔心，我沒有一直監視妳，我是幾個禮拜前才開始的。」

我從地上爬起來。「你到底有什麼毛病？我要你現在就放我出去。」

「聽好了，」安德魯平靜地說，「我不認爲現在妳有資格對我提出任何要求。」

我用力撞門，握拳猛敲門，一雙手變得又紅又痛。「我對天發誓，你最好現在就放我出去！這一點都不好玩！」

「嘿，嘿。」安德魯的平靜聲音打斷我的擂門聲。「別激動。我會放妳出去的，我保證。」

我放下手，任由雙臂垂向兩邊，拳頭陣陣作痛。「謝謝。」

「只是不是現在。」

我怒火中燒，雙頰發燙。「安德魯……」

「我把出來的方法告訴妳了，」他說。「這對妳所做的事來說，是非常合理的懲罰。」

我緊閉雙唇，氣到無法回應。

「我再給妳多點時間想一想好了。待會我再回來。」

我對天發誓，直到他的腳步聲消失在走廊上時，我都還覺得他一定是在開玩笑。

52 米莉

離安德魯上次出現已經過了一小時。

我用了水桶。過程我不想多談。總之後來我已經憋到極限，要是不用水桶，我就會尿在褲子上。至少可以說，這個經驗很難忘。

終於解放之後，我的肚子開始咕嚕嚕叫。我看了看小冰箱。通常我會在裡面放些優格之類的點心，但這幾天冰箱卻被清空，只剩下三小瓶水。我一口氣灌了兩瓶，但立刻就後悔了。要是他把我丟在這裡更久怎麼辦？或是更多天？我可能需要更多水。

我快速穿上牛仔褲和乾淨的T恤，然後看了看地上那三本書。安德魯說只要我把書頂在肚子上三小時，他就會放我出去。我不懂這個可笑的遊戲有什麼目的，但或許我應該乾脆乖乖照做。等他放我出去，我就可以逃走，永遠不再回來。

我在沒鋪地毯的地板上躺平。現在是初夏，閣樓裡悶得教人受不了，但地板還涼涼的。我躺在地板上，伸手去拿那本有關監獄的書。那是一本厚重的教科書，想必有兩、三公斤重。我把書放在肚子上。

雖然有重量，但還不到不舒服的程度。要是我解放之前先頂書，現在大概已經尿濕褲子，反正沒有想像中難。接著我拿起第二本書。

這本是講酷刑的書。我猜書名不全是巧合。或者是？誰知道。

我把第二本書放上肚子，這次更不舒服。兩本書加起來很重。我的肩胛骨和尾椎突出的地方抵到硬邦邦的地板。這樣並不好玩，但還可以忍受。

可是他要我頂三本書。

我拿起最後一本——電話簿。這本不只重，體積也大。身上已經壓了兩本書，我連要把它拿起來都有困難。試了兩次之後我終於把電話簿疊到肚子上。

三本書壓得我呼吸困難。兩本還可以，三本就很吃力，非常非常不舒服。要深呼吸很難，而且最下面那本書的稜角扎進我的胸腔。

不行，我沒辦法做到。沒辦法。

我把三本書推開，猛一吸氣，肩膀上下起伏。他不可能要我頂著三本書躺在地上好幾小時吧？可能嗎？

我站起來，開始在房間裡踱步。我不知道安德魯在玩什麼把戲，但別想要我聽他的。他要是不放我出來，我就自己想辦法。一定有辦法可以出去，這裡又不是監獄。

或許我可以想辦法鬆開門的鉸鏈，或是門把上的螺絲。安德魯在樓下車庫放了一個工具箱，現在我願意用任何東西去換那個工具箱。但是我的梳妝台抽屜裡也有很多東西，或許裡頭有什麼可以充當螺絲起子。

「米莉？」

又是安德魯的聲音。我暫停尋找工具，立刻衝向門。「我把書頂在身上了。拜託你放我出去。」

「我說要三個小時，妳只撐了大概一分鐘。」

我受夠這些鬼話了。「放、我、出、去。立刻馬上。」

「不然呢？」他笑道。「我已經說得很清楚。」

「辦不到。」

「那好吧。妳就繼續關在這裡。」

我搖搖頭。「所以你要讓我死在這裡？」

「妳不會死的。等水喝完，妳就知道自己該做什麼。」

這一次我幾乎聽不到他逐漸遠去的腳步聲，因為聲音都淹沒在我自己的尖叫聲裡。

Δ Δ Δ

我已經把三本書頂在肚子上兩個小時又五十分鐘。

安德魯說的沒錯。三瓶水都喝光之後，我想要離開這裡的渴望變得強烈無比。當瀑布的幻想開始在我眼前飛舞時，我就知道自己非完成他指定的任務不可。這當然無法保證他就會放我出去，但我希望他說到做到。

三本書壓在身上眞的很不舒服，但這次我不打算騙他。有幾個瞬間我覺得自己再多一秒都受不了，那三本書絕對會把我的骨盆腔壓壞，但接著我深呼吸一口氣（頂著三本可笑的書，盡我最大的努力），終於堅持到現在。快結束了。

等我離開這裡……

三個小時一到，我立刻把書從肚子上推開。終於解脫了，但試著坐起來時，我的腹部痛到逼出眼淚。之後肯定會淤青。儘管如此，我還是衝到門前狂敲門。「我做到了！」我大喊。「完成了！放我出去！」

他當然沒出現。或許他看得到我，但我不知道他在哪裡。在屋裡嗎？還是去上班了？都有可能。他掌握我的一舉一動，我卻完全不知道他的行蹤。

那個王八蛋。

過了一小時我才聽到門外響起腳步聲。我激動得想大叫。之前我並沒有幽閉恐懼症，但這次的經驗改變了我。我不確定以後我還有沒有辦法搭電梯。

「米莉？」

「我做到了，混蛋，」我對著門啐道。「把門打開放我出去。」

「嗯。」聽到他要死不活的語氣，我眞想勒住他的脖子用力一掐。「恐怕還不行。」

去。」

「可是你答應我了！你說如果我把那些書頂在肚子上三個小時，你就會放我出

「對。但問題是，妳早了一分鐘起來，所以恐怕得再重來一遍。」

我瞪大雙眼。如果我有可能變身成綠巨人浩克，一鼓作氣拆了房門，那就是現在。「開什麼玩笑。」

「很抱歉。但這就是規則。」

「可是……」我激動地說，「我沒有水了。」

「眞遺憾，」他嘆道。「下次妳得學會省著點喝。」

「下次？」我踢了門一腳。「你瘋了嗎？不會再有下次。」

「事實上，我不這麼認爲，」他若有所思地說。「妳還在假釋期間，對吧？要是妳偷了我們家的東西——我相信妮娜會證明我的說法——妳想妳會有什麼下場？只要一個差錯，妳就要回去吃牢飯！相反的，在這裡只有犯錯時才偶爾需要上來關幾天。這裡划算多了，妳說是吧？」

夠了，這就是我變身成綠巨人浩克的時刻。

「那麼，」他說，「我要回去工作了。相信妳很快就會非常口渴。」

Δ　　Δ　　Δ

這一次我撐了三小時又十分鐘。因爲我不想給安德魯任何藉口要我重來第三遍。那會要我的命。

這幾個小時我的肚子好像被人用拳頭痛毆一樣。痛死我了，一開始我甚至坐不起來，得先翻身側躺，用手臂把自己撐起來。頭也因爲缺水而陣陣作痛。我吃力地爬向床，拖著身體翻上床，坐在床上等安德魯出現。

過了半小時他的聲音才在門後響起。「米莉？」

「我完成了。」我說，已經氣若游絲，甚至站不起來。

「我看見了，」他說，語氣高高在上。「做得很好。」

接著，我聽到這輩子聽過最美妙的聲音。那是門鎖打開的聲音，甚至比我出獄時還美妙。

安德魯走進來，手裡拿著一瓶水。他把水遞給我，一瞬間我突然想到，他有可能在水裡下了藥，但我什麼都不管了，一口把水喝光。

他在我旁邊坐下，伸手摸我的腰際，我不由一縮。「妳還好嗎？」

「肚子好痛。」

他歪了歪頭。「我很抱歉。」

「是嗎？」

「做錯事就該學到教訓，只有這樣才會進步。」他的嘴唇在抽搐。「如果妳一開始就聽話，我就不用叫妳重做一遍。」

我抬起頭，打量他英俊的五官。我怎麼會愛上這個男人？他看似正常、和善、無可挑剔，我全然不知他竟然是個變態。他的目的不是要娶我，而是要把我變成他的囚犯。

「你怎麼知道我實際上躺了多久？」我問。「你哪有可能會看得這麼清楚。」

「剛好相反。」他從口袋拿出手機，點進某個應用程式。我的房間的清晰彩色畫面隨即填滿螢幕。我看到我們兩個一起坐在床上，解析度好得不可思議。螢幕上的我蒼白駝背，頭髮黏膩。「畫質很好吧？跟電影一樣。」

這個王八蛋。他整天看我在這裡受苦，而且擺明了這不會是最後一次，只不過下一次會更久。天知道他下次會逼我做什麼事。我已經當過一次囚犯，不會再讓這種事發生。休想。

所以我把手伸進牛仔褲口袋。

從裡頭拿出我在水桶裡找到的防狼噴霧。

53　妮娜

當初雇用私家偵探調查威廉米娜．卡洛威的過去時，我發現了很有趣的資訊。

原本以爲米莉是因爲吸毒或偷竊之類的罪名去坐牢，沒想到竟然是——殺人罪，跟我想的完全不同。

她被捕時才十六歲，十七歲入獄，所以偵探花了點工夫才挖出眞相。當時米莉在寄宿學校就讀，而且不是一般的寄宿學校，是專收問題青少年的寄宿學校。

有天晚上，米莉和一個朋友溜進男生宿舍參加派對。經過一間寢室時，她聽見朋友在門後喊救命的聲音。她走進陰暗的房間，看到一名同班同學（一個重達近一百公斤的橄欖球選手）正要對朋友霸王硬上弓。

於是米莉從桌上拿起一個紙鎭，朝著男生的頭打下去。打了一次又一次。男生還沒送到醫院就一命嗚呼。

偵探還弄到了照片。米莉的律師辯稱她是看到朋友被性侵才出手相救。但看了那些照片，你很難說服人相信她沒有要置他於死地。看得出來男生被打得頭骨碎裂。

最後她認罪，考慮到她的年紀和當下的狀況，以刑責較輕的過失致死罪求刑。男生的家屬也同意，他們雖然想替兒子報仇，但也不希望他在網路上被貼上「強暴犯」的標籤。

米莉則因爲其他事件接受了這個協議。她要是出庭，那些事就會浮上檯面。

米莉讀小學時，班上有個小男生曾用難聽的話罵她，兩人打起來，她把他從單槓上推下去，害他摔斷手，因此被學校退學。

上了國中，她把數學老師的輪胎刺破，因爲老師給她不及格。事發不久她就被送去寄宿學校。

出獄之後，這類事件還是不斷發生。米莉其實不是被酒吧解聘，而是被開除，因爲她揮拳打了同事的鼻子。

米莉外表看似溫柔可愛。安德魯看到的就是這樣的她，他也不像我還去調查她的過去，所以完全不知道她會做出什麼樣的事。

而事情的眞相是：

我原本想請個女傭來代替我的位置，心想只要安德魯愛上別的女人，他就會放我走。但這不是我雇用米莉的原因。這不是我把閣樓房間的鑰匙給她，還把那瓶防狼噴霧放在衣櫃的藍色水桶裡的原因。

我雇用她是爲了殺了他。

只是她並不知道。

54 米莉

防狼噴霧噴到他的眼睛時，安德魯大聲慘叫。

噴嘴離他的眼睛很近，所以量不少。接著我又追加按了第二次，同時不忘轉過頭，閉上眼睛。我可不想在這個節骨眼沾到辣椒水，雖然很難完全避開。

再度抬起眼睛時，只見他抓著臉，整張臉紅通通。他的手機從手中掉到地上。我彎身撿起，避免觸碰到任何東西。接下來二十秒絕不能出差錯。我花了六個小時計畫這一切，肚子上還頂著三本書。

站起來時，我的腿搖搖晃晃，但還能走。安德魯還在床上扭來扭去，趁他視力還沒恢復，我趕緊溜出門並把門關上。然後我拿出妮娜給我的鑰匙插進鎖孔，鎖上門，再把鑰匙放回口袋。我後退一步。

「米莉！」安德魯在門的另一邊大喊。「妳搞什麼鬼？」

我低頭看他的手機螢幕。我的手指在發抖，但還是找到「設定」，在手機自動鎖上之前關掉「鎖定螢幕」，這樣之後就不用再輸入密碼。

「米莉！」

我又退後一步，彷彿他能穿透門抓住我一樣。當然不可能。我在門外很安全。

「米莉。」他的聲音變得像低吼。「放我出去。現在。」

我的心臟在胸腔裡跳得好快。跟多年前我走進那間寢室，發現蓋兒西對著那個混帳橄欖球員鄧肯大叫「走開！」時的感覺一樣。鄧肯醉醺醺地傻笑。我杵了一下，滿腔怒火，身體卻無法動彈。他的塊頭比我和蓋兒西大很多，我不太可能把他從她身上拉開。房間裡很暗，我在桌上亂摸一通，直到碰到一個紙鎮，然後……

我永遠忘不了那天。抓起紙鎮去砸那個混蛋的腦袋瓜，直到他一動也不動，那種感覺眞好。就算因此坐好幾年的牢也幾乎值得了。畢竟誰知道我因此救了多少女生？

「我會放你出來，」我說。「只是不是現在。」

「開什麼玩笑。」明顯聽得出他聲音中的憤怒。「這是我的房子。妳不能把我關在這裡。況且妳還在假釋期間，我只要打電話報警，妳馬上就會被送回監獄。」

「對，」我說。「但手機在我手上，你要怎麼報警？」

我低頭看他的手機螢幕，清楚看到他站在那裡，甚至看得出他的臉被辣椒水噴得有多紅，還有臉上的淚痕。他摸摸口袋，然後用紅腫的眼睛掃視地板。

「米莉，」他用克制的聲音一字一字地說，「我要我的手機。」

我發出粗啞的笑聲。「我相信你很想要。」

「米莉，現在就把手機還給我。」

「嗯，我不認爲你現在有資格提出任何要求。」

「米莉。」

「等一下。」我把他的手機塞進口袋。「我要去找東西吃，馬上回來。」

「米莉！」

我穿過走廊下樓時，他還在喊我的名字。我沒甩他。反正他困在那個房間也不能幹麼，而我需要想想下一步該怎麼做。

我做的第一件事就是我剛剛說的——先到廚房灌兩大杯水，然後給自己做了一份波隆那三明治。不是阿波隆三明治，是波隆那，用白土司再加很多美乃滋。肚子裝了些食物之後，我覺得好多了，終於可以好好思考。

我拿起安德魯的手機。他還在閣樓房間裡來回踱步，像籠子裡的動物。如果眞放他出來，我不敢想像他會怎麼對付我。想到這裡我的後頸狂冒冷汗。看著螢幕上的他時，一則「媽」傳來的簡訊跳出來。

你要對妮娜申請離婚？

我回頭去看他們之前的簡訊往來。安德魯跟他母親說了他跟妮娜鬧翻的事。我得回她簡訊，不然她可能會親自跑來，那我就慘了。不能讓任何人懷疑安德魯有狀況。

對。現在正在跟我的律師討論。

安德魯的母親幾乎是秒回：

很好。我從來就不喜歡她。一直以來我對西西莉雅盡心盡力，但妮娜管教小孩很懶散，那丫頭根本被寵壞了。

我突然間同情起妮娜和西西莉雅。安德魯的母親從來不喜歡妮娜就夠糟了，但她怎能那樣說自己的孫女？我很好奇她所謂的「管教」指的是什麼。要是那跟安迪的「處罰」概念很像，我很慶幸妮娜沒採用她的方法。

打字回覆她時，我的手在發抖。

看來妳對妮娜的看法是對的。

現在我得去處理那個混蛋了。

我把他的手機塞回口袋，爬上二樓之後又一口氣爬到閣樓。到了樓梯口時，閣樓房間的腳步聲靜下來。他一定聽到我的聲音了。

「米莉」他說。

「我在這裡。」我僵硬地說。

他清了清喉嚨。「妳很清楚表達了妳的看法。我很抱歉這樣對妳。」

「是嗎？」

「對。現在我知道錯了。」

「這樣。所以你很抱歉？」

他又清清喉嚨才說：「對。」

「說出來。」

他一怔。「說什麼？」

「說你很抱歉對我做了糟糕的事。」

我看著螢幕上他的表情。他不想說，因爲他壓根不覺得抱歉。他唯一覺得抱歉的是給了我機會打敗他。

「我很抱歉，」最後他說。「非常非常抱歉。我對妳做了糟糕的事，以後再也不會了。」他停頓片刻。「那麼，妳要放我出去了嗎？」

「會的。」

「謝謝。」

「只是不是現在。」

他猛吸一口氣。「米莉……」

「我會放你出來。」我平靜的聲音掩飾了怦怦狂跳的心臟。「但在那之前，你必須為你對我做的事受到懲罰。」

「別跟我玩這種遊戲，」他怒吼，「妳沒那種膽子。」

這傢伙太天真了。要是他知道我曾經用紙鎮把一個大男人活活打死，就不會這樣對我說話。但我敢打賭妮娜知道。「我要你躺在地上，把那三本書頂在身上。」

「別這樣，太可笑了。」

「等你做到，我就會放你出去。」

安德魯抬起眼睛注視鏡頭。以前我總覺得他的眼睛很美，但當他看著我的時候，那雙眼睛充滿了怨恨。不是我，我提醒自己。他看的是攝影機。「好吧，就聽妳的。」

他在地上躺下來，一一拿起那三本書疊在肚子上，跟我短短幾小時前一樣。但他比我高大強壯，就算頂著三本書看起來也沒有太難受。

「高興了嗎？」他大聲問。

「下面一點。」我說。

「什麼？」

「把書移下面一點。」

「我不知道妳是什麼——」

我把額頭貼在門上，說：「你很清楚我的意思。」

即使隔著門，我都能聽到他猛吸一口氣的聲音。「米莉，我沒辦法——」

「如果你想出來，就得這麼做。」

我低頭看他的手機螢幕，觀察他的一舉一動。他把書往下移，剛剛好就壓在他的生殖器上。剛剛他看起來沒有很不舒服，現在就不同了。他五官扭曲，表情痛苦。

「老天啊。」他倒吸一口氣。

「很好，」我說。「就這樣保持三個小時。」

55 米莉

坐在沙發上看電視，等著三小時過去時，我想到了妮娜。

一直以來我都以爲發瘋的人是她，現在我不知道該怎麼想了。把防狼噴霧留在房間給我的人一定是她，她早就猜到安迪會這樣對我。因此我不禁想，她一定也受過他的折磨，說不定還很多次。

妮娜眞的吃過我的醋嗎？或者她只是在演戲？我仍然不太能確定。我雖然有點想打給她問清楚，但又覺得不妥。想當初我殺了鄧肯之後，蓋兒西從此不再跟我說話了。我不知道爲什麼，畢竟我是爲了她才殺他的。誰叫他霸王硬上弓。但之後再見到我過去最好的朋友時，她卻用嫌惡的眼神看我。

從來沒有人懂我。因爲刺破卡瓦諾老師的輪胎而惹上麻煩時，我曾試著跟我媽解釋，那是因爲老師威脅我要是不讓他摸，就要把我的數學當掉。她不相信我。沒人相信。後來我一直惹麻煩，她就把我送去寄宿學校。結果也沒有比較好。寄宿學校事件過後，他們就跟我斷絕了關係。

出獄之後，我終於找到一份像樣的工作，卻又碰到那個一逮到機會就摸我屁股的酒保蓋爾。所以有一天，我一個轉身直接賞他的鼻子一拳。他之所以沒告我，是因爲覺得被女生揍很丟臉。但他們叫我不用去了，之後不久我就開始以車爲家。

我唯一能信任的人就是我自己。

我打了個呵欠，關掉電視。過了三小時，安德魯還躺在地上沒動。他很聽話，但一定氣炸了。我慢慢爬上頂樓，才剛到就看到他把書從生殖器上推開。有一瞬間他躺在地上直不起腰。

「安德魯？」我叫他。

「幹麼？」

「你還好嗎？」

「妳覺得呢？」他恨恨地說。「放我出去，妳這個賤人。」

他不像我上一次來的時候那麼平靜和高傲。很好。我靠著門，看著螢幕中的他。

「我可不喜歡聽難聽的話。我還以爲既然你得靠我幫你開門，你會對我客氣一點。」

「放我出去。」他在地上坐起來，雙手抱頭。「我對天發誓，要是妳不放我出去，我就要殺了妳。」

他說得這麼輕鬆自然。**我就要殺了妳**。我盯著手機螢幕，不禁懷疑有多少女人待過這個房間，會不會有人曾經死在裡面？

感覺完全有可能。

「放輕鬆，」我說。「我會放你出去的。」

「很好。」

「只是不是現在。」

「米莉……」他大吼。「我都照妳說的做了。三個小時。」

「三個小時？」我豎起眉毛，即使他看不到。「你竟然會聽成三小時，我明明說五個小時。恐怕你得從頭開始了。」

「五個……」我好愛彩色螢幕，可以欣賞他臉色發白的樣子。「我沒辦法，沒辦法再多五個小時。得了，妳一定要放我出去。遊戲結束了。」

「沒得商量，安德魯，」我耐著性子說。「如果你想出去，你就得再把那三本書頂在小弟弟上面五個小時。看你囉。」

「米莉，米莉。」他的呼吸變紊亂。「聽我說，事情永遠有商量的空間。妳想要什麼？我可以給你錢。只要妳放我出去，我馬上給妳一百萬。怎麼樣？」

「不要。」

「兩百萬。」

開空頭支票對他來說很容易。「恐怕不行。現在我要睡了，或許早上見吧。」

「米莉，別這麼不講理！」他的聲音啞掉。「至少我有留水給妳。不能讓我喝點水嗎？」

「恐怕不行，」我說。「或許下次你應該多留些水給你關起來的女生，這樣才有剩的可以留給你。」

說完我就穿過走廊下樓，不停聽到他大喊我的名字。一到臥房我立刻上網查：**人不喝水可以撐多久？**

56 妮娜

我到營隊接西西莉雅，好久沒有看過她那麼開心了。她跟在這裡認識的新朋友走在一起，圓圓的小臉散發著光芒，肩膀和臉頰都曬黑了，手肘有個小擦傷，上面貼的ＯＫ繃一半掉下來。這次她沒穿安迪逼她穿的可怕蛋糕裙，而是穿著舒服的短褲和Ｔ恤。如果她從此再也不穿連身裙，我會很高興。

「嗨，媽！」她蹦蹦跳跳跑向我，馬尾在身後擺盪。蘇珊曾說，他們家的老么開始喊她「媽」而不是「媽咪」時，她的心像被刺了一刀。但我很欣慰西西長大了，因爲這表示很快他就無法再控制她。控制我們。「妳提早到了！」

「對……」

她的頭已經到我的肩膀。她來這裡幾天就長高了嗎？她張開細瘦的手臂抱住我，頭靠在我的肩膀上。「我們要去哪裡？」

我微微一笑。當初西西打包時，我叫她多帶些衣服，因爲我不確定我們會不會直接回家。說不定之後我們會去別的地方，所以我的後車廂還有一些她的行李。

我不確定能不能成眞，一切會不會按照計畫進行。每次想到這裡，我都會淚水盈眶。我們自由了。

「妳想去哪裡？」我問。

她歪了歪頭。「迪士尼樂園！」

我們可以去加州。我很樂意跟安德魯．溫徹斯特拉開三千哩遠的距離，以免哪天他又覺得我們應該復合。

以免米莉沒有完成我希望她做的事。

「那就這麼辦！」我說。

西西的臉色一亮，開心地跳上跳下。她仍然保有孩子單純的快樂，還有活在當下的能力。安迪沒有把這些完全從她身上偷走。至少還沒有。

但她突然停下來，臉色變凝重。「那爸呢？」

「他沒有要來。」

她鬆了口氣的表情反映了我的心情。就我所知，他從來沒有動她一根汗毛，我也一直非常注意。我的孩子哪怕只有一點可疑的淤青，我都會要恩佐去殺了他。但至今從來沒有過。儘管如此，西西知道有時她做錯事會害我被處罰。她很聰明。

當然了，在父親面前永遠得表現得十全十美，這就表示他不在的時候她就會加倍任性。除了我，其他大人她都不相信，而且有時她很難伺候。之前就有人說她被寵壞了，但那不是她的錯。我女兒有顆善良的心。

西西跑回小木屋拿行李。我跟著她走過去，但皮包裡的手機突然響起。我從亂七八糟的皮包裡摸出手機。是恩佐。

我掙扎著該不該接起。恩佐幫助我重生，而且我不能否認跟他度過了難忘的一夜，但我已經準備要放下那部分的人生。我不知道他找我做什麼，也不確定我想不想知道。

但無論如何我都應該接他的電話。

「喂？」我稍微壓低聲音。「什麼事？」

恩佐的聲音低沉而嚴肅。「我們需要談一談，妮娜。」

從我有生以來，每次聽到這句話從來不會有好事。

「談什麼？」我問。

「妳必須回來這裡。回來幫幫米莉。」

我哼了一聲。「不可能。」

「不可能？」之前我聽過恩佐發過脾氣，但從來不是衝著我來。這是頭一次他對我提高聲量。「妮娜，她有危險。是妳讓她陷入困境。」

「對，因爲她跟我丈夫睡覺。難道我應該同情她嗎？」

「是妳把她推進陷阱！」

「她不一定要上鉤啊，沒人強迫她。總之，她不會有事的。當初我跟安迪結婚之前，有好幾個月他也沒對我怎麼樣，」我不耐煩地說。「離婚之後我會寫封信警告她，可以嗎？在他們結婚之前。」

他在電話另一頭沉默了片刻。「米莉三天沒出門了。」

我的視線飄向西西莉雅的那間小木屋。她還在裡頭收行李，大概邊跟新朋友閒聊。我看看四周來接小孩的家長，急急跑到旁邊，把聲音壓得更低。「什麼意思？」

「我擔心她，所以在她的車子輪胎上做了紅色記號。已經三天了，記號還在同一個位置上。她已經三天沒出門。」

我吁了口氣。「恩佐，那不代表什麼，也許他們兩個一起出去玩了。」

「不是。我看過他開車出去。」

我兩眼一翻。「所以或許他們坐同一台車，又或許她只是不想開車而已。」

「閣樓的燈亮著。」

「閣……」我清清喉嚨，跟其他家長又拉開一步的距離。「你怎麼知道？」

「我去了後院。」

「在安迪開除你之後？」

「我得去確認看看，可以嗎？上面有人。」

我緊緊抓住手機，用力到手指都痛了起來。「那又怎樣？閣樓是她的房間。她在上面有什麼大不了嗎？」

「我不知道。妳說呢？」

我突然一陣暈眩。當初計畫讓米莉取代我，後來甚至希望她殺了那個混蛋的時候，我其實沒有想得太透徹。我把防狼噴霧留給她，還把房間鑰匙給她，以爲這樣她就不會有事。如今我發現自己可能犯了大錯。我想像她被關在閣樓的房間裡，不得不忍受安迪爲她安排的苦刑。想到這裡我渾身不舒服。

「那你呢？」我問。「你爲什麼不進去看一看？」

「我按了門鈴，沒人應門。」

「花盆底下的鑰匙呢？」

「不在那裡。」

「那——」

「妮娜，」恩佐怒道，「難道妳要我破門而入嗎？妳知道要是我被逮到，會有什麼下場嗎？妳有鑰匙，本來就有權利開門進去。我可以跟妳一起去，但不能自己闖進門。」

「可是——」

「全部都是藉口！」他激動地說。「我不敢相信妳眼睜睜看著她跟妳受一樣的苦。」

我又抬頭看了一眼西西莉雅的小木屋。她吃力地拖著身後的行李，正要走出來。

「好吧，」我說。「我會回去，但是有一個條件。」

57 米莉

隔天早上在客房醒來時，我第一件事就是找安德魯的手機。

我點進閣樓攝影機的應用程式，畫面立刻跳出來。我盯著畫面，血液瞬間凝結。房間一片死寂，安德魯不在裡面。

他逃出去了。

我抓住左手的毯子，快速掃視房間，尋找他的蹤影。會不會躲在陰影底下？窗戶突然動了一下，我差點心臟病發，結果發現是小鳥。

他在哪裡？他是怎麼逃出去的？難道有什麼我不知道的防出錯按鈕？或是有他不小心被困在裡面時可以逃走的方法？不太可能。畢竟他把書壓在胯下連續好幾個鐘頭。要是他可以逃出來，何必要自討苦吃？

無論如何，如果他逃出了房間，現在一定氣瘋了。

我得離開這棟房子。馬上。

我低頭看手機，發現螢幕上有東西在動。我慢慢吐出一口氣。安德魯還在房間裡。他人在床上蓋著被子，一動也不動，所以我才沒看到他。

我把影片倒轉，看見安德魯躺在地上，表情痛苦地頂著三本書。總共五個小時。他撐了五個小時，所以如果我說話算話，等一下就得放他出來。

我不慌不忙做好準備，先去沖了很久的熱水澡。熱水流過我的身體時，緊繃的脖子瞬間放鬆。我知道接下來該怎麼做了。我準備好了。

我穿上舒服的T恤和牛仔褲，把金褐色頭髮往後紮成馬尾，再將安德魯的手機塞進口袋。然後我拿起昨天從車庫找來的工具，塞進另一個口袋。

我爬上吱嘎作響的樓梯，往閣樓前進。因爲來回太多次，我發現不是每一階都會吱嘎響，只有特定幾階。比方第二階特別大聲，還有最上面一階。

爬到頂樓之後，我叩叩敲門。從手機上的彩色影像看來，他沒下床。

我的頸根一緊，內心不安。安德魯已經大概十二個小時沒喝水，現在想必很虛弱。我還記得昨天自己口渴難耐時的感覺。要是他失去意識了，我該怎麼辦？但接著我看見他動了動，然後奮力坐起來，用手揉揉眼睛。

「安德魯，」我說，「我回來了。」

他抬起眼睛直視鏡頭。我渾身一顫，想像要是我打開門他會怎麼對付我。他一定會抓住我的馬尾把我拖進房間，狠狠把我修理一頓才肯放過我。甚至會不會放過我都很難說。

他搖搖晃晃站起來，走向門，然後癱在門邊。「我完成了。放我出去。」

是啊。對。

「是這樣的，」我說：「前一天晚上的影片不見了。很教人沮喪，對吧？所以你恐怕得——」

「**我不要再重來**。」他臉色微紅，但不是因爲防狼噴霧。「妳現在就得放我出去。我沒在跟妳開玩笑。」

「我會放你出去。」我頓了頓。「只是不是現在。」

安德魯後退一步，盯著門看，然後又後退一步，再一步。最後他開始助跑。他狠狠用身體去撞門，門上的鉸鏈隨之震動，但門還是沒被撞開。

接著，他又開始後退。該死。

「聽著，」我說，「我會放你出去。你只要再做一件事。」

「去死吧。我不相信妳。」

他又開始撞門。門隨之晃動，但沒有裂開。這房子還算新，而且蓋得很好，我懷疑他有辦法把門撞開。在他狀況最好、沒有脫水的時候或許有可能，但不是現在。而且從裡面要把門撞開很難，因爲鉸鏈在那一邊。

他的呼吸變沉重。只見他靠在門上喘氣，臉甚至比之前還紅。我不認爲他有可能把門撞開。「妳要我做什麼？」他邊喘邊問。

我從口袋掏出我從車庫拿來的工具。一把鉗子。是在安德魯的工具箱裡發現的。

我把鉗子從門縫底下滑進去。

他在門的另一邊伸手撿起鉗子，翻來翻去查看，眉頭緊皺。「我不懂。妳想要我做什麼？」

「呃，」我說，「要知道你頂書頂多久太難了，這樣比較容易，一次見真章。」

「我不懂。」

「很簡單。如果你想出去，只要拔下一顆牙齒就行了。」

我看著螢幕上安德魯的表情。他的嘴唇往下拉，憤怒地把鉗子摔在地上。「開什麼玩笑。妳做夢，不可能。」

「我認爲，」我說，「再幾個小時沒喝水，你可能就有不同的感覺。」

他又退後幾步，使出全身的力氣死命去撞門。門同樣只是晃，沒有移動。我看到他舉起拳頭猛搥木門。

安德魯發出痛苦的狂嗥。老實說，他乾脆直接拔牙還比較輕鬆。我之前工作的酒吧有個傢伙喝醉了跑去打牆壁，結果把手打到骨折。安德魯要是落到同樣下場我也不意外。

「放我出去！」他對我大吼。「他媽的立刻放我出去！」

「我會放你出去。你知道該怎麼做。」

他用左手扶著右手，整個人跪在地上，直不起腰。我看著螢幕上的他用左手拿起鉗子。當他把鉗子伸向嘴巴時，我屏住呼吸。

他眞的要動手？太可怕了。我閉上眼睛，不敢看。

我聽見他發出慘叫聲。當年我把紙鎮往鄧肯的腦袋瓜砸下去時，他也發出同樣的聲音。我倏地睜開眼睛，安德魯還在螢幕上。只見他跪在地上，低著頭，像小嬰兒一樣嚎啕大哭。

他已經瀕臨崩潰，無法再忍受一分一秒。爲了離開這個房間，他甚至願意硬生生拔掉自己的牙齒。

他不知道的是，這還只是剛開始。

58 妮娜

不太對勁。

才把車停在安德魯的房子前，我就感覺到了。那棟屋子裡發生了可怕的事，我全身上下每個細胞都感覺到了。

我答應回來，但有一個條件：恩佐要陪在西西身邊，用生命保護她。除了他，我不放心把女兒託付給任何人。這鎮上的很多媽媽我雖然都認識，但她們每一個都被我丈夫騙得團團轉，我沒有把握她們不會把西西交給他。

但這就表示我只能獨自一人前來。

我離開這裡才不過一個禮拜前的事，卻感覺好像過了一輩子。我把車停在柵門外的街上，米莉的車子後面。我蹲在她的車子後面查看恩佐在她的汽車輪胎上做的紅色記號。還在。位置跟昨天和前天都一樣嗎？我不知道。

「妮娜？是妳嗎？」

是蘇珊的聲音。我直起身，往後退，跟米莉的車拉開距離。她站在人行道上，歪著頭疑惑地看著我。上次看到她時，她已經瘦得像皮包骨，但這次看起來甚至更瘦。

「都還好嗎，妮娜？」蘇珊問。

我硬擠出微笑。「很好啊。怎麼會不好？」

「前幾天我們本來應該一起吃午餐，但妳沒來，所以我想說順道來看看妳。」

慘了。我跟蘇珊每週的午餐之約。假如這種生活有我毫不留戀的地方，那就是它了。「抱歉，我大概是忘了。」

蘇珊噘起嘴。我永遠忘不了我把安迪對我做的一切向她坦承，她表面上對我無限同情，但一轉身就出賣我的事。她寧可相信他，也不願意相信我。這種背叛你一輩子都忘不了。

「我聽說了一個可怕的傳聞，」她說。「聽說妳搬了出去。他們說妳離開了安迪，還是他……」

「爲了女傭甩了我？」看見蘇珊的表情，我就知道自己猜中了。全鎮的人都在討論我們的事。「沒這回事，看來是亂傳的八卦。我只是去營隊接西西回家而已。」

「哦。」蘇珊的臉上閃過失望的表情。她本來期待會聽到一些刺激聳動的消息。「那太好了。我本來還很擔心妳。」

「沒什麼好擔心的。」我笑到臉頰都痛了。「我開了好久的車，所以如果妳不介意……」

蘇珊目送我從人行道走向前門。我相信一定有很多問題在她腦中打轉，比方如果我是去營隊接西西莉雅，那她人呢？還有我爲什麼不把車停進車庫，而是停在街上？但我沒時間跟這個討厭的女人解釋那麼多。

我得去弄清楚米莉和安迪發生了什麼事。

房子一樓是暗的。上次我是被安迪趕出去的，所以我決定不直接開門進去，先按門鈴，等人來開門。

過了兩分鐘，還是沒人來應門。

最後我只好從皮包拿出鑰匙圈。這個動作之前我做過無數次：撈出鑰匙圈，找到上面刻著字母A的銅鑰匙，插進鎖孔，門應聲打開。

不意外的是，屋裡一片陰暗，鴉雀無聲。

「安迪？」我大聲喊。

沒人回答。

我走去車庫門，推開門看見安迪的BMW還在。這當然不能排除安迪和米莉一起出遊的可能。他們可能搭計程車去拉瓜地亞機場，安迪經常這麼做。我敢說他們會臨時起意想去度個假。

只不過我心裡知道不是這麼一回事。

「安迪？」我又喊，這次更大聲。「米莉？」

沒聲音。

我走去樓梯口，抬頭看看二樓有無動靜，但什麼也沒有。儘管如此，我總覺得有人在裡面。

我開始爬上樓，兩腿在發抖，隨時可能會不聽使喚，但還是硬著頭皮爬到二樓。

「安迪？」我嚥嚥口水，喉嚨像有東西卡住。「有人嗎……有人在嗎……」

還是沒人回答，於是我開始查看房間。主臥室，空的。客房，空的。西西的房間，空的。家庭電影院，也是空的。

只剩下一個地方還沒檢查。

通往閣樓的樓梯門開著。這段樓梯的燈光一向很暗。我抓住欄杆，抬頭往頂樓看。有人在上面，我很確定。

米莉一定被關在裡面。安迪一定對她下手了。

但安迪人呢？如果他不在家，他的車子爲什麼會在？

我爬上十四階樓梯到頂樓，一雙腿差點要支撐不住。走廊的盡頭就是在這段婚姻裡讓我吃過不少苦頭的房間。房間裡亮著燈，光線從門縫底下透出來。

「別擔心，米莉，」我低喃，「我來救妳了。」

恩佐說的對。一開始我就不該把她丟在這裡。我以爲她比我堅強，但我錯了。現在不論她出了什麼事我都會於心不安。希望她沒事。我要帶她離開這裡。

我從皮包摸出閣樓房間的鑰匙，把鑰匙插進鎖孔，門在我面前打開。

59 妮娜

「我的天啊。」我輕呼。

閣樓房間的燈亮著，跟我想的一樣。兩個電燈泡在天化板上閃爍。電燈泡該換了，但還是可以看見安迪在裡面。

曾經是安迪的那個人，應該說。

整整一分鐘的時間，我整個人目瞪口呆。然後我往前傾，開始乾嘔。幸好今天早上我太緊張，吃不下早餐。

「哈囉，妮娜。」

聽到背後響起聲音，我差點心臟病發。眼前的畫面太教人震憾，以致我根本沒聽見樓梯傳來的腳步聲。我扭過身，看見米莉抓著防狼噴霧對著我的臉。

「米莉！」我倒抽一口氣。

她的手在顫抖，臉色慘白。這感覺很像在照鏡子，只不過她的眼睛燃燒著熊熊怒火。

「把防狼噴霧放下，」我盡可能平靜地說。她沒有照做。「我不會傷害妳，我保證。」我瞥了一眼地上的人又回頭看她。「他在這裡多久了？」

「五天？」她聽起來像失了魂。「還六天？我也搞不清楚。」

「他死了。」我只是單純陳述一件事，但說出口時卻更像一個問題。「他死多久了？」

米莉手上的防狼噴霧還是對著我，我不敢動作太快。這女孩有什麼能耐，我很清楚。「妳覺得他眞的死了嗎？」她問。

「我可以檢查看看，如果妳同意？」

她遲疑片刻，然後點點頭。

我動作很慢，因爲不想被噴辣椒水，我太清楚那是什麼樣的感覺。我在我丈夫的屍體旁邊蹲下來。他看起來不像還活著。眼睛睜開，雙頰凹陷，嘴巴開開，胸口毫無起伏。但最可怕的是他嘴巴周圍和白色襯衫上乾掉的血。看得出來他少了好幾顆牙齒。我忍住想吐的衝動。

儘管如此，當我伸手去摸他脖子上的脈搏時，還是很怕他會突然抓住我的手。實際上並沒有，他一動也不動。按他的脈搏時，我什麼也沒摸到。

「他走了。」我說。

米莉凝視我半晌，然後放下手中的防狼噴霧，一屁股坐在單人床上，把臉埋進雙手，彷彿直到這一刻才發現事情的嚴重性，才知道自己做了什麼。

「天啊，怎麼辦……」

「米莉……」

「妳知道這代表什麼。」她抬起充血的眼睛看著我。憤怒消失了，只剩下恐懼。

「完了。我要回去坐一輩子的牢了。」

她無聲地流淚，雙肩顫抖，跟西西莉雅不想要任何人知道她在哭的時候一模一樣。米莉突然間看起來年幼無比。她還只是個孩子。

就在這一刻，我下定了決心。

我在床上坐下來，輕輕地摟住她的肩膀。「不會的，妳不會去坐牢。」

「妳在說什麼？」她抬起布滿淚痕的臉。「我殺了他！我把他關在這個房間一個禮拜見死不救！這樣怎麼可能不會去坐牢？」

「因爲，」我說，「妳人根本不在這裡。」

她用手背擦去眼淚。「妳說什麼？」

親愛的西西，請原諒我接下來要做的事。「妳離開這裡，然後我會告訴警察我在這裡待了一個禮拜。我會跟他們說我放妳一個禮拜的假。」

「可是——」

「這是唯一的辦法，」我打斷她的話。「我還有機會，妳沒有。畢竟我……曾經因爲精神問題住院治療，最糟的狀況就是……」我深吸一口氣。「回精神病院。」

米莉皺著眉頭，鼻子微紅。「防狼噴霧是妳留下來給我的，對吧？」

我點點頭。

「妳希望我殺了他。」

我又點頭。

「妳爲什麼不乾脆自己動手？」

我希望這個問題有個簡單的答案：我擔心被抓；擔心要坐牢；擔心女兒會失去媽媽。

但追根究柢的原因是：我下不了手，我沒有殺他的勇氣。而且我做了一件可惡的事：我誘騙米莉對他下毒手。

而她眞的殺了他。

要是我不想辦法幫她，她可能會爲了這件事賠上大半人生。

「趁還能走的時候妳快走吧，米莉。」淚水刺痛我的眼睛。「走。免得我改變心意。」

她聽一次就懂了，立刻爬起來奪門而出，腳步聲消失在樓梯間。接著，前門砰一聲關上，剩下我一個人——還有用死氣沉沉的眼睛盯著天花板的安迪。結束了。眞的結束了。現在只剩下一件事。

我拿起手機報警。

60 妮娜

我肯定會被雙手上銬帶出去。我想不出有其他的可能。

我抱著膝蓋坐在皮沙發上，等著警探下樓，心裡想著這會不會是我最後一次坐在這裡。我的皮包擱在矮桌上，我衝動地抓起皮包。或許我應該靜靜坐在原地，像個聽話的命案嫌犯，但我忍不住拿出手機，點入最近的通話紀錄，選擇最上面的一筆號碼。

「妮娜？怎麼了？」恩佐憂心忡忡地問。「那裡發生了什麼事？」

「警察還在這裡，」我哽咽地說。「我……情況看起來不妙。對我不妙。他們認爲……」

我不想把那幾個字說出口。他們認爲是我害死了安迪。不是直接動手殺了他。安迪是脫水而死，但他們覺得我難逃責任。

我雖然可以爲自己脫困，跟他們說米莉的事，但我不會這麼做。

「我去替妳作證，」他說，「證明他對妳做的事。我親眼看見妳被關在那裡。」

他是眞心的。爲了救我，他什麼都願意做。但一個八成會被渲染成我的祕密情人的男人說的證詞，會有多少份量？況且我甚至無法否認。我確實跟恩佐上了床。

「西西還好嗎？」我問。

「她都好。」

我閉上眼睛，試著穩住呼吸。「她在看電視嗎？」

「電視？沒有沒有，我在教她義大利文。她很有天分。」

儘管發生了這麼多事，我還是笑了，雖然很微弱。「我可以跟她說說話嗎？」

電話另一邊停了一下，接著響起西西的聲音：「Ciao，媽媽！」

我忍不住哽咽。「哈囉，親愛的，妳還好嗎？」

「Bene（我很好）。妳什麼時候要來接我？」

「很快，」我說了謊。「繼續學義大利文，我會盡快過去的。」我深吸一口氣。

「我……我愛妳。」

「我也愛妳，媽！」

康諾斯警探在這時候走下樓，腳步聲大如槍砲聲。我把手機塞回皮包，再把皮包丟回矮桌上。他顯然更仔細查看了安迪的屍體，我很確定他會有全然不同的問題要問我。他在我對面坐下來時，臉上的表情說明了一切。

「所以，」他說，「妳知道妳先生身上的淤青是怎麼來的嗎？」

「淤青？」我問，真正感到困惑。我知道他缺了好幾顆牙，但我沒進一步追問米莉閣樓上發生了什麼事。

「他的下腹有一大片深紫色淤青，」康諾斯說，「還有……生殖器上。紫到發黑。」

「哦……」

「妳認爲那些淤青是怎麼弄的？」

我揚起眉毛。「你覺得是我把他打成那樣？」這個想法本身就很可笑。安迪比我高很多，而且肌肉結實，我剛好相反。

「我不知道上面到底發生了什麼事。」他直視我的眼睛，我努力不別過頭。「照妳的說法是，妳丈夫不小心把自己鎖在閣樓，而妳剛好又沒發現他不見了。是這樣嗎？」

「我以爲他去出差了，」我說。「他通常都搭計程車去機場。」

「而這段期間你們沒傳簡訊也沒通電話，妳都不會擔心嗎？」他指出。「此外，看他跟妳公婆的簡訊往來，妳丈夫似乎上禮拜就要妳搬出去。」

這點我無法否認。「沒錯，所以我們才沒有說話。」

「那威廉米娜・卡洛威這個人呢？」他從口袋拿出一本小筆記本查看。「她不是替你們工作嗎？」

我抬起一邊肩膀。「我放了她一星期的假。我女兒去參加營隊，所以我想應該不需要她幫忙。我整個禮拜都沒看到她。」

他們一定會設法聯絡米莉，但我會盡我所能讓她擺脫嫌疑。當初是我把她拉進來的，這是我起碼能爲她做的事。

「所以妳的意思是說，一個大男人竟然不小心把自己鎖在閣樓裡，而且沒帶手機，即使閣樓房間只能從外面上鎖？」康諾斯的眉毛快都快豎到頭頂。「而且他在房間的時候突然決定要拔出四顆牙？」

這麼聽來……

「溫徹斯特太太，」警探說，「妳眞的相信妳丈夫是會做出這種事的人嗎？」

我往沙發一靠，試圖掩飾自己的身體抖得多厲害。「有可能。你並不認識他。」

「事實上，」他說，「那可不一定。」

我猛然抬起頭。「妳說什麼？」

天啊。愈來愈不妙。這名警探一頭黑髮漸灰，年紀跟公公的高爾夫球友相當——或許他是溫徹斯特家族慷慨贊助的對象。我的手腕開始微微刺痛，擔心待會就要被戴上手銬。

「我跟他沒有私交，」康諾斯說，「是我女兒。」

「你……女兒？」

他點點頭。「她叫凱薩琳．康諾斯。世界眞小，很久以前她跟妳丈夫訂過婚。」

我一臉驚訝。凱薩琳。安迪跟我在一起之前曾經有個未婚妻，後來不知爲什麼分手。就是這個凱薩琳。我試著找過她很多次，但每次都無功而返。凱薩琳是他的女兒。但這代表什麼？

他壓低聲音，我得伸長脖子才聽得清楚。「那次分手把她傷得很重，但她不肯談，到現在都是。後來她搬到很遠的地方，甚至改了名字，之後也不再跟男人交往。」

我的心跳加速。「哦。我……」

「我一直想知道安德魯．溫徹斯特究竟對我女兒做了什麼。」他抿著嘴，直到嘴唇變成一直線。「所以一年前我調到這裡之後就開始四處打聽。聽到妳說他把妳關在閣樓上，我認爲很有意思，可是卻沒人能證明妳說的是事實。不過老實說，大家似乎也沒想要去證明。溫徹斯特夫婦搬去佛羅里達之前，在這裡很有影響力，尤其是對某些條子。」他頓了頓。「但不是我。」

我的嘴巴好乾，說不出話，只能目瞪口呆地看著他。

「依我看，」他說，「那個閣樓很危險，很容易就被反鎖在裡面。」他往後一靠，聲音恢復正常音量。「很遺憾妳丈夫發生那樣的事。我相信我們負責驗屍的同仁也會這麼認爲。這個事件應該能提醒民眾防範這類危險，妳說對吧？」

「對，」我終於發出聲音，「是的。」

康諾斯警探深深注視我最後一眼，之後就上樓加入同事的行列。這一刻我才意識到一件不可思議的事。

我不會被戴上手銬帶走了。

61 妮娜

我從沒想過會有爲安迪守靈的一天。

我想過各種結束這一切的方式，卻從沒想過會以安迪死去劃下句點。我很清楚自己沒有勇氣殺了他，就算眞的動手，他也彷彿金剛不壞之身，永遠打不倒也死不了。即使現在，當我低頭看著躺在楓木棺材裡他那英俊的臉龐和緊閉的嘴唇（遮住米莉逼他硬生生拔下來的四顆牙齒）時，我都覺得他會突然睜開眼睛，死而復活，再嚇大家最後一次。

妳眞以爲我死了嗎？哈，嚇到了吧——我沒死！上去閣樓，妮娜。

我不要。絕對不要。

死也不要。

「妮娜。」一隻手按住我的肩膀。「妳還好嗎？」

我抬起雙眼。是蘇珊，我以前最好的朋友，那個聽我說完安迪的變態行爲之後，直接把我交到他手中的女人。

「還撐得住。」我說，右手抓著面紙，但大部分是爲了作作樣子。一整天下來我只擠出一滴眼淚，而且還是看見西西莉雅穿著我為了喪禮替她買的黑色洋裝那一刻。我們穿著一樣的黑色洋裝坐在一起，她的一頭金髮亂蓬蓬。安迪要是看到一定會不高興。

「太令人震驚了。」蘇珊抓起我的手，我按捺住把手抽走的強烈衝動。「好可怕的意外。」

她的眼神既同情又憐憫，很慶幸死掉的是我丈夫，而不是她的。**可憐的妮娜，運氣真背**。這女人根本搞不清楚狀況。

「太可怕了。」我喃喃地說。

蘇珊又看了安迪一眼就邁步走開，離開這裡，也離開我的生命。我猜明天的喪禮會是我最後一次看到她。而我一點都不覺得難過。

我低頭看自己穿的素色黑包鞋，沉浸在守靈室的靜謐氣氛中。我討厭跟來弔唁的人交談，接受他們的慰問，假裝自己傷心欲絕。我迫不及待這一切快點結束，這樣才能展開新生活。明天會是我最後一次扮演傷心寡婦的角色。

門口響起腳步聲，我抬頭一看，只見恩佐的身影在門口打下長長的影子，腳步聲在安靜的殯儀館聽起來有如槍響。他一身黑西裝，跟在我們院子裡工作時一樣帥，但穿上西裝更是帥度破表。一雙深邃的眼睛含著淚，與我四目相對。

「對不起，」他低聲說，「我沒辦法。」

我的心一沉。他跟我對不起不是因爲安迪，我們對那件事都不覺得遺憾。他這麼說是因爲我昨天問他，等這一切結束，他願不願意跟我一起搬去西岸，遠離這個傷心地。我從沒期望他會答應，但聽到他當面拒絕，心裡還是不免難過。這個男人伸出援手救了我一命，他是我的英雄。他跟米莉都是。

「妳會有個全新的開始。」他的眉心浮現紋路。「這樣比較好。」

「嗯。」

他說的沒錯。我們之間有太多可怕的記憶。重新開始是更好的選擇。但這不表示我不會想念他，而且我一輩子都不會忘記他爲我做的事。

「幫我留意米莉的狀況，好嗎？」我說。

他點點頭。「好，我會的。」

他伸出手，最後一次觸碰我的手。我大概再也不會見到他了，就跟蘇珊一樣。我已經把安迪跟我的房子出售。這幾天我跟西西都睡旅館，因爲我無法忍受走進那個家，總覺得裡頭鬧鬼。

我看了看西西莉雅。她坐在離我不遠的椅子上扭來扭去。昨天晚上我們一起睡在旅館的加大雙人床上，她瘦弱的身體貼著我。雖然可以要求另外擺一張床，但她想跟我黏在一起。她還不太理解她喊爸爸的那個人發生了什麼事，但她也沒問，只是對於這個人走了鬆了口氣。

「恩佐，」我說，「可以幫我顧一下西西嗎？她已經待了很久，大概餓了，也許可以帶她去吃點東西。」

他點點頭，對我女兒伸出手。「來，西西，我們去買雞塊和奶昔。」

西西立刻跳下椅子，迫不及待要出去。她很乖，一直陪我坐在這裡，但終究還是個孩子。這個場面我應該自己面對。

恩佐帶西西離開之後幾分鐘，殯儀館的門再度打開。看見門口站的人，我直覺地後退一步。

是溫徹斯特夫婦。

我屏住呼吸，看著艾芙琳和羅伯特走進來。這是安迪死後我第一次看見他們，但我知道這一刻遲早會到來。幾個禮拜前他們才剛從佛羅里達回來避暑，但我都還沒跟艾芙琳見到面，只跟她通過一次電話。她問我喪禮的事需不需要幫忙，我說不用。眞正的事實是，她唯一的兒子死於非命我難辭其咎，所以其實我很怕跟她說話。

康諾斯警探果眞信守承諾。警方判定安迪的死是意外，我跟米莉都沒受到調查。對外的說法是：我不在家時安迪不小心把自己反鎖在閣樓裡，最後脫水而死。但這些無法解釋他身上的淤青和爲什麼拔掉牙齒。康諾斯警探雖然在驗屍室有朋友，但溫徹斯特是這個州最有權有勢的家族之一。

他們知道眞相嗎？他們知道是我害死他的嗎？

艾芙琳和羅伯特大步走向靈柩。我跟羅伯特不熟，他跟兒子一樣帥，今天穿了件深色西裝。艾芙琳也穿黑色，跟一頭白髮和腳下的白色包鞋形成強烈對比。羅伯特的眼睛腫腫的，但艾芙琳看起來仍然完美無缺，好像才剛去做過ＳＰＡ。

他們走向我時，我垂下眼睛，聽到羅伯特清嗓子的聲音我才抬起頭。「妮娜。」他用低沉而沙啞的聲音說。

我嚥嚥口水。「羅伯特……」

「妮娜，」他接著說，「我希望妳知道……」

我們知道是妳殺了我們的兒子。兇手就是妳。除非看見妳被丟到監獄度過餘生，我們死也不會瞑目……

「我希望妳知道，妳需要的時候，我跟艾芙琳一直都在，」他說。「我們知道妳沒有其他親人，妳跟西西莉雅需要什麼儘管開口。」

「謝謝你，羅伯特。」我突然有點鼻酸。羅伯特一直都是個好人，就算不是全天下最好的父親。根據安迪跟我說過的印象，小時候他父親常不在家，多半時間都在工作，艾芙琳一手扛起教養的工作。「我很感激。」

羅伯特伸出手，輕輕碰觸兒子的肩膀。我很好奇他知不知道安迪有多邪惡。他不可能完全不知道，不然就是安迪藏得很好。畢竟我被關在閣樓狂扒木門之前，也是什麼都不知道。

羅伯特摀住嘴巴，搖搖頭，對妻子咕噥了聲「抱歉」就匆匆走了出去。剩下我跟艾芙琳兩個人。

今天我不想面對的人當中，艾芙琳應該是第一名。她不是笨蛋，一定知道我們的婚姻出了問題。她跟羅伯特或許不知道安迪對我做了什麼，但她一定感覺到我們之間的衝突摩擦。

她一定察覺到我對安迪的眞實感受。

「妮娜。」她冷冷地說。

「艾芙琳。」

她低頭看安迪的臉，我試著解讀她臉上的表情，但很難。我不知道是因爲打了肉毒桿菌，還是她一向如此。

「妳知道嗎？」她說，「我跟一個警察局的朋友談過安迪的事。」

我的腸胃一緊。康諾斯警探明明跟我說這個案子已經結案。之前安迪口口聲聲說，只要他一死，有封信就會立刻寄到警局指控我是兇手，但這封信至今仍未出現。我無從得知究竟是因爲根本沒這封信，還是警探把信處理掉了。

「哦？」我不知該如何回應。

「對。」她輕聲說：「他們跟我說了他被發現時的模樣。」她精明的眼睛像要把我看穿。「他們說他少了好幾顆牙齒。」

天啊，她全都知道。

她當然知道。無論是誰看見安迪被警察發現時的模樣，都能猜到他的死不是意外。沒有人會用鉗子拔掉自己的牙齒，除非被迫。

都結束了。我一走出殯儀館，警察大概就會在外面等我。他們會爲我戴上手銬，宣讀我的權利，然後下半輩子我都得在牢裡度過。

儘管如此，米莉的事我誰都不會說。她不該被拖下水。她給了我重獲自由的機會，我不能丟下她不管。

「艾芙琳，」我支支吾吾地說，「我……我不……」

她轉頭去看兒子的臉，長長的眼睫毛永遠闔上了。她噘著嘴。「我一直提醒他，口腔衛生很重要。我跟他說每天晚上都要刷牙，要是他不聽，就要接受懲罰。不守規矩就得接受懲罰。」

什麼？她在說什麼？

「艾芙琳……」

「不好好照顧牙齒，」她接著說，「就糟蹋了擁有健康牙齒的福氣。」

「艾芙琳？」

「這些安迪都知道。他知道這是我的規矩。」她抬起眼睛。「當初我用鉗子拔掉他的一顆乳牙，我還以爲他學到了教訓。」

我怔怔看著她，不敢說話，太害怕聽到她接下來要說的話。她終於說出口的那一刻，我瞬間停止呼吸。

「眞令人失望，」她說，「他永遠學不會教訓。我很高興妳站出來教訓他。」

我目瞪口呆看著艾芙琳最後一次爲兒子調整白襯衫的衣領。之後她走出殯儀館，丟下我一個人。

尾聲　米莉

「介紹妳自己吧，米莉。」

我靠著廚房的大理石流理台，麗莎．基爾弗站在我對面。麗莎今天早上看起來完美無瑕，一頭閃亮黑髮往後梳成精緻的法式包頭，上半身是米色短袖上衣，鈕釦在天窗下閃閃發亮。廚房看起來最近才整修過。

如果能應徵上，這就是我將近一年來的第一份工作。自從溫徹斯特家發生那件事之後，我打過幾份零工。但安迪的死被判定是意外之後，妮娜匯了一年的薪水到我的戶頭，我主要都靠那筆錢過活。

至今我還是不知道她是怎麼辦到的。

「呃……」我開始說。「我在布魯克林長大，做過很多幫傭工作，我的履歷上有寫。另外，我喜歡小孩。」

「太棒了！」

麗莎咧嘴微笑。從我走進門，她的熱情就令我大感意外，畢竟應該已經有很多人來面試過這份工作。面試機會甚至不是我爭取來的。我在網站上貼出尋找幫傭和保母工作的廣告，是麗莎看到廣告主動聯絡我的。

薪水很好，我不意外，因為這棟房子到處散發著富裕的氣息。廚房有各式各樣最先進的家電，我很確定那些爐子從頭到尾不用我出手就能變出一頓晚餐。我真的想要這份工作，也努力展現自信的一面，並用今天早上恩佐傳給我的簡訊鼓勵自己。

米莉，祝妳好運。記得，他們能請到妳非常幸運。

還有：

晚上一起慶祝妳找到工作吧。

「妳需要我幫什麼忙呢？」我問她。

「哦，就一般的家事。」麗莎靠在我旁邊的流理台上，拉了拉衣領。「打掃家裡、洗衣服、簡單的烹飪。」

「這些我沒問題，」我說，雖然我的情況跟一年前沒太大不同。背景調查對我來說仍然是個問題。前科紀錄會跟著我一輩子。

麗莎心不在焉地伸手去摸流理台上的刀架，撫玩著其中一把刀的刀柄，甚至微微把刀提起，刀片在頭頂的光線映照下閃閃發亮。我變換著兩腳的重心，突然覺得不自在。最後她說：「妮娜．溫徹斯特非常推薦妳。」

我張大嘴巴，從沒想過會從她口中聽到這句話。我已經很久沒有妮娜的消息。安迪的喪禮結束後不久，她就帶著西西莉雅搬去加州。她沒有用社交媒體，但幾個月前她寄了一張她跟西西莉雅的海灘自拍照給我，兩人都曬黑了，看起來很開心。另外附上一行字：

多虧妳，我們才有這樣的生活。

所以我猜她感謝我的另一個方式，就是替我推薦幫傭工作。我愈來愈有信心能得到這份工作。

「聽妳這麼說，我很高興，」我說。「妮娜……是很好的雇主。」

麗莎點點頭，手還在撫玩那把刀子。「我也這麼認爲。她人很好。」

她又咧嘴笑，但臉上的表情不太對勁。她又用另一隻空著的手拉拉衣領，布料拉扯之際，我看到了。

她的上臂有一塊深紫色淤青。

手指形狀的淤青。

我的目光飄到她身後的冰箱。上面用磁鐵貼著一張麗莎和一個又高又壯的男人的合照，男人兩眼直視鏡頭。我想像他抓著麗莎瘦弱的手臂大力一掐，在上面留下深紫色的淤青。

我的心臟怦怦跳，一瞬間頭好暈。現在我終於懂了。我明白妮娜爲什麼跟她大力推薦我了。她了解我，說不定甚至比我還了解自己。

「所以……」麗莎把刀子推回刀架，然後直起腰，一雙藍色眼睛睜得好大，流露著焦慮。「妳可以幫我嗎，米莉？」

「好，」我說。「我相信我可以的。」

致謝

感謝Bookouture出版社願意給我的初稿一個機會，並把我的作品介紹給廣大的讀者。特別感謝我的編輯Ellen Gleeson對我的小說提供深刻洞見！也要感謝我的試讀者Kate和Nelle。謝謝Zack給我的寶貴建議。

另外，不能免俗的，我也要感謝熱情支持我的所有讀者——我是爲了你們而寫。

最後要感謝Val的一雙銳利鷹眼。

Eurasian Publishing Group
圓神出版事業機構 用心與你對話．視野無限寬廣

寂寞出版社 Solo Press

www.booklife.com.tw reader@mail.eurasian.com.tw

Cool 048

家弒服務

作　　者／芙麗達．麥法登（Freida McFadden）
譯　　者／謝佩妏
發 行 人／簡志忠
出 版 者／寂寞出版股份有限公司
地　　址／臺北市南京東路四段50號6樓之1
電　　話／（02）2579-6600．2579-8800．2570-3939
傳　　真／（02）2579-0338．2577-3220．2570-3636
副 社 長／陳秋月
資深主編／李宛蓁
責任編輯／朱玉立
校　　對／李宛蓁．朱玉立
美術編輯／林雅錚
行銷企畫／陳禹伶．林雅雯
印務統籌／劉鳳剛．高榮祥
監　　印／高榮祥
排　　版／杜易蓉
經 銷 商／叩應股份有限公司
郵撥帳號／18707239
法律顧問／圓神出版事業機構法律顧問　蕭雄淋律師
印　　刷／祥峯印刷廠
2023年7月　初版
2024年7月　10刷
The Housemaid by Freida McFadden

First published in Great Britain in 2022 by Storyfire Ltd trading as Bookouture
This edition arranged through BIG APPLE AGENCY, ING., LABUAN, MALAYSIA.

定價 460 元　ISBN 978-626-96733-8-4

我們在報紙上讀到，在電視新聞上看到那麼多迫在眉睫的威脅，但是我們卻繼續過自己的小日子。

……

我們沒有智力上的問題。我們的問題是缺乏憐憫。比起任何單一元素，這才是真正引領我們走向滅亡的原因。

——布萊克．克勞奇，《UPGRADE升級》

國家圖書館出版品預行編目資料

家弒服務／芙麗達．麥法登（Freida McFadden）著；謝佩妏 譯.
-- 初版. -- 臺北市：寂寞出版股份有限公司，2023.7
384面；14.8×20.8公分（Cool；48）
譯自：The Housemaid
ISBN 978-626-96733-8-4（平裝）

874.57 112008147